À PROPOS DE L'AUTEUR

Ellie Macdonald a exercé des métiers aussi variés que chauffeur de taxi, démarcheur téléphonique et, plus récemment, enseignante. Heureusement, son choix s'est fixé sur l'écriture avant qu'elle n'ait le temps d'expérimenter la taxidermie ou la chasse aux tempêtes. Elle a voyagé à travers les cinq continents, nagé avec des éléphants, plongé dans des massifs de coraux, visité des colonies de lépreux, escaladé des moulins et des cascades, mais son endroit préféré reste l'Angleterre de la Régence. Elle vit actuellement à Manitoba, au Canada. « Le club des gouvernantes » est sa première série publiée. N'hésitez pas à vous rendre sur son site anglophone : www.elliemacdonald.com.

DU MÊME AUTEUR

DANS LA COLLECTION

Victoria

Dans la série « Le club des gouvernantes » :

Claire et Bonnie

Le club des gouvernantes :

Sara

Collection : VICTORIA

Titre original :
THE GOVERNESS CLUB: SARA

Réalisation graphique : E. COURTECUISSE (HARPERCOLLINS France)

HARPERCOLLINS FRANCE
83-85, boulevard Vincent-Auriol, 75646 PARIS CEDEX 13
Service Lectrices — Tél. : 01 45 82 47 47

www.harlequin.fr

ISBN 978-2-2803-8543-5 — ISSN 2493-013X

ELLIE MACDONALD

Le club des gouvernantes :
Sara

Traduit de l'anglais (États-Unis) par
Emmanuelle Sander

Victoria

HARLEQUIN

À mon cousin Liam, qui aurait aimé être un chien.

Chapitre 1

Début mai 1823

Il avait les yeux d'un brun profond comme du chocolat, et lorsqu'ils croisèrent les siens, Sara en eut le souffle coupé. Il soutint son regard et ces prunelles si séduisantes s'adoucirent et brillèrent doucement, soulevant des vagues de chaleur dans tout son corps. Un léger sourire plana sur les lèvres de l'intéressé, en amenant un sur les siennes en réponse. Plus il la fixait et plus elle avait du mal à respirer. Les battements de son cœur s'accélérèrent.

— Je vous implore donc, mes biens chers frères, d'aimer votre prochain non seulement comme vous-mêmes, mais comme Dieu vous aime.

Même les intonations de sa voix lui déclenchaient des frissons sur la peau. Charles Pomeroy, le nouveau pasteur du village de Taft, reporta son regard sur un autre paroissien.

— Ne pensez pas seulement à la façon dont vous aimeriez que l'on vous traite, mais à la façon dont Dieu vous traiterait dans la même situation. Recherchez ceux qui ont besoin d'assistance et de générosité, tant sur le plan spirituel que matériel, car c'est à la manière dont nous traitons les personnes dans le besoin que nous serons jugés et pourrons voir le visage de notre bienveillant Créateur.

Seigneur, comme leurs enfants seraient bénis, surtout s'ils prenaient exemple sur leur père ! Sara avait hâte que ce chapitre de leurs vies commence enfin.

Un pincement aigu au niveau des côtes la ramena brutalement à la réalité. Sara parvint à retenir le petit cri qu'elle faillit pousser bien malgré elle, évitant ainsi de perturber le service dominical et d'attirer sur elle l'attention de toutes les commères du village. Fronçant les sourcils, elle se tourna vers cette main vindicative et fusilla Louisa Hurst du regard.

— Arrête de rêver à lui, marmonna son amie.

Sara s'apprêtait à protester quand l'hymne final qui montait dans l'église la coupa dans son élan. Mrs Yardley frappa les touches de son piano et Sara s'empressa de tourner les pages de son livre de messe jusqu'à trouver le bon chant. Sa voix claire se joignit à celle des autres. Elle leva les yeux vers le pupitre et le pasteur Pomeroy lui décocha un autre sourire. Elle rougit et baissa les yeux. Cette fois-ci, elle récolta un bon coup de coude de la part de son amie.

— Franchement, Sara, gronda Louisa une fois l'office terminé. Que vont penser les gens en voyant un membre de notre Club des gouvernantes se pâmer en public devant le pasteur ?

— Je..., commença Sara.

Elle fut interrompue par son autre amie, Claire Knightly.

— Ce n'est pas vraiment le lieu pour ces discussions, mesdemoiselles.

Claire se plaqua un sourire sur le visage le temps de saluer poliment de la tête une vieille matrone qui portait un chapeau de la taille du Kent, puis se tourna de nouveau vers elles.

— Pouvons-nous y aller ?

Elle prit le bras que son mari lui offrait et conduisit le groupe à l'extérieur de la petite église. Cela suffit à calmer Sara et Louisa, qui les suivirent sans broncher. En sortant du bâtiment, Sara cligna les yeux sous son petit chapeau qui peinait à la protéger du soleil aveuglant. Mettant la main en visière, elle aperçut le pasteur Pomeroy un peu plus loin, entouré de dames de tous les âges. Le beau jeune homme leur souriait gentiment, regardant tour à tour les jeunes filles qui essayaient toutes d'attirer son attention.

— Je dois avouer, monsieur le pasteur, que vous avez l'œil pour les compositions florales, déclara Mrs Glendoe tandis que Sara rejoignait le groupe. N'hésitez pas à venir cueillir dans mon jardin autant de fleurs que vous voudrez pour décorer votre église. Venez donc prendre le thé samedi prochain. Ma fille, Rebecca, vous aidera à les choisir.

La matrone entre deux âges poussa la demoiselle en question vers le pasteur.

— Merci pour votre générosité, Mrs Glendoe, dit-il de sa voix douce et grave.

Il remarqua alors que Sara et ses amis avaient rejoint leur petit groupe et il leur sourit.

— Mais en toute honnêteté, je dois vous dire que c'est Miss Collins qui s'est occupée des fleurs. Je n'ai aucune disposition pour ce genre de choses. C'est elle qui m'a aidé ces dernières semaines. Son talent est un vrai don de Dieu.

Sara rougit. Les dames du cercle se tournèrent toutes vers elle pour la regarder, certaines avec amabilité — et d'autres non. Mal à l'aise, Sara se balança d'un pied sur l'autre sous leurs regards, peu habituée à se faire remarquer.

Louisa en profita pour faire un pas en avant.

— À Ridgestone, nous avons toujours à cœur d'aider notre prochain, monsieur le pasteur. Dans notre Club des gouvernantes, nous tenons fermement à offrir notre participation à l'ensemble de la communauté.

— Euh, oui, en effet, répondit ce dernier, visiblement amusé par la réponse de Louisa.

Il se tourna alors vers Jacob.

— Mr Knightly, pourrais-je m'entretenir avec vous ?

Il s'éloigna du groupe de femmes pour parler à voix basse avec Jacob quelques mètres plus loin.

Sara sentit de nouveau le regard de toutes les femmes se poser sur elle. Nerveuse, elle résista à l'envie de se trémousser sous l'effet de la gêne. Mrs Glendoe ne cherchait pas à cacher son animosité, mais d'autres la regardaient avec gentillesse et ce constat la rassura.

— La composition florale était très belle, la complimenta Mrs Yardley, la pianiste.

Son mari tenait le magasin d'alimentation générale avec elle, et elle avait toujours accueilli Sara avec le sourire.

— Merci, madame, répondit-elle d'une voix calme. Mrs Knightly a fait des merveilles en restaurant les jardins de Ridgestone. Cela me semblait juste de les partager avec l'église et avec la communauté.

Mrs Glendoe renifla bruyamment.

— Comme c'est généreux de votre part d'offrir les fleurs appartenant à une autre personne !

Sara en resta pétrifiée. La désapprobation de Mrs Glendoe ainsi que son jugement lui firent l'effet d'un nœud autour de la gorge, qui se serrait un peu plus chaque fois qu'elle croisait le regard sévère de cette femme. Elle commençait à avoir du mal à respirer ; sa langue restait collée à son palais.

— Ma Rebecca ne ferait jamais une telle chose, continua Mrs Glendoe. J'ai du mal à croire que notre pasteur puisse cautionner un geste qui s'apparente à du vol.

La poitrine de Sara se serra tandis qu'elle se laissait piéger par la véhémence de son interlocutrice. Elle avait l'esprit vide, soudain, et ne pensait à rien d'autre qu'à fuir.

Louisa lui prit le bras, l'empêchant de partir. Son amie décocha à Mrs Glendoe un regard aussi dur que celui de cette dernière.

— Miss Collins est une vraie bénédiction pour Ridgestone et pour Taft, et le pasteur est assez sage pour reconnaître sa valeur.

Claire se joignit à elle.

— Et elle est la bienvenue au manoir.

Sa voix était calme, mais ferme.

— Elle est également libre d'offrir ces fleurs, continua-t-elle, et elle a tout notre soutien pour le faire.

— J'ai vu vos jardins, Mrs Knightly, déclara Mrs Thatcher, la femme au chapeau grand comme le Kent. Vous pouvez en être fière.

Elle lança un regard furtif vers Claire et Louisa, consciente de la nécessité de changer de sujet.

Claire décocha un autre regard dur à Mrs Glendoe avant de reporter son attention sur Mrs Thatcher.

— Merci, madame. J'aime beaucoup jardiner.

D'autres femmes vinrent se mêler à la conversation et prirent place dans le cercle, jusqu'à en exclure Mrs Glendoe et sa fille. Soufflant bruyamment, la première s'avança avec raideur vers sa voiture en traînant la seconde derrière elle.

— Ils concurrencent même les jardins de Windent Hall, tels qu'ils étaient trente ans plus tôt, continua Mrs Thatcher. Je me souviens avoir participé à des *garden-parties* lorsque j'étais jeune fille. Les fragrances et les variétés de fleurs étaient remarquables. Je n'ai encore jamais vu de jardins aussi paisibles et relaxants.

— Windent Hall, la propriété qui borde Ridgestone ? demanda Louisa. Je croyais que cette demeure était abandonnée.

— Elle l'est, répondit la vieille dame. Cela fait presque vingt-cinq ans maintenant que la famille est partie. Personne ne sait pourquoi mais bien évidemment, il y a eu des rumeurs indiquant qu'elle faisait face à des difficultés financières. Le plus triste est de voir comment les jardins ont été laissés à l'abandon depuis cette époque.

Cette conversation anodine eut le don d'apaiser Sara aussi efficacement qu'une tasse de chocolat chaud un jour d'hiver. Lentement, ses poumons retrouvèrent leur capacité à respirer. Elle se tourna vers Louisa, qui lui tenait toujours le bras pour la garder près d'elle. Cette étreinte était réconfortante et le soutien de son amie lui faisait chaud au cœur.

Louisa croisa son regard et lui caressa discrètement le bras.

— Respire, ma chérie, murmura-t-elle. Inspire, deux, trois, quatre. Expire, deux, trois, quatre.

Sara se livra à cet exercice, sentant le nœud se desserrer peu à peu. Finalement, elle poussa un soupir de soulagement. Elle espérait que sa gratitude se lisait dans son regard. Louisa lui sourit et lui serra le bras avant de reporter son attention sur la conversation.

— J'ai entendu dire que Windent Hall n'était plus

abandonné, intervint Miss Felicity Leighton d'une toute petite voix. Maman m'a dit hier que le domaine avait été vendu et Missy Evans a déclaré qu'un agent était venu voir son père pour lui demander s'il pouvait les embaucher, elle et son frère, pour arranger la maison. Je pense que nous pouvons espérer l'arrivée de son propriétaire dans les semaines à venir.

— Qui l'a acheté ?

La question était sur les lèvres de toutes les commères du groupe et Miss Leighton se retrouva soudain au centre de toutes les attentions. Elle bomba le torse.

— Je n'en suis pas certaine mais je pense qu'il s'agit d'un jeune vicomte qui cherche à développer ses activités. Imaginez, un lord dans le village ! Il va certainement faire venir sa famille ou ses amis célibataires pour des parties de chasse, par exemple.

Tout le monde savait que Felicity Leighton rêvait de se marier avec un noble. Louisa esquissa un sourire en coin et glissa à l'oreille de Sara :

— S'il s'agit vraiment d'un vicomte, nous avons le devoir de le mettre en garde.

Sara pouffa, ce qui eut pour effet de dissiper ses dernières traces d'angoisse.

— Claire, les interrompit Jacob. Êtes-vous prêtes ? Mon estomac crie famine.

Claire sourit aux dames.

— Ce fut un plaisir de vous voir ce matin.

Louisa et Sara firent à leur tour leurs adieux, et Jacob les aida à s'installer dans la voiture. Claire s'assit dos à la route, avec son mari à côté d'elle. Sara et Louisa se tenaient en face d'eux. Sara se cala dans un coin de la voiture pour faire de la place à son amie.

— Miss Collins ! lança le pasteur en s'approchant du véhicule.

Sara lui retourna son sourire avec joie.

— Je voulais encore vous remercier pour les fleurs.

— Ce n'est rien, monsieur le pasteur, répondit-elle en sentant de nouveau ses joues s'empourprer.

— J'espérais pouvoir abuser de votre gentillesse et vous demander de m'accompagner de nouveau pour ma tournée ce mercredi. J'ai encore du mal à retenir le nom et tous les détails sur la vie de mes nouveaux paroissiens.

— Bien sûr, je serai ravie de le faire.

Le sourire de Sara s'élargit au point de lui faire mal aux joues.

— Vous êtes certaine que cela ne vous dérange pas ? demanda-t-il d'un air inquiet. Je pense qu'après cette semaine, je saurai me débrouiller seul.

— Pas du tout, le rassura-t-elle. J'aimais beaucoup le faire avec mon père avant sa mort.

— Merci, Miss Collins, dit-il en s'inclinant légèrement vers elle. Je viendrai à Ridgestone mercredi, dans ce cas.

Sara souriait toujours lorsque la voiture s'éloigna. Le beau pasteur leva une main en guise d'adieu et l'agita tandis qu'ils quittaient la cour. Sans se départir de son sourire, Sara s'adossa à son siège.

— Tu te mets dans une situation très embarrassante, Sara.

Le commentaire de Louisa attira son attention.

— Pardon ?

— Il ne fait que t'utiliser et pourtant, tu continues de te jeter à ses pieds, expliqua son amie.

— Louisa…, dit Claire sur un ton de reproche.

Mais celle-ci continua.

— Notre réputation est notre plus grande force. Si elle n'est pas irréprochable, nous ne sommes plus rien. Même après un an, nous arrivons à peine à nous maintenir à flot financièrement. Nous ne pouvons pas nous permettre que le moindre événement vienne entacher notre club.

— Encore une fois, permettez-moi de vous offrir mon aide financière, intervint Jacob, qui leur avait déjà proposé ses services par le passé. Utiliser ma fortune au profit de votre école ne me pose aucun problème.

La mâchoire aussi serrée que les lèvres, Louisa plissa les yeux et se tourna vers lui.

— Non, nous en avons déjà parlé. Nous n'avons nullement l'intention de dépendre d'un homme.

— *Louisa*, l'interrompit Claire, plus fermement cette fois, avant de revenir à leur sujet de départ. Entretenir des liens avec le pasteur et l'Église ne peut que nous aider. Ce n'est un problème que dans la mesure où nous ne voudrions pas que Sara soit blessée, mais elle peut disposer de son temps libre comme elle le souhaite.

Louisa ne se démonta pas :

— Si tu manifestes trop d'enthousiasme, Sara, il ne sera pas intéressé et tu obtiendras l'effet inverse de celui que tu recherches.

— Eh bien, je ne suis pas complètement d'accord avec toi, riposta Jacob. Certains gentlemen ont besoin d'avoir l'assurance qu'une dame s'intéresse à eux avant d'agir.

— Ce n'est pas vraiment ce que je voulais dire, se défendit Louisa. Il se sert d'elle, vous ne le voyez donc pas ?

Sara tourna la tête pour regarder le paysage défiler pendant que ses amis continuaient de parler d'elle comme si elle n'était pas là. Louisa ne la comprenait pas — les autres non plus, d'ailleurs. Aider un pasteur était tout ce qu'elle savait faire. Elle n'était bonne qu'à cela. Elle avait adoré aider son père avant sa mort. Porter assistance aux personnes dans le besoin lui apportait de la sérénité et donnait un but à sa vie. Voir le quotidien des autres s'améliorer grâce à ses efforts lui donnait le sentiment du devoir accompli. Cela ne faisait aucun doute dans son esprit : elle était faite pour devenir la femme d'un pasteur.

— Regardez, qu'est-ce que c'est ? demanda Jacob en tirant Sara de ses rêveries.

Elle le vit se redresser sur son siège et tendre le cou pour regarder au loin. Louisa et elle pivotèrent sur leurs sièges et aperçurent un gentleman à pied qui conduisait un cheval sur le bord du chemin. Les deux boitaient.

— Arrêtez la voiture, Rogers, ordonna Jacob.

Dès que cela fut possible, il descendit et s'approcha de l'homme.

Sara se dévissa le cou pour mieux voir l'inconnu. Ses vêtements noirs étaient couverts de poussière et froissés. Sa cravate était dénouée, mais la qualité de ses vêtements ne laissait aucun doute. Un chapeau lui couvrait la tête. Manifestement, il avait les cheveux coupés court, malgré quelques mèches qui dansaient sur son cou sous la brise légère. L'homme était mince mais ses épaules et son torse étaient larges et dégageaient une impression de force.

— Je me demande qui ça peut bien être, dit Claire d'un air songeur.

Sara secoua la tête.

— Sa tête ne me dit rien.

— Il semblerait que ce soit un voyageur qui a eu un accident, reprit Louisa. Seule une réparation peut attirer quelqu'un à Taft.

Elles étaient trop loin pour entendre ce que se disaient

les deux hommes. L'étranger montra son cheval et Jacob lui répondit par un geste amical vers la voiture. L'espace d'un instant, Sara songea avec quelque inquiétude qu'elle allait devoir partager son siège avec un parfait inconnu, mais par bonheur ce dernier secoua la tête et Jacob pointa le village du doigt, lui montrant le chemin à suivre. Ils conclurent leur discussion par une poignée de main et Jacob revint vers la voiture.

Sara ne quittait pas le gentleman des yeux, intriguée pour la première fois de sa vie par un étranger. Il s'était tourné vers son cheval et lui tapotait l'encolure dans le but manifeste d'apaiser l'animal. Il était beaucoup mieux habillé que les autres habitants de Taft. Il venait peut-être de Londres ou de toute autre ville proche de la capitale. Que faisait-il dans ce lieu reculé ?

La voiture tangua lorsque Jacob monta les rejoindre, détournant l'attention de Sara de l'étranger.

— Que se passe-t-il ? demanda Claire.

— Son cheval a perdu un fer. Il l'emmène à Taft pour le montrer à un palefrenier, répondit son mari.

— J'avais raison, lança Louisa d'un air triomphant.

— Vous ne lui avez pas proposé de l'aide ou de l'emmener ? s'étonna Claire.

Il fit la moue.

— Bien sûr que si, mais il a refusé.

— Vous auriez dû insister.

— Je ne peux pas forcer un homme à accepter mon aide, Claire, se défendit-il. Je lui ai donné l'adresse d'un forgeron ainsi que la nôtre, au cas où il aurait besoin de nous.

— Mais…

— Avancez, Rogers, ordonna Jacob.

La voiture se mit en branle.

Sara se tourna vers l'inconnu lorsqu'ils passèrent devant lui. Il porta la main à son chapeau pour les remercier puis s'inclina vers eux pour les saluer. Lorsqu'il se redressa, ses prunelles azur se fixèrent sur celles de Sara et leur couleur bleu glacier la prit de court.

Les poils de sa nuque se dressèrent et elle frissonna.

Un petit cri étonné se coinça dans sa gorge. Elle ne s'attendait pas à ce qu'il l'observe avec une telle intensité et qu'il la suive du regard tandis qu'elle passait devant lui.

Sara se détourna, brisant net le lien fugace avec l'étranger. À travers un nuage de poussière, elle le vit reprendre son chemin et bifurquer vers Taft. L'homme et l'animal disparurent de sa vue en boitant de concert.

Chapitre 2

— Maintenant, dis-le.
— Je me sens ridicule.
— Oublie ça et *dis-le*.
— Louisa…
Mais son amie insista :
— Fais-le, Sara.

Cette dernière esquissa une moue réprobatrice et regarda Louisa en se retenant de rire. Armée d'un ballon surmonté d'une vieille perruque en guise de tête et d'un mannequin de couture, son amie avait réussi à recréer une Mrs Glendoe tout à fait convaincante. Elle lui avait peint un air revêche, avec la bouche plissée vers le bas pour lui donner une moue renfrognée.

Sara regarda de nouveau Louisa, qui désignait avec impatience cette Mrs Glendoe improvisée. Claire était assise sur un canapé et sirotait son thé, une étincelle amusée dans le regard. Les trois femmes se tenaient dans leur petit salon privé et profitaient de la quiétude de ce dimanche après-midi avant l'agitation de la semaine à venir.

Sara prit une profonde inspiration et commença à parler.
— Mrs Glendoe…
— Plus fort, l'interrompit Louisa.

— Mrs Glendoe, répéta Sara, un ton au-dessus. Je ne me souviens pas vous avoir demandé votre avis.

Elle regarda Louisa avec impatience.

— C'est inutile. Je sais que ce n'est pas elle, ce n'est pas pareil.

— Plus tu t'entraîneras et plus ce sera simple lorsque tu seras confrontée à elle, souligna Claire.

— Mais je ne veux pas être confrontée à elle ! protesta Sara.

Cette simple idée lui nouait la gorge. Elle déglutit pour la desserrer et camoufla son geste en buvant une gorgée de thé. La tasse trembla bruyamment dans sa main lorsqu'elle la posa sur la soucoupe.

— Cela sera plus facile, dit Claire en souriant.

Louisa souffla en s'asseyant et prit un scone.

— Je ne comprends pas. Aimes-tu la façon dont tu te sens face à elle ?

— Non, bien sûr, répondit Sara.

— Dans ce cas, pourquoi la laisses-tu te traiter ainsi ? Pourquoi te figes-tu au lieu de lui tenir tête ? demanda-t-elle d'une voix teintée d'impatience. J'essaie de te comprendre, mais c'est difficile si tu ne nous dis pas pourquoi tu réagis comme ça.

Sara fixa sa tasse de thé. Comment pouvait-elle le leur expliquer si elle ne le savait pas elle-même ? Les intentions de Louisa avaient beau être louables, cette conversation avait elle aussi le don de lui gratter la gorge. Comme si elle sentait des fourmis marcher sur sa peau, mais à l'intérieur. Elle avait toujours été ainsi, au grand désespoir de sa mère.

Claire lui prit la main et l'aida à se lever.

— Viens par ici, dit-elle en conduisant Sara vers le

mannequin. Laisse-moi faire les présentations. Sara, je te présente Mrs Glendoe.

— Bonjour, Mrs Glendoe, dit Sara au mannequin en faisant la révérence.

Louisa se joignit à elles et fit à son tour la révérence.

— Bonjour, misérable vieille bique.

Elle prononça cette phrase sans se départir de son sourire.

— Louisa ! s'écria Sara.

Claire en profita pour faire à son tour la révérence.

— Mrs Glendoe, comme vous êtes laide avec ce rictus. Je regrette d'avoir croisé votre chemin.

Sara regarda fixement ses deux amies. Étaient-elles devenues folles ? Ne savaient-elles pas qu'il ne fallait jamais parler d'une personne de cette manière ? Et si Mrs Glendoe avait vent de tout cela ?

Louisa esquissa un sourire satisfait et continua de plus belle :

— J'avoue que ce rictus nous donne un bel aperçu de vos dents pourries. Dites-moi, aiguisez-vous ces crocs vous-même ou demandez-vous à un tiers de le faire pour vous ?

Claire éclata de rire.

— Et vos yeux. Faut-il beaucoup d'entraînement pour fusiller les gens du regard comme vous le faites ?

Sara ne put s'empêcher de pouffer. Horrifiée, elle se plaqua une main sur la bouche et contempla ses deux amies en écarquillant les yeux. Ces dernières lui lancèrent un regard complice et Louisa s'écarta légèrement.

Claire adressa un clin d'œil à Sara et Louisa enchaîna sans attendre :

— Dites-moi, Mrs Glendoe, quel effet cela fait-il

de manger vos petits ? Et s'ils ne sont pas bons, que faites-vous ? Les accompagnez-vous de confiture ou de sauce ?

— Vous êtes toutes les deux horribles, murmura Sara sans pouvoir pour autant retenir un sourire.

— Et comment hydratez-vous votre peau de serpent ? demanda Louisa en battant innocemment des cils en direction du mannequin.

Claire décocha un coup de coude à Sara en désignant la fausse Mrs Glendoe.

— À toi. As-tu quelque chose à dire à notre chère amie ?

Sara secoua la tête.

— Je ne peux pas.

Si tu n'as pas quelque chose d'aimable à dire, ne dis rien du tout. Les paroles de sa mère résonnaient dans sa tête.

— Allez, l'encouragea Claire.

Louisa donna l'exemple :

— Je suis étonnée que vous n'ayez pas encore mis le feu à votre maison, vieux dragon.

Elle poussa Sara du coude, qui secoua de nouveau la tête. Les fourmis étaient de retour dans sa gorge. *Traite les autres comme tu aimerais être traitée.*

— Dis quelque chose, l'invita Louisa.

— Dire quoi ?

La voix grave qui retentit derrière elles évita à son amie de lui répondre. Claire sourit à Jacob qui venait d'entrer dans le salon.

— Oh ! je vois que nous avons une invitée, dit-il en rejoignant le petit groupe autour du mannequin.

Il s'inclina légèrement vers lui.

— À qui avons-nous l'honneur ?

— Mrs Glendoe, l'informa Claire en souriant. Nous

étions justement en train de poser quelques questions à cette harpie.

Jacob esquissa une grimace complice en direction de sa femme et saisit la balle au bond.

— Ah, j'aimerais pouvoir vous dire que je suis heureux de vous voir, lança-t-il en direction du mannequin, mais j'aime trop la franchise pour cela.

Sara fit de nouveau la moue. Elle ne comprenait pas comment ses amis pouvaient penser de telles choses. Même s'il était difficile de ne pas en rire, ils n'auraient jamais dû être aussi insultants. *Tu es la fille d'un pasteur. Tu te dois de montrer l'exemple.*

Jacob poursuivit en tournant autour du mannequin.

— Oui, je pense que de toutes les veuves noires qui existent sur terre, vous êtes la forme la plus vicieuse que l'espèce humaine ait jamais engendrée. Dites-moi, Mr Glendoe a-t-il quitté cette terre plus vite avec un verre de porto préparé par vos soins ?

Hilare, Louisa poussa de nouveau Sara du coude.

— À toi.

Sara secoua de nouveau la tête.

— Je ne peux pas.

Si je t'entends un jour manquer de respect à quelqu'un, tu regretteras d'avoir ouvert la bouche.

— Mais si, tu peux. Regarde.

Jacob venait de se saisir de la tête de Mrs Glendoe et l'avait posée sur son épaule.

— Soyez franches. N'ai-je pas l'air magnifique avec cette tête supplémentaire ?

Claire rit de bon cœur.

— Non seulement cela, mais je trouve que Mrs Glendoe a un air plus avenant maintenant.

Louisa poussa Sara vers le mannequin.

— C'est à toi, et n'essaie pas de te défiler, cette fois.

Sara se contenta de regarder fixement le mannequin, incapable de proférer la moindre insulte. Les fourmillements lui picotaient de plus en plus la gorge et elle savait que le nœud familier n'allait pas tarder à les remplacer. Ce n'était qu'une question de temps.

— Il n'y a rien de mal à cela, la rassura Claire.

— Fais-le, insista Louisa.

Jacob reposa la tête sur le mannequin, à l'envers cette fois.

— J'ai toujours su que Mrs Glendoe était quelqu'un de tordu. Nous savons pourquoi, à présent.

— Sara, continua Louisa en riant, elle le mérite. C'est une horrible personne.

— Je ne peux pas, dit-elle d'une voix étranglée.

Je t'avais bien dit que tu allais le regretter ! Maintenant, viens ici !

— Louisa, intervint Claire d'une voix douce.

Son amie paraissait inquiète pour elle.

Mais Louisa ne l'entendit pas tant elle riait.

— Fais-le, insista-t-elle encore plus fort. Fais-le.

— S'il te plaît, je ne peux pas.

Sara avait de plus en plus de mal à respirer et à parler.

— Pourquoi cela ? C'est simple, pourtant, continua Louisa. Dis-lui ce que tu ressens.

— Je ne suis pas toi ! explosa Sara, juste avant que sa gorge ne s'étrangle complètement.

Le nœud venait de se refermer, empêchant l'air de lui emplir les poumons.

Elle contempla Claire d'un air paniqué.

— Tout va bien, ma chérie, dit cette dernière d'une

voix douce en conduisant rapidement Sara vers le canapé. Respire. Tu ne crains rien ici. Inspire, deux, trois, quatre. Expire, deux, trois, quatre.

Sara s'efforça de faire passer un peu d'air malgré ses muscles crispés. Elle inspira bruyamment une ou deux fois, la tête parcourue de légers tremblements.

— Regarde-moi, ordonna Claire d'une voix calme et rassurante. Regarde-moi et respire. Inspire, deux, trois, quatre. Expire, deux, trois, quatre.

Louisa s'était assise à côté de Sara et lui caressait le dos, tout en comptant à haute voix avec Claire. Jacob plaça le mannequin derrière un paravent situé dans un coin de la pièce et s'en alla discrètement. Il savait que Sara n'aimait pas qu'il la voie dans cet état.

Plus l'air recommençait à circuler et plus Sara sentait qu'elle se détendait. Lentement, le nœud disparut, emportant avec lui son anxiété. Mais à mesure que sa respiration laborieuse se calmait, sa gêne augmentait.

— Je suis désolée, murmura-t-elle, le regard baissé vers ses genoux. Je sais que vous ne faisiez que vous amuser et j'ai tout gâché.

— Non, dit fermement Louisa. C'est moi qui ai tout gâché. Je n'aurais pas dû insister lorsque tu m'as dit que tu ne pouvais pas le faire. C'est ma faute.

Claire secoua la tête.

— Inutile de chercher des coupables. Ce qui est fait est fait.

Louisa caressa de nouveau le dos de Sara.

— Nous essayons juste de t'aider.

Sara lui répondit par un faible sourire.

— Je sais, mais je ne suis pas toi. Ce n'est pas aussi facile pour moi.

— Ce n'est pas nécessaire, lui dit son amie en lui retournant son sourire. Nous serons toujours là pour te défendre contre ce dragon.

Sara pouffa doucement.

— Les chevaliers modernes de la Table ronde, sauvant la demoiselle en détresse.

— À quoi ressemblerait le monde si les chevaliers étaient des femmes ? gloussa Claire.

Louisa lui lança un regard indigné.

— Je pense que si Guenièvre avait eu le pouvoir, les légendes se seraient terminées très différemment. Et dans le bon sens du terme. Nous aurions toujours Camelot, par exemple.

Sara sourit en entendant cette discussion qu'elle connaissait bien — et en profita pour prendre congé.

— Excusez-moi, mais j'aimerais me reposer quelques instants.

Claire la regarda d'un air compréhensif.

— Peut-on faire quelque chose pour toi ? Je peux demander à Anna de t'apporter du thé ou une compresse de lavande.

— Non, j'ai juste besoin d'un peu de calme.

Claire acquiesça.

Louisa et elle serrèrent sa main entre les leurs en guise d'adieu et Sara quitta le salon pour se diriger vers sa chambre. Lorsqu'elles avaient emménagé, Claire avait insisté pour qu'elles prennent leurs quartiers à l'étage réservé à la famille. Toutes les pièces de cet étage étaient fermées au public, ce qui permettait à chaque membre du Club des gouvernantes de bénéficier d'un espace privé.

Sara ferma la porte derrière elle, s'arrêta brièvement pour fermer les yeux et prit une profonde inspiration.

Puis elle se dirigea vers les rideaux, qu'elle ferma pour masquer la belle lumière de l'après-midi, avant de rouler une partie du tapis et de dévoiler le plancher en bois dur. Elle sortit sa bible de sa table de nuit et s'agenouilla à même le sol. Puis, le dos bien droit, elle ouvrit les évangiles à l'emplacement du signet et commença à lire à voix haute.

La voix de sa mère ne l'interrompit qu'une seule fois.

Cela t'apprendra à manquer de respect à tes semblables, ma fille !

Chapitre 3

— Eh bien, dit le pasteur en s'asseyant dans le cabriolet à côté de Sara avant de prendre les rênes, je peux dire en toute honnêteté que j'ai rarement fait des visites pires que celle-ci. Je pense même qu'elle restera dans les annales.

Sara lui décocha un sourire compatissant et s'agrippa au bord du cabriolet tandis que le véhicule se mettait en branle, savourant les moments où les mouvements de la voiture collaient son flanc à celui du pasteur.

— Je ne pense pas que cette visite ait été si terrible.

— Oh que si, rétorqua-t-il. Je vous assure qu'elle servira d'exemple à tous les presbytères d'Angleterre sur tout ce qu'il faut éviter de faire au cours d'une visite.

Sara secoua la tête.

— Vous ne devriez pas être aussi dur avec vous-même. Mrs Simpson n'était simplement pas d'humeur à recevoir de la visite. Je pense d'ailleurs que dans son cas, personne ne le serait, avec un mari absent, trois enfants malades, sans compter les deux autres qui nécessitent une attention de tous les instants.

Le pasteur lui renvoya son sourire.

— Je suis certain qu'elle a apprécié que vous finissiez

sa lessive et que vous mettiez une miche de pain à cuire dans le four.

— Et que vous ayez emmené les deux petits pour une promenade, rétorqua Sara. Tout ce dont elle a besoin, c'est de quelques moments de calme pour elle.

Il soupira.

— Je reviendrai lui rendre visite dans un jour ou deux pour voir si elle a besoin d'aide. Et j'informerai le Dr Moore que ses enfants sont malades. Peut-être pourra-t-il faire quelque chose pour eux.

— C'est une excellente idée. Je ne sais pas si je pourrai vous accompagner cette fois, mais je vous donnerai un panier pour elle.

— Oh ! je n'envisageais pas que vous vous joigniez à moi, Miss Collins, dit le pasteur d'un air grave. Je pense que j'ai à présent un bon aperçu des familles dans le besoin de cette paroisse.

Sara sentit son estomac se serrer. Cela voulait-il dire qu'il n'avait plus besoin de son aide ? Seigneur, si elle ne l'accompagnait plus dans ses visites, comment pourrait-elle lui prouver qu'elle ferait une bonne épouse de pasteur ? Elle déglutit avec peine et se força à formuler une réponse.

— C'est parfait.

Oh ! mon Dieu, sa voix venait de dérailler. Le pasteur la regarda d'un air inquiet.

— Est-ce que vous vous sentez bien ?

Elle secoua la tête sans plus chercher à parler, cette fois.

Son inquiétude ne fléchit pas.

— Je ne me le pardonnerai jamais si vous tombiez malade après notre visite chez Mrs Simpson.

Il tira sur les rênes et se tourna vers elle avant de prendre sa main dans la sienne.

— Je vais bien, le rassura Sara d'une toute petite voix.

Les mains du pasteur la réchauffaient, déclenchant d'agréables frissons le long de ses poignets. Elle prit une inspiration entrecoupée en savourant ces sensations.

— Vous ai-je affligée d'une façon ou d'une autre ? J'aimerais avoir de l'eau ou de la limonade à vous offrir. Quelque chose ne va pas, je l'entends à votre voix.

Il frotta les mains de Sara entre les siennes, le regard plein d'inquiétude et d'angoisse.

En plongeant dans son regard chocolat si chargé d'émotions, Sara se sentit envahie par un sentiment de paix et de sécurité. Le pasteur était un homme bon et généreux, il ferait un bon mari. Son angoisse disparut et sa gorge s'éclaircit, lui permettant de parler normalement.

— Non, vraiment, je vais bien.

— Merci, Seigneur, dit-il, visiblement soulagé.

Elle lui adressa un faible sourire.

— Je suis navrée de vous avoir inquiété.

Le pasteur la regarda d'un air sérieux et déterminé.

— Je me préoccupe de la santé et du bien-être de tous mes paroissiens, Miss Collins. Je m'en voudrais s'il vous arrivait quelque chose pendant que vous m'aidez dans mon travail.

— Je…

— Je n'aurais pas dû vous mettre dans une situation pareille. Par bonheur, cette visite désastreuse n'a débouché sur rien de bien grave. Je devrai me montrer plus vigilant à l'avenir.

Sara baissa la tête et regarda ses mains, toujours emprisonnées dans celles du pasteur. Elle les caressa du bout du pouce, émerveillée par leur douceur et leur taille.

L'inquiétude du pasteur lui réchauffait le cœur et elle

sourit en son for intérieur. Elle comptait vraiment pour lui. Louisa avait tort. Comment aurait-il pu manifester autant d'inquiétude pour sa santé s'il n'avait pas d'affection pour elle ? Il fallait en revanche lui faire comprendre qu'elle était prête à assumer la charge qui incombait à la femme d'un pasteur.

Elle leva les yeux vers lui et soutint son regard.

— Je suis navrée de vous avoir inquiété, monsieur le pasteur, mais je vous assure qu'en aidant mon père, j'ai vu et ai été exposée à des choses bien pires que le rhume des enfants de Mrs Simpson.

Le pasteur prit un air attristé et lui sourit.

— Je suppose que vous avez raison. J'oublie que vous avez plus d'expérience que moi.

Ils se sourirent un long moment, jusqu'à ce qu'ils soient interrompus par le hennissement du cheval. Soudain, le pasteur sembla se rappeler qu'il tenait toujours les mains de Sara et les lâcha d'un air gêné. Il saisit de nouveau les rênes et le cabriolet se mit en branle.

— Nous retournons à Ridgestone ? demanda-t-elle après plusieurs minutes de silence.

Il fit la moue.

— J'aimerais encore faire une autre visite, et c'est sur notre chemin. Cela ne vous dérangerait pas de m'accompagner ? Mais je peux vous ramener chez vous, si vous préférez.

— Non, bien sûr, dit-elle en souriant. À qui voulez-vous rendre visite ?

— Au nouvel habitant de Windent Hall. Il vient tout juste d'arriver et j'aimerais lui souhaiter la bienvenue au village.

— Oh.

Ainsi, il y avait bien un nouveau venu dans le voisinage. Les fourmillements nerveux se manifestèrent de nouveau dans sa gorge, la mettant mal à l'aise. Elle inspira profondément pour mieux se contrôler. Elle était adulte, pour l'amour du ciel ! Il était grand temps de ne plus être aussi troublée à l'idée de rencontrer quelqu'un qu'elle ne connaissait pas encore.

De plus, songea-t-elle en regardant le pasteur, la dernière personne dont elle avait fait la connaissance était assise juste à côté d'elle en ce moment, et les choses s'étaient merveilleusement bien passées.

— Savez-vous comment il s'appelle ?

— Mr Nathan Grant. Il arrive de Londres.

Mr Grant. Un nouveau voisin. Très bien. Elle pouvait le faire. Le pasteur était là pour l'aider.

Sara acquiesça. Oui, elle allait y arriver.

Pendant que le pasteur l'aidait à descendre du cabriolet, Sara contempla longuement Windent Hall. Les rideaux tirés sur les fenêtres empêchaient de voir à l'intérieur de la demeure et conféraient à la bâtisse un air froid et inhospitalier. Des arbres morts et du gazon flétri bordaient l'allée. De nombreuses fissures étaient visibles sur la façade en brique rouge. Même le porche extérieur penchait dangereusement sur le côté, menaçant de s'écrouler, entouré de débris de pierres et de mortier qui s'empilaient aux abords du manoir.

L'endroit transpirait la négligence, ce qui était à prévoir après trente années d'abandon. En revanche, Sara ne s'attendait pas à trouver ce manteau de solitude qui enveloppait la maison et renforçait son atmosphère sinistre. Elle ne put s'empêcher de penser que la demeure se dressait là face à eux pour qu'on la remarque, après avoir été ignorée pendant tout ce temps.

Sara ne put réprimer le frisson qui lui parcourut le corps.

Elle se tourna vers le pasteur qui venait de lui offrir son bras.

— Êtes-vous certain que nous devrions venir ici ? Nous n'avons pas été invités.

Il la conduisit d'un pas prudent vers les marches du perron.

— Même ainsi, je sens qu'il est de mon devoir de l'accueillir dans notre communauté. On voit tout de suite que prendre en charge cet endroit est une tâche de grande envergure. Cet homme doit savoir qu'il est le bienvenu chez nous et être informé des artisans et des ouvriers qu'il trouvera au village.

Sa logique était imparable mais elle ne put s'empêcher de grimacer en entendant la porte craquer bruyamment en signe de protestation lorsqu'ils frappèrent. Le pasteur et Sara échangèrent un regard et il esquissa un rictus en prenant un air d'excuse.

La porte rugit en s'ouvrant et s'arrêta à mi-parcours. Un juron étouffé leur parvint de l'autre côté et huit doigts apparurent dans l'ouverture. La personne qui se trouvait de l'autre côté commença à tirer sur le battant en grognant. Le pasteur haussa les épaules et l'aida à pousser. La porte s'ouvrit lentement avec force grincements, jusqu'à ce que Sara et lui puissent se frayer un passage.

Ils pénétrèrent dans le hall plongé dans l'obscurité. La poussière recouvrait tout, y compris un grand lustre et toutes les appliques murales. L'homme qui leur avait ouvert la porte s'éloignait déjà dans un couloir qui bordait l'escalier principal.

— Je ne suis pas assez bien payé pour ça, marmonna-t-il. Attendez ici.

Puis il disparut dans les profondeurs du manoir.

Sara et le pasteur le suivirent du regard un long moment avant de se tourner l'un vers l'autre. Il haussa de nouveau les épaules, puis s'avança vers le couloir. Sara n'eut pas d'autre choix que de le suivre.

Il s'agissait d'un salon, d'après ce qu'elle déduisit sous toute cette poussière. Les murs vert pâle étaient passés et abîmés, et donnaient à l'ensemble un air insalubre. Aucun tableau ne décorait les murs et la pièce était dépourvue de bibelots, comme Sara aurait pu espérer en trouver dans un endroit comme celui-ci. Les meubles n'étaient pas protégés par des draps. Ainsi exposés, ils paraissaient usés et trop fragiles pour supporter le moindre poids. Sara s'assit prudemment sur le canapé en priant pour qu'il ne s'effondre pas.

— Nous n'aurions peut-être pas dû venir aujourd'hui, murmura-t-elle. Il semblerait que Mr Grant ne soit pas préparé à recevoir de la visite.

Le pasteur accueillit sa remarque en hochant la tête.

— Oui, mais maintenant, nous sommes ici. Nous ne resterons pas très longtemps. Nous lui souhaiterons la bienvenue et nous partirons.

Cela faisait presque trente-cinq minutes qu'ils attendaient dans ce salon spartiate lorsque Sara entendit de petits coups réguliers dans le couloir. Le bruit approcha et elle se tourna vers la porte, se demandant d'où il pouvait bien provenir. Une pointe dorée heurta le plancher juste sur le seuil de la pièce. Sara suivit des yeux la tige noire jusqu'à un pommeau couleur or en forme de tête de loup. Des doigts fins y étaient agrippés, et ils semblaient aguerris au maniement de la canne.

Sara continua de lever les yeux et découvrit le manteau brun, le gilet à rayures et la cravate d'un blanc immaculé, avant d'atteindre le visage du gentleman. Elle écarquilla les yeux en reconnaissant l'homme et sa gorge se serra : il s'agissait du voyageur égaré qu'elle avait croisé quelques jours plus tôt.

Ses prunelles froides et immobiles étaient encore plus pâles et, à cet instant précis, ses yeux injectés de sang ne cherchaient même pas à cacher son mépris, accentuant encore plus le sentiment qu'ils n'étaient pas les bienvenus. Sara remarqua à peine les fourmillements dans sa gorge tant elle était fascinée par le visage de cet homme.

Elle passa en revue ses traits nordiques, s'attardant sur ses pommettes taillées à la serpe et son nez droit. Sa bouche formait un pli inflexible au-dessus de son menton puissant. Ses cheveux, qui avaient la couleur claire du blé, tombaient en désordre sur sa tête, tandis que des favoris légèrement plus sombres menaçaient d'empiéter encore plus sur sa mâchoire virile.

Ses yeux la captivaient. Ils avaient la couleur d'un ciel d'hiver par temps clair. La transparence de l'iris renforçait encore plus l'impression qu'un glacier lui entourait les prunelles. De minuscules rides ornaient le coin de ses yeux, assorties aux plis qui encadraient sa bouche et qui bougeaient chaque fois qu'il esquissait une petite grimace.

Le pasteur avait-il remarqué toute la tension qui habitait cet homme ?

Spontanément, Sara se leva du canapé avec l'envie de passer la main sur ce visage pour chasser ces rides et le rassurer. Mais d'où lui venait une idée pareille ? songea-t-elle aussitôt.

La voix du pasteur vint rompre le charme.

— Bonjour. Êtes-vous Mr Grant ?

Sara vit les yeux du propriétaire des lieux vaciller avant de se poser sur le pasteur, le jaugeant d'un simple regard. Il le contempla un long moment en gardant le silence.

— Je suis bien Nathan Grant, répondit-il enfin d'une voix neutre et impersonnelle.

Le pasteur s'inclina vers lui.

— Bienvenue à Taft, monsieur. Permettez-moi de me présenter. Je suis le pasteur Charles Pomeroy.

— Je ne suis pas pratiquant, monsieur le pasteur.

Malgré la grossièreté de sa réponse, l'intonation de sa voix était profonde et distinguée, et eut sur Sara un effet étrange.

Le pasteur se contenta de cligner doucement les yeux et continua de sourire.

— Même si cela m'attriste grandement, il s'agit plus d'une visite de courtoisie que d'une démarche spirituelle. Le seul lien entre ma présence ici et l'Église est que je suis pasteur. Je voulais simplement vous souhaiter la bienvenue à Taft.

Mr Grant lui adressa un unique hochement de tête.

— Merci. Vous pouvez partir maintenant.

Il tourna les talons et sa canne martela le sol tandis qu'il s'apprêtait à quitter la pièce.

Le pasteur ajouta très vite :

— Laissez-moi vous présenter Miss Collins. Elle vit à Ridgestone, la propriété voisine, avec ses amis. Elle est un membre très actif de notre paroisse. Elle est toujours prompte à apporter son aide partout où l'on a besoin d'elle.

Le pasteur sourit à Sara et elle fit la révérence sans quitter Mr Grant des yeux.

Ce dernier se figea et tourna lentement les talons pour faire face à ses visiteurs. Ses yeux se posèrent sur Sara et l'étudièrent de plus près, cette fois. Il baissa le regard vers ses chaussures qui pointaient sous ses jupes avant de remonter de manière insolente le long de son corps, s'attardant sur ses hanches et son décolleté avant de se poser sur son visage.

Le choc de cet examen la sortit de sa transe. La gêne qu'elle éprouvait d'ordinaire s'empara d'elle et elle rougit. Elle baissa la tête vers le sol. Impossible d'ignorer les fourmillements dans sa gorge, cette fois.

— Miss Collins.

La voix grave flotta jusqu'à elle, froide et dépourvue de toute émotion.

— Mr Grant.

Sa réponse se résumait à un murmure étranglé.

Le gentleman se tourna ensuite vers le pasteur.

— L'église a-t-elle besoin de quelque chose ? D'un nouveau clocher, ou de livres de cantiques, par hasard ?

— Évidemment, l'église accepte toutes formes de dons, répondit le pasteur. Il y a toujours des besoins à satisfaire dans la communauté.

— Les pauvres et les orphelins, n'est-ce pas ?

— Euh… Oui.

Le pasteur se tortilla d'un air gêné. Il s'éclaircit la voix.

— Nous n'avons pas d'orphelinat dans la région, mais je peux me renseigner sur un établissement voisin si vous désirez en soutenir un. Ou sur toute autre chose, si vous avez une cause particulière en tête.

— Et que gagnerai-je en retour ?

— Je vous demande pardon ?

Sara ne distinguait pas le visage du pasteur mais au ton de sa voix, elle comprit que la question l'avait surpris.

— Que me proposez-vous pour me convaincre de me défaire d'une partie de mon argent ? demanda Mr Grant d'une voix toujours aussi neutre et impersonnelle.

Sous ses cils, Sara vit les doigts de ce dernier se serrer autour de la tête de loup, si fort que ses jointures devinrent blanches.

— La Bible nous dit que les bonnes œuvres contiennent leur propre récompense, répondit le pasteur.

— Je n'aurais donc pas de banc privé ? Pas de dédicace en mon honneur ?

— Eh bien, nous pouvons peut-être…

— … Peut-être m'accorder un moment en tête à tête avec une certaine paroissienne toujours prompte à proposer son aide partout où l'on a besoin d'elle ?

En entendant ces mots, Sara releva vivement la tête et se sentit pâlir d'un coup. Seigneur, elle n'avait pas bien entendu !

Les paroles de Mr Grant résonnèrent dans le silence, confirmant qu'elle ne s'était pas trompée. Le pasteur la fixa du regard en écarquillant les yeux.

— Hum.

Il s'éclaircit de nouveau la gorge, visiblement mal à l'aise. Puis, prenant une courte inspiration, il se redressa.

— Je n'ai jamais dit cela. Je ne suggérerais jamais quelque chose d'aussi… immoral !

Un coin de la bouche de Mr Grant s'étira en un sourire sardonique.

— Je peux vous assurer que j'ai déjà entendu bien

d'autres suggestions immorales de la part des créatures du Seigneur.

Le pasteur ne céda pas.

— Eh bien, croyez-moi, je ne ferais jamais une chose pareille, monsieur. Il est complètement déplacé de votre part de faire de tels commentaires. Je pense que vous devez des excuses à Miss Collins.

Mr Grant fit un pas vers lui. Le bruit de sa canne résonna dans la pièce.

— Vous entrez chez moi sans y être invité avec une femme célibataire, faites de vagues allusions en vous exprimant très mal. Et vous avez en plus l'audace de me faire la leçon sur ce qui est correct ? C'est vous qui me devez des excuses.

Une violence sourde tendait ses propos, ajoutant encore plus à la froideur de l'échange. Les allusions en question — mais lesquelles ? — avaient manifestement touché une corde sensible.

Le pasteur garda le silence quelques instants. Lorsqu'il s'exprima, il le fit avec la voix calme et posée d'un homme d'Eglise :

— J'ignore pourquoi vous êtes devenu aussi cynique, monsieur, mais même si je ne suis pas à Taft depuis très longtemps, j'ai pu constater la sincérité spontanée des habitants de cette région. Les gens d'ici n'ont pas d'arrière-pensées. Lorsque nous proposons quelque chose d'aussi simple que d'accueillir un nouvel habitant, il ne faut pas y voir quoi que ce soit d'autre. Je regrette que vous ne puissiez pas l'accepter avec la même simplicité et je prie pour que vous trouviez dans cette communauté la guérison dont votre âme a besoin.

Mr Grant reporta son attention sur Sara, la bouche de nouveau tordue en un sourire sardonique.

— J'imagine que c'est très excitant pour vous d'avoir deux hommes se querellant pour votre honneur, n'est-ce pas ?

Sara ne répondit pas ; elle en était incapable. Dans une telle situation, les mots lui manquaient.

Mr Grant se tourna vers le pasteur.

— Vous avez su trouver votre chemin pour entrer. Vous ferez de même pour sortir.

Puis il tourna les talons et quitta la pièce en s'appuyant lourdement sur sa canne, dont le bruit mourut au bout du couloir.

Après plusieurs secondes de silence, le pasteur se tourna vers Sara.

— Je regrette vivement vous avoir exposée à cela, Miss Collins. Encore une fois, cette journée de visites est un fiasco.

Sara baissa de nouveau la tête et se tordit les mains. Elle entendit le pasteur s'avancer pour se placer à côté d'elle. Lorsqu'il s'adressa à elle, il le fit d'une voix douce. Sa proximité lui réchauffa le cœur après la froideur de cet échange.

— Venez, je vais vous raccompagner chez vous.

Elle acquiesça et se laissa emmener loin de Windent Hall.

Chapitre 4

Sara mit plusieurs secondes à s'habituer à l'obscurité qui régnait dans l'épicerie du village. Il n'y avait pas beaucoup de clients, ce qui la rassura. Elle salua ceux qu'elle connaissait tout en se dirigeant vers le comptoir de service. Mrs Yardley, la pianiste de l'église, gérait le magasin avec son mari. Plutôt intimidée par l'homme à l'imposante carrure, Sara attendit patiemment que la commerçante ait terminé avec son client.

— Bonjour, Mrs Yardley, dit Sara avec un sourire. Y a-t-il du courrier pour nous cette semaine ?

Mrs Yardley acquiesça d'un signe de tête.

— Je vais vous le chercher.

Elle revint de l'arrière-boutique avec plusieurs lettres dans la main.

— Nous avons reçu cette semaine de très beaux rubans blancs et jaunes qui iraient très bien avec vos cheveux.

Sara leva timidement la main vers ses boucles rousses, un sourire gêné aux lèvres.

— Merci, j'y jetterai peut-être un coup d'œil.

N'attire pas l'attention sur toi, ma fille ; la vanité est un travers du diable.

Mrs Yardley lui rendit son sourire et lui tendit les

lettres après avoir inscrit le prix sur la page de son livre de comptes réservée à Ridgestone.

— Cela fait longtemps que vous ne vous êtes pas acheté quelque chose. Nous méritons tous une petite gâterie de temps en temps, Miss Collins.

— Merci, répondit-elle avant de se diriger vers les rubans.

Elle toucha ceux qui venaient d'arriver. Les couleurs se seraient très bien accordées avec ses cheveux, effectivement, mais elle n'avait pas prévu de faire des dépenses superflues cet après-midi. La veille, Louisa avait passé une grande partie de la soirée à leur parler de leurs finances, et Sara savait que s'acheter de nouveaux rubans ne serait pas très bien accueilli.

Après un coup d'œil vers Mrs Yardley pour voir si celle-ci la regardait, Sara se dirigea vers la porte et sortit discrètement en glissant les lettres dans son panier. Le soleil lui fit cligner les yeux quelques instants mais elle reprit très vite le chemin de Ridgestone par lequel elle était venue.

Après avoir salué d'un signe de la main des élèves et leurs parents, Sara laissa Taft derrière elle et ralentit le pas, savourant la douceur inhabituelle de cette journée de printemps. Chaque semaine, elle aimait se rendre à pied au village pour chercher le courrier et faire quelques courses. Elle prenait alors le temps de rester seule avec ses pensées, sans se soucier des difficultés et des tribulations du Club des gouvernantes.

Ces instants volés étaient précieux et elle s'efforçait de les préserver du mieux qu'elle le pouvait.

La journée était particulièrement plaisante et Sara décida de prendre le chemin le plus long à travers champs.

Passant par-dessus un échalier, elle balança son panier dans sa main et tourna le visage vers le soleil. Les longues tiges d'herbes sèches lui chatouillaient les chevilles, ce qui la fit sourire. En gravissant une colline, elle dut se pencher en avant pour garder son équilibre et souleva ses jupes pour ne pas trébucher.

Elle continua de marcher jusqu'au sommet, où elle s'arrêta pour reprendre son souffle.

Contemplant le paysage, elle inspira profondément, comme si elle pouvait aspirer le soleil dans son corps pour qu'il la réchauffe de l'intérieur. Puis elle regarda en direction de Ridgestone, qui se trouvait encore à deux miles en contrebas dans la vallée. La bâtisse rectangulaire était entourée par un océan de verdure, d'herbe et d'arbres, qui tapissait le sol. À l'arrière, Sara apercevait les jardins — la passion de Claire — qui vibraient de fleurs et ponctuaient le paysage de couleurs.

Cela faisait presque un an qu'elle était venue s'installer à Ridgestone. Un endroit où elle pourrait se sentir chez elle et s'épanouir. Elle y avait fait la connaissance de Claire et Louisa qui l'avaient accueillie à bras ouverts et elles étaient bien vite devenues amies. Pour son poste de gouvernante, les choses s'étaient faites de manière tout aussi naturelle. Son arrivée à Ridgestone et la création de ce club avaient été une expérience très enrichissante. Enseigner à un groupe d'enfants au lieu des deux élèves dont elle avait auparavant la charge était également très différent et dépassait de prime abord ses compétences. Voyant ses difficultés, Claire et Louisa avaient pris la décision de lui confier les enfants les plus jeunes de leur école. Ils avaient entre quatre et cinq ans et ne venaient en classe que par demi-journée. Elle leur apprenait essentiellement à lire, ainsi que les bonnes manières. Sara passait ses matinées entre jeux et leçons, parmi les rires et la bonne humeur.

Elle se remit en route et descendit l'autre versant de la colline en tenant son chapeau tandis qu'elle prenait de la vitesse. De nouveau à bout de souffle en bas de la pente, elle se dit soudain qu'elle se comportait comme l'un de ses élèves, ce qui lui arracha un rire.

Elle emprunta ensuite un chemin qui serpentait entre les arbres et qui conduisait à Ridgestone. À l'ombre de leur feuillage, elle sortit les lettres de son panier et les parcourut. La plupart étaient adressées à Claire et à Jacob, qui étaient les propriétaires du domaine. Une autre était destinée à tout leur petit groupe. Elle provenait de leur amie et ancienne membre du club, Bonnie Montgomery, qui vivait désormais à Darrowgate avec son mari et leurs pupilles. Mais l'une était adressée à Sara et portait l'écriture de son frère.

Tout excitée, Sara alla s'asseoir au pied d'un arbre et rompit le cachet. Les lettres de son frère étaient rares et elle les chérissait toutes pour le lien qu'elles maintenaient avec lui. Rapidement, elle se laissa absorber par le récit de ses aventures en mer.

Nathan Grant fit une pause à la croisée d'un chemin. Il avait le choix entre trois directions, dont celle par laquelle il était venu. Il jeta un bref regard en arrière mais il n'avait aucune envie de rebrousser chemin. Cela faisait *une heure* qu'il errait dans ce maudit labyrinthe d'arbres et d'arbustes, et il n'en avait toujours pas trouvé la sortie !

Il fronça les sourcils en étudiant les deux autres possibilités qui s'offraient à lui, comme si son regard pouvait traverser les arbres et lui montrer l'itinéraire vers la sortie. Jamais il ne se serait trouvé dans une telle situation à Londres ou à Cloverfields, le domaine de sa grand-mère maternelle. Mais sur un coup de tête, il avait voulu s'installer dans un endroit où personne ne le connaissait afin de pouvoir céder à ses toutes récentes pulsions de misanthrope.

Bon sang, comme s'il avait du temps à perdre !

Il choisit donc une direction au hasard et s'engagea sur le chemin en ignorant la douleur qui irradiait dans sa cuisse gauche.

« Je dois être honnête avec toi, ma sœur, lut Sara en se crispant. Je tremblais de peur. Le pirate de Barbarie avançait sur moi, une épée à la main et un couteau menaçant dans l'autre. Tout autour de moi, j'entendais les cris de mes camarades qui livraient leur propre bataille. Je savais que j'étais livré à moi-même. Mon épée était tirée, mon pistolet était déchargé, et je n'osais pas détourner les yeux de mon assaillant. Sans crier gare, il a poussé un cri féroce et… »

Le bruit d'un homme s'éclaircissant la gorge interrompit soudain sa lecture. Sara leva les yeux. Toujours absorbée par le récit de son frère, il lui fallut quelques instants pour reconnaître Mr Grant.

Sara blêmit et les fourmillements reprirent de plus belle dans sa gorge. Elle se leva maladroitement en ignorant la main que l'homme lui tendait. Elle se tenait à quelques pas de lui, la lettre dans la main et les yeux rivés à sa cravate parfaitement nouée.

Il était toujours aussi beau et troublant que la veille. Son visage était rasé de près, accentuant les angles durs de sa mâchoire. Il se tenait en appui sur sa jambe gauche mais il n'avait pas sa canne. Son regard bleu glacier la transperça.

— Miss Collins, dit-il tout en s'inclinant vers elle.

Sara répondit aussitôt par une révérence. Ils se redressèrent tous les deux et elle remarqua qu'il la dépassait d'une bonne tête. Elle lui arrivait à peine à l'épaule. Seigneur, comme elle se sentait petite à côté de lui ! Elle n'était pas habituée à avoir cette impression, elle qui passait ses journées entourée d'enfants.

Voyant qu'elle restait muette, Mr Grant continua :

— Quelle belle journée pour lire des lettres en plein air.

Il désigna la lettre de son frère qu'elle tenait à la main.

Elle ne pouvait toujours pas répondre : les fourmillements dans sa gorge étaient trop présents. Sa respiration n'en souffrait pas mais elle se sentait incapable de parler. L'angoisse se propagea dans ses veines et lui noua l'estomac. Bien malgré elle, elle sentit la lettre de son frère se froisser entre ses doigts. Oh non, si elle l'abîmait, comment pourrait-elle encore la lire ensuite ?

Mr Grant s'éclaircit de nouveau la gorge et regarda en direction du chemin.

— Est-ce que c'est la bonne route pour sortir d'ici ?

Sara déglutit avec peine. Il fit la moue et haussa les sourcils.

— Vous n'allez pas me faciliter la tâche, n'est-ce pas ?

Sara cligna les yeux. Il souffla puis reprit avec impatience :

— D'accord. Je me suis montré très impoli lors de votre visite à Windent Hall. Acceptez mes excuses.

Elle le regarda fixement, ne sachant pas si elle devait être choquée ou offensée par son flagrant manque de sincérité.

— S'il vous plaît, ajouta-t-il.

Sara hocha la tête sans grande conviction.

— Parfait. Maintenant, dites-moi comment faire pour sortir d'ici.

Elle secoua la tête. Les fourmillements étaient en train de disparaître mais elle ne pouvait toujours pas parler.

Il fronça les sourcils et serra les mâchoires.

— Je vois. Mais ne venez plus me parler de la nature accueillante de votre communauté ! Bien le bonjour, Miss Collins.

Il porta la main à son chapeau pour la saluer et passa devant elle.

Oh ! Seigneur ! Dire qu'il croyait qu'elle faisait exprès de ne pas l'aider. Sara se précipita derrière lui et l'arrêta en posant la main sur son bras. Les muscles d'acier sous son manteau tressaillirent et se tendirent sous ses doigts. Une idée incongrue lui traversa alors l'esprit : cet homme était fort et capable de la protéger.

Sara fixa son regard sur sa main posée sur le biceps de cet homme que ses petits doigts couvraient à peine. Puis elle leva les yeux et vit qu'il regardait lui aussi l'endroit où elle l'avait touché. Soudain, le désir absurde de passer la main sur son torse pour voir si ses muscles étaient aussi puissants, aussi durs et aussi exaltants, s'empara d'elle.

Elle retira très vite la main et la laissa pendre le long de son corps comme si elle venait de se brûler. Puis elle fit un pas en arrière.

— Qu'y a-t-il ? demanda-t-il d'une voix grave.

Sara déglutit de nouveau et porta la main à sa gorge en la tapotant.

Il fronça les sourcils.

— Votre gorge ? Quelque chose ne va pas avec votre gorge ?

Elle acquiesça avec un sourire d'excuse.

— Vous ne pouvez pas parler ? Pourtant, vous parliez, hier.

Elle prit une profonde inspiration. Peut-être que les fourmillements avaient suffisamment disparu pour lui permettre de s'exprimer.

— Je suis désolée, couina-t-elle d'une voix à peine audible.

Mr Grant dut tendre l'oreille.

— Je vous demande pardon ?

— Je suis désolée, répéta-t-elle plus fort malgré sa voix qui s'apparentait toujours à un couinement.

Il la contempla un long moment.

— Je vous propose un marché, dit-il enfin. Aidez-moi à sortir de ce maudit piège et j'accepterai vos excuses.

Elle haussa les sourcils en entendant ses propos.

Il posa une main sur son cœur.

— Je jure sur l'honneur que je saurai me montrer agréable.

À ces mots, Sara réprima un petit rire. Mr Grant le remarqua et pencha la tête sur le côté pour mieux la regarder. Pour la première fois, elle vit ses lèvres s'étirer en un véritable sourire. Les deux commissures s'étaient relevées sur une rangée de dents blanches. Ses traits s'adoucirent et lui donnèrent un air moins froid et plus accessible. Comme elle croisait ce sourire, une douce chaleur envahit le ventre de Sara et elle se détendit.

— Je suppose que je le mérite, dit-il d'une voix triste.

Puis il secoua la tête.

— Vous m'avez vu dans mes pires moments. D'ordinaire, je sais me montrer très charmant et aimable.

Sara sourit en entendant sa réponse.

— Il faudra que je vous prenne au mot, monsieur.

— Vous me fendez le cœur en doutant de moi, répondit-il.

Puis il se tourna vers le chemin.

— Maintenant, dites-moi quelle est la route qui mène à Windent.

Sara désigna le chemin vers lequel elle se dirigeait.

— Nous partirons par là.

Elle saisit son panier et y plaça la lettre de son frère. Ils commencèrent à marcher côte à côte mais sans se toucher. Sara cala son pas sur le sien. La boiterie de Mr Grant était à peine visible. Mais qu'avait-il fait de sa canne ? Peut-être n'en avait-il pas besoin en toutes circonstances.

Il brisa le silence en premier.

— Vous prenez souvent ces chemins ? demanda-t-il.

— Non, ce n'est pas la route la plus directe pour aller de Ridgestone à Taft, mais la journée est si belle que j'ai voulu en profiter. Parfois, je viens m'y promener sur un coup de tête.

Il la regarda, l'air surpris.

— Vous ne craignez pas de vous égarer ?

— Cela n'est encore jamais arrivé, répondit-elle avec le sourire.

Mr Grant secoua la tête.

— Je dois être un cas désespéré, alors, pour m'y être perdu dès la première fois.

— Ne soyez pas aussi dur avec vous-même. Je vis à Ridgestone depuis presque un an et je connais beaucoup mieux ces chemins que vous. Les premières fois, je m'y suis aventurée avec Claire.

Il la regarda sans comprendre.

— Claire ? C'est votre sœur ?

Sara rougit face à cet impair.

— Mrs Knightly. C'est une amie. Son mari et elle sont les propriétaires de Ridgestone. Il s'agit du gentleman qui vous a proposé son aide lorsque votre cheval s'est blessé dimanche dernier.

Mr Grant sembla se souvenir.

— Ah, oui. Je me disais bien que je vous avais déjà vue lorsque vous êtes venue chez moi hier. Vous vivez avec eux ?

Ils approchaient d'un embranchement. Mr Grant avait dû se tromper à cet endroit car l'autre route conduisait directement à un champ derrière Windent Hall. Elle bifurqua avec lui sur ce chemin.

— Regardez cet arbre à trois branches, souligna-t-elle. Il indique la route vers Windent Hall. Et pour répondre à votre question, en effet, je vis avec eux et avec Miss Hurst, une autre amie.

Mr Grant parut surpris.

— Trois femmes qui vivent sous le même toit qu'un homme ?

— Oui, acquiesça Sara. Mrs Knightly, Miss Hurst et moi-même nous sommes connues du temps où nous étions gouvernantes dans la même région. Nous nous sommes regroupées pour créer notre propre école.

Il haussa les sourcils d'un air admiratif.

— Quelle ambition.

Sara garda le silence, ne sachant trop comment interpréter

le ton de sa voix. Était-il sincère ou bien se moquait-il d'elle ? Il était difficile de le dire et cela l'agaçait.

Après avoir fait quelques pas en silence, il reprit la parole :

— Si vous travaillez dans une école, comment se fait-il que vous ayez du temps libre l'après-midi ? N'avez-vous pas d'élèves aujourd'hui ?

Elle se racla la gorge.

— Je n'enseigne qu'aux enfants les plus jeunes, le matin. Ils sont trop petits pour étudier toute la journée. Cela me laisse les après-midi pour le travail administratif et les courses.

— Comme aller chercher le courrier, dit-il en regardant son panier.

Elle le serra plus fort contre elle, l'anse au creux de son coude.

— Oui, je vais chercher le courrier tous les jeudis. J'aime marcher.

— Vous venez souvent vous asseoir sous un arbre pour lire vos lettres ?

S'était-il vraiment exprimé sur le ton de la plaisanterie ? Venant de lui, cela paraissait si étrange. Elle tressaillit légèrement et rougit. Puis elle baissa les yeux vers son panier et désigna la lettre froissée.

— J'ai reçu une lettre de mon frère, aujourd'hui. Adam s'est engagé en tant qu'aspirant sur le *HMS Explorer* qui navigue le long de la côte des Barbaresques. Il ne m'écrit pas souvent et j'étais impatiente d'avoir de ses nouvelles.

— Pas étonnant que vous ayez été aussi absorbée. Êtes-vous proches ?

— Non, pas particulièrement. Il a quelques années de plus que moi et a toujours été le rebelle de la famille.

Il a causé à mes parents beaucoup de soucis. Il était toujours dehors, à faire ce qu'il voulait. La marine lui a fait beaucoup de bien, néanmoins. J'attends ses lettres avec impatience.

— Et vos parents ? Vous les voyez souvent ?

Elle se tourna vers lui, hésitante. Pourquoi lui posait-il toutes ces questions ? S'intéressait-il vraiment à elle ou voulait-il simplement bavarder ?

— Non, ils sont morts tous les deux depuis plusieurs années.

— Toutes mes condoléances.

— Merci.

Sara pointa du doigt un autre chemin plus étroit que les autres.

— Cette route longe une paroi rocheuse assez escarpée et revient jusqu'ici. Elle est plutôt sûre, même s'il vaut mieux être prudent. La grande pierre qui ressemble à un vieil homme est un repère. Je vous recommande de l'emprunter un jour. La vue sur la campagne y est très belle et il y a une cascade au sommet.

— J'essaierai de m'en souvenir. Dites-m'en plus sur votre école. Comment sont organisés les cours ? Vous donnez des cours particuliers à des enfants, ou bien vous enseignez une seule matière, comme à l'université ?

Sara lui était reconnaissante de continuer à s'intéresser à elle. Elle ne savait pas comment répondre ou interpréter son commentaire précédent sur leurs ambitions. Le sarcasme semblait être une deuxième nature chez cet homme.

— Nous enseignons selon les matières et l'âge de nos élèves. Avec les plus jeunes, leur éducation consiste à apprendre à lire, à compter et à connaître les règles de la bienséance.

— Ah, oui, le fondement de notre très chère société.

Un autre sarcasme. Elle risqua de nouveau un coup d'œil vers lui, mais détourna bien vite la tête.

— Vous avez de nouveau arrêté de parler, releva-t-il. Vous le faites souvent.

Sara se força à lui répondre.

— Je suis désolée.

Ils arrivaient au bout du chemin. La lumière coulait à flots et elle entendait le bruit des vaches.

Mr Grant s'immobilisa et posa une main sur son bras pour l'arrêter. Le contact fut léger mais il suffit à la faire frémir de la tête aux pieds. Choquée, Sara s'écarta vivement.

— Vous n'avez pas besoin de vous excuser, dit-il en ôtant la main. Il est clair que j'ai encore dit quelque chose qui vous a embarrassée. Si vous me dites ce que c'est, je peux éviter de vous contrarier à l'avenir.

Sara regarda en direction de la clairière sans savoir quoi lui répondre.

Mr Grant haussa alors les épaules et lui décocha son sourire sardonique.

— Si vous ne dites rien, je ne peux qu'en déduire que vous manquez de conversation.

Elle lui décocha un bref coup d'œil et il pouffa.

— Enfin une réaction. Maintenant, dites-moi ce qui ne va pas.

— J'ignore de quoi vous parlez, lâcha-t-elle sèchement.

Choquée par tant d'audace, elle se couvrit la bouche d'une main.

Petite effrontée !

Il pouffa de nouveau.

— Voilà qui est mieux. Dites-moi à quoi vous pensez.

Sara secoua la tête, la main toujours sur la bouche. Il tendit la sienne et dégagea doucement celle de Sara. Puis il garda sa main dans la sienne et Sara sentit sa peau frissonner à l'endroit où il la touchait. Les frissons se répandirent sur sa peau, attirant toute son attention sur ce point de contact.

Mr Grant s'approcha tout près, l'obligeant à lever le menton vers lui et à croiser son regard. Les frissons semblaient à présent danser sur tout son visage et elle écarta instinctivement les lèvres.

— Vous n'avez rien à craindre, murmura-t-il. Il n'y a que vous et moi, et personne pour vous juger. Dites-moi simplement ce que vous voulez.

Sara plongea son regard dans le sien. Les prunelles couleur glacier se réchauffèrent et brillèrent d'un éclat qui l'attirait. En le regardant dans les yeux avec une telle intensité, Sara sentit une curieuse sensation s'épanouir en elle, comme un sentiment de sécurité et de paix. Mr Grant lui avait dit qu'il ne la jugerait pas et elle le croyait. Il n'y aurait pas de rude réprimande, et aucune punition ne l'attendait.

— J'ignore de quoi vous parlez, murmura-t-elle. Vous dites des choses et je ne sais pas si vous êtes sincère ou si vous vous moquez de moi. C'est déconcertant. C'est pour cette raison que j'ai cessé de parler.

Il haussa des sourcils étonnés.

— Vraiment ?

Elle hocha la tête.

— Comme lorsque vous m'avez dit que c'était très ambitieux de notre part d'ouvrir une école privée. J'ignore si vous nous admirez vraiment ou si vous pensez que nous ne nous comportons pas de manière convenable pour des femmes et que nous allons échouer. D'autres avant vous l'ont dit. Et il y a aussi la façon dont vous avez relevé que j'allais chercher le courrier et que je faisais des visites avec le pasteur. Au ton et aux inflexions de votre voix, je me suis sentie ridicule de faire de telles choses, même si elles me plaisent. Je déteste les conversations lourdes de sous-entendus.

Oh ! Seigneur, quel bonheur de dire enfin ce qu'elle pensait !

— Le pasteur a dit que vous étiez cynique et je suis d'accord avec lui, continua-t-elle. Il n'est pas facile de vous accueillir, et votre cynisme ne vous rend pas aimable pour les autres.

Mr Grant la regarda un long moment.

— Je suis peut-être cynique, mais j'ai peut-être aussi de bonnes raisons de l'être.

Il s'écarta d'elle, rompant le contact. Elle frissonna, comme si elle avait froid.

— Peut-être n'ai-je pas envie de me faire aimer des autres.

— Si vous avez l'intention de vivre en ermite, rétorqua-t-elle, vous avez choisi le mauvais endroit. Les habitants de Taft sont très ouverts et accueillants, généreux de leur temps et de leur affection.

— J'ai pu en effet éprouver leur nature accueillante sous la forme de deux personnes qui se sont présentées chez moi sans y avoir été invitées.

— Et avec lesquelles vous avez été odieux.

— Odieux ?

Il lâcha un rire amusé.

— C'est la gouvernante qui me réprimande ? ajouta-t-il. Que c'est original.

Impossible de se méprendre sur son ton à présent. Le cynisme était de retour en force et se manifestait dans ses propos tranchants. Elle déglutit avec peine et sentit son assurance fléchir. Son répit était terminé.

Elle le voyait dans le regard glacial de Mr Grant et dans le pli dur de sa bouche.

— Vous ignorez le véritable sens du mot « odieux », Miss Collins, continua-t-il sur un ton froid et mordant. Je vous assure que vous n'avez jamais rencontré les esprits retors que j'ai croisés et vous ne sauriez même pas les reconnaître. Ces personnes se cachent derrière de beaux habits et de bonnes manières, jacassant, riant, parlant et criant haut et fort leur volonté de bâtir un monde meilleur tout en vendant leurs allégeances et leurs croyances pour quelques guinées et une tape dans le dos. Ces personnes, ces bâtards et ces menteurs, sont si dépravées que même Belzébuth en personne ne les accueillerait pas.

Il était soudain devenu si véhément que Sara avait reculé de plusieurs pas. Il lui lança un sourire méprisant.

— Ne pensez même pas m'apprendre le sens du mot « odieux ». Il suinte par tous mes pores et il faudra bien plus qu'un charmant village pour me purifier. J'ai mérité ma vie d'ermite, car je suis si pollué que j'infecte la nature qui m'entoure.

Sous l'emprise d'une fascination morbide, Sara ne pouvait détacher son regard de celui de cet homme. Tandis qu'elle le fixait, la répugnance qu'il éprouvait sembla se diriger contre lui-même. Elle repéra le moment exact où il prit conscience de la véracité de ses paroles et où la haine de lui-même apparut. Elle le lut dans ses yeux.

Avec un autre sourire méprisant, mais qui n'était pas dirigé contre elle cette fois, il ajouta :

— Il semblerait que je ne sois pas encore fait pour la compagnie. Veuillez m'excuser.

Il lui tourna le dos et s'éloigna dans la clairière avant de disparaître au loin.

Sa boiterie était plus prononcée.

Sara observa le départ de Mr Grant dans un tel état de choc qu'elle ne remarqua les fourmillements dans sa gorge que trop tard. Tandis que la corde se refermait autour de son cou, elle ne put s'empêcher de penser que le pasteur avait vu juste en déclarant que cet homme était une âme blessée. Elle lutta pour retrouver son souffle et s'adossa à un arbre pour ne pas tomber. *Inspire, deux, trois, quatre. Expire, deux, trois, quatre.*

Oh ! Seigneur, sans le savoir, cet homme venait pratiquement de lui lancer un appel à l'aide.

Chapitre 5

Nathan ouvrit la porte et pénétra dans la bibliothèque plongée dans la pénombre. Bientôt, ses yeux s'habituèrent à l'obscurité et il distingua la forme des meubles, toujours enveloppés dans leur manteau de poussière. Traînant la jambe, il s'avança dans la pièce. Le bruit de sa canne résonna sur le sol en marbre. Une fois au milieu de la bibliothèque, il tourna sur lui-même pour étudier les lieux. De part et d'autre se trouvaient des cheminées en tout point identiques et ce qu'il devina être des canapés, des fauteuils et des tables sous les draps.

Il choisit de se diriger vers la cheminée la plus proche. Il posa ensuite sa canne contre un meuble, tira sur un drap et découvrit une desserte. Saisissant la carafe de brandy sous son bras, il la posa sur la table. Le verre vint ensuite. Nathan poursuivit en tirant sur le grand drap à côté de la table et découvrit un fauteuil rembourré qui avait l'air très accueillant.

L'accumulation de poussière lui chatouilla les narines. Il s'effondra sur le siège et étendit sa jambe gauche avec un soupir de soulagement. Le cuir craqua sous son poids. Il se massa la cuisse et trouva facilement la grosse cicatrice sous son pantalon. Il grimaça en la massant un peu trop fort et maudit la folie qui l'avait pris. Pourquoi avait-il décidé de voyager à cheval au lieu de prendre une voiture ? Et puis, il y avait eu cette stupide excursion sur son domaine sans sa canne, où il s'était perdu dans cette forêt qui ressemblait à un labyrinthe dans l'espoir qu'un peu d'exercice apaise son anxiété et sa colère.

Et cela aurait peut-être été le cas s'il n'avait pas croisé Miss Collins.

Nathan secoua la tête. Se laissant guider par les rayons du soleil couchant, il se versa du brandy et attendit que l'obscurité se fasse complètement. Il avait à peine remarqué la jeune femme lorsqu'elle était venue avec le pasteur, tant il était consumé par sa douleur. Mais à sa décharge, elle n'avait pas décroché un mot.

Pourtant, lorsqu'il l'avait aperçue sous cet arbre, les jambes repliées sur le côté, il avait indéniablement apprécié la façon dont sa robe lui moulait les cuisses et les hanches, et comment sa poitrine remplissait son corsage. Il n'aurait pas été un homme s'il n'avait pas remarqué ces détails. Il s'était approché d'elle sans même avoir compris qu'il la connaissait déjà.

En la voyant assise là, telle une nymphe des bois, Nathan avait senti une pointe d'envie pour ce maudit pasteur. Faisant la moue, il avala une généreuse gorgée de brandy. Il ne savait que trop pourquoi une belle célibataire aidait un homme en âge de se marier quand il représentait un beau parti, même s'il s'agissait d'un de ces fichus ecclésiastiques.

Après s'être entretenu avec elle quelques instants, il n'avait pu que remarquer sa timidité. Le sentiment de victoire qu'il avait ressenti lorsqu'elle s'était enfin décidée à lui parler était grisant. Il n'avait jamais rien éprouvé de tel auparavant, pas même lorsqu'il avait gagné ses premières élections.

Il ignorait pourquoi il l'avait invitée à faire quelques pas avec lui. Il était certain que si elle lui avait expliqué la direction à prendre, il aurait trouvé seul son chemin ensuite. Les femmes mièvres ne l'intéressaient pas. Pourtant, en sa présence, il avait été assailli par un étrange sentiment d'orgueil et avait voulu lui prouver qu'il pouvait se montrer aimable et courtois. Il avait même tenté de dissimuler sa boiterie autant que possible, chose qu'il n'avait plus cherché à faire depuis l'université.

Et, au bout du compte, qu'avait-il fait ? Il l'avait forcée à dire ce qu'elle pensait avant de s'emporter et de se mettre dans une situation embarrassante. Il serait même surpris qu'elle accepte un jour de lui parler de nouveau. Dégoûté, il secoua la tête, avala d'un trait son brandy et se servit un autre verre.

Non, il ne voulait se montrer aimable avec personne. Ni avec les gens du village, ni avec ses voisins ou ce bienveillant pasteur. Et encore moins avec une rousse timide et quasiment muette, aux cheveux bouclés et au décolleté alléchant. Même si la vue de ses jambes lui avait asséché la gorge et que la beauté de son sourire lui avait fait perdre ses moyens.

Nathan avala une autre gorgée de brandy.

Chapitre 6

Nathan s'assit prudemment à une table près de la fenêtre qui donnait sur la place centrale et animée de Taft, en veillant à ne pas renverser sa bière. L'homme du magasin d'alimentation, Mr Yardley, l'avait informé qu'il lui faudrait une heure pour préparer les articles qu'il lui avait commandés. Nathan avait donc décidé de se rendre au pub. Jusqu'à présent, les villageois s'étaient contentés de le regarder, ce qui lui convenait très bien.

Une tache de couleur jaune au-dehors attira soudain son regard. Quelqu'un venait de sortir de l'église et traversait la place avec des paniers vides. Il s'agissait en fait de *deux* personnes : une femme dans une robe jaune et le pasteur, à en croire ses vêtements noirs.

Nathan sentit son estomac se nouer. C'était Miss Collins. Il savait que c'était elle : cette séduisante silhouette ne pouvait appartenir à personne d'autre. Il regarda le pasteur l'aider à charger les paniers vides sur sa charrette. Ils se tenaient à une distance respectable l'un de l'autre, mais à la manière qu'elle avait de pencher la tête en le regardant, et à la façon dont le pasteur se tenait, les mains sur les hanches, Nathan savait que leur conversation ne concernait pas la paroisse. Une tension s'abattit soudain sur ses épaules et il termina sa bière en se renfrognant.

— Comment va votre cheval ?

Nathan leva un regard noir vers un homme de grande taille avec des yeux bleus et de larges épaules. Bien habillé, il tenait une pinte à la main. Nathan reconnut alors le gentleman qui lui avait proposé son aide lorsque son cheval avait perdu un fer.

Ce dernier s'assit en face de lui et poursuivit :

— Il ne faut pas une semaine pour réparer un fer. Donc, soit il s'agissait de quelque chose de plus grave, soit vous êtes tombé sous le charme du village au point de ne plus pouvoir le quitter.

Il leva sa pinte vers lui.

— Le village est réputé pour ça, ajouta-t-il.

Nathan le regarda fixement, avant de lâcher un rire sans joie.

— Mon cheval va bien, dit-il en secouant tristement la tête.

Le gentleman s'adossa à sa chaise, un sourire victorieux aux lèvres.

— C'est donc le village.

— On peut dire ça, convint Nathan. Je suis le nouveau propriétaire de Windent Hall.

— Ah, nous sommes donc voisins. Je suis Jacob Knightly, de Ridgestone.

Ce dernier lui tendit la main.

Nathan la serra avant de se présenter — et Knightly sembla se figer.

— Nathan Grant, le parlementaire ?

Nathan contempla leurs mains jusqu'à ce que Knightly desserre son étreinte. Il se pencha d'un air morose sur sa bière. Enfer et damnation. Dire qu'il croyait que ce minuscule village serait un havre de paix ! Mais manifestement, il s'était trompé.

Knightly avala une gorgée de bière.

— Qu'est-ce qui vous amène à Taft ? Aux dernières nouvelles, vous étiez en bonne voie pour devenir Premier ministre.

— Je me suis retiré de la vie publique, marmonna Nathan en prenant une longue rasade.

— Ah bon ? Et pourquoi cela ? demanda Knightly en le regardant d'un air curieux.

Nathan l'observa d'un œil torve.

— Jacob Knightly, deuxième fils du duc de Maberly ?

Ce fut au tour de Knightly de se crisper.

— Oui, convint-il d'une voix prudente.

Nathan poussa plus loin son attaque.

— Quel était votre surnom, déjà ? Le « comte des Escapades » ? Vous avez dû épouser une petite gouvernante après avoir ruiné sa réputation ? Comment est la vie proprette d'un gentleman-farmer, dites-moi ?

Knightly se rembrunit mais sa réponse fut interrompue par l'arrivée du serveur qui apportait à Nathan sa tourte. Le garçon regarda tour à tour les deux hommes, ne s'attarda pas pour son pourboire et décampa sans demander son reste.

Ils se regardèrent fixement pendant de longues minutes puis Knightly hocha doucement la tête.

— Je pense que nous nous comprenons.

Nathan leva sa fourchette pour la plonger dans sa tourte aux champignons et au poulet.

— Excellent.

Mais avant qu'il finisse son geste, une main de fer lui

immobilisa le poignet. Nathan croisa le regard dangereux d'un mari en colère.

— Mais dites un *seul* mot contre ma femme, grogna Knightly, et vous…

— Jacob ?

Knightly leva les yeux vers une petite brune vêtue d'une robe bleue. Il lâcha brusquement le poignet de Nathan et se leva.

— Vous n'avez pas mis beaucoup de temps, dit-il à celle-ci.

La femme lui lança un regard prudent. Nathan se leva à son tour.

— Oui, dit-elle. Mrs Pennystone ne pouvait pas me proposer d'essayage aujourd'hui. J'ai pris rendez-vous pour la semaine prochaine.

— Claire, dit Knightly, je vous présente Mr Nathan Grant, notre nouveau voisin de Windent Hall. Grant, voici ma femme.

— Mrs Knightly, dit-il en s'inclinant.

Cette dernière lui adressa un sourire éblouissant — et Nathan comprit pourquoi Knightly avait épousé une simple gouvernante.

— Bienvenue à Taft, Mr Grant, dit-elle d'une voix calme et posée.

Ils bavardèrent de tout et de rien pendant quelques minutes et Mrs Knightly parvint même à lui arracher la promesse de dîner avec eux.

— Je pense que nous empêchons notre homme de déjeuner, dit enfin Knightly.

— Oh ! toutes mes excuses, dit sa femme en contemplant la tourte qui refroidissait dans son assiette. Voulez-vous vous joindre à nous ?

— Claire…

— Non merci, refusa poliment Nathan. Je suis attendu sous peu et je ne serai pas de bonne compagnie.

Il espérait que Mrs Knightly comprenne ses sous-entendus…

Cette dernière lui sourit.

— Très bien, mais n'oubliez pas notre invitation à dîner. Je vous enverrai une lettre pour vous confirmer la date.

— Parfait, répondit Nathan avec un hochement de tête.

Le couple choisit une table à l'autre bout de la pièce et Nathan se rassit et reprit son repas. Il les voyait du coin de l'œil, conversant paisiblement. Knightly ne semblait pas le moins du monde ennuyé par son mariage avec cette gouvernante de province. Il paraissait même prendre du plaisir en sa compagnie.

Nathan avait à moitié mangé sa tourte lorsqu'un tourbillon jaune le fit s'étrangler. Il avait oublié que Miss Collins vivait avec les Knightly. Et maintenant, elle était là, dans le pub, et s'approchait de leur table avec ce maudit pasteur derrière elle qui la suivait comme un petit chien.

Bon sang.

Miss Collins s'assit à côté de son amie et échangea quelques sourires. Le pasteur serra la main de Knightly et s'inclina vers son épouse avant de s'asseoir avec eux.

Nathan ne put s'empêcher de contempler sa nymphe. Les sourires abondaient à leur table, ainsi que les grands gestes et les rires. Elle ne parlait pas souvent, mais assez pour que Nathan ne puisse détacher son regard de ses lèvres en mouvement. Il déglutit avec peine et se demanda quel goût elles auraient s'il se dirigeait vers elle et l'embrassait avec fougue devant tout le monde. Le coup de poing que

Knightly ne manquerait pas de lui décocher en valait-il la peine ? Il était prêt à le parier.

Leurs plats arrivèrent mais ils ne cessèrent pas pour autant leur conversation. Il vit Miss Collins prendre de minuscules bouchées qu'elle faisait disparaître dans sa bouche. Plusieurs fois, elle ferma les yeux en mangeant, comme si elle savourait son plat, et ce geste assécha la bouche de Nathan. Il sentit son sexe se raidir.

Miss Collins avait dû sentir son regard posé sur elle car elle tourna la tête dans sa direction et se figea lorsque leurs yeux se croisèrent. Nathan ne bougea pas, ne sourit pas, ne fit rien hormis soutenir son regard. Les prunelles grises de Miss Collins s'agrandirent et un mélange de peur et d'inquiétude les traversa avant de se remplir d'un sentiment bien pire : de la gentillesse.

Elle lui décocha un sourire et, avec un petit geste de la main qui passa inaperçu aux yeux de ses compagnons, l'invita à rejoindre leur table. Pourquoi faisait-elle cela après la façon dont il l'avait traitée ? Comment pouvait-elle lui pardonner de s'être montré aussi insensible à son égard ?

L'espace d'un instant, une envie irrépressible s'empara de lui : celle d'être à la place de ce pasteur et d'être un homme assez bon pour elle. Être capable de se présenter à elle comme un homme honorable et lui demander sa main.

La réalité s'abattit sur lui lorsque le contact visuel fut interrompu. Son amie s'adressa à elle, elle détourna les yeux et Nathan sentit que son visage reprenait sa morosité habituelle. Il se leva, posa son chapeau sur sa tête et prit sa canne en ignorant la sensation de vide qui lui envahissait la poitrine. Il laissa son repas à moitié entamé sur la table et se dirigea vers la porte du pub. Il sentit les yeux de Miss Collins posés sur lui mais refusa de la regarder.

Une fois à l'extérieur, lorsqu'il passa devant la fenêtre, elle était de nouveau en train de rire avec ses amis.

Et avec ce maudit pasteur.

Chapitre 7

— Au revoir, Miss Collins !

Les jeunes enfants alignés les uns à côté des autres firent la révérence ou s'inclinèrent devant elle comme le voulait l'usage, avant de tourner les talons et de sortir en courant par la porte principale de Ridgestone, oubliant les règles de la bienséance…

Sara cria après les enfants qui disparaissaient déjà :

— Fais bien attention d'attendre ton grand frère, William Bishop !

Le petit garçon lui fit un signe de main, tout en galopant de plus belle dans l'allée pour faire la course avec ses camarades jusqu'au portail. Sara sourit tristement en secouant la tête.

Elle revint alors vers le manoir et croisa d'autres élèves qui sortaient tous en courant pour retourner déjeuner chez eux.

— Robert, ton frère est déjà parti.

Avec la rapidité de l'éclair, le petit garçon s'élança dans un nuage de poussière. Tournant la tête, elle aperçut une fillette au moment même où celle-ci glissait sur les marches de l'escalier en marbre.

— Fais attention où tu mets les pieds, Maisie, lança

Sara en se précipitant vers elle pour s'assurer qu'elle n'avait rien.

Un autre petit l'interpella.

— Miss Collins, ma maman m'a dit que je pouvais avoir un gâteau pour mon anniversaire samedi prochain !

— Vraiment, Dudley ? Tu as beaucoup de chance !

Sara se tourna en sentant une tape dure dans son dos, comme si quelqu'un venait de la pousser. Elle aperçut alors deux grands garçons qui couraient dans le couloir en riant. Elle leur cria de s'arrêter mais ils l'ignorèrent. Fronçant les sourcils, elle se tourna et vit que Maisie la regardait fixement.

— C'était Henry, miss, chuchota la petite en écarquillant les yeux.

— Qu'a-t-il encore fait ? demanda Sara.

— Il a mis de l'encre sur sa main lorsque Mrs Knightly était en train de nous apprendre à dessiner… Il a laissé son empreinte dans votre dos.

Sara se tourna pour voir si elle parvenait à repérer la trace, sans succès.

— Merci, Maisie. Profite bien de ton repas.

Elle accompagna la petite fille dehors et dit au revoir aux derniers élèves.

Puis elle se dirigea vers le salon en pinçant les lèvres et en soupirant. Henry lui empoisonnait l'existence. C'était essentiellement à cause de lui qu'elle n'avait pas pu enseigner à des élèves plus âgés. Il interrompait sans cesse la classe et lui manquait de respect. Dès qu'il avait compris qu'il pouvait contrôler les autres élèves mieux qu'elle, son comportement avait empiré. Sara avait souvent terminé ses journées en pleurant avant que Claire et Louisa interviennent. Claire semblait mieux s'y prendre avec le jeune garçon, mais il restait leur élève le plus difficile.

Elle pénétra dans le salon qui leur servait également de bureau commun et de salle de réunion. Anna était déjà en train de préparer un buffet léger pour le déjeuner, composé de viandes froides, de fromage, de pain et de fruits. Sara adressa un sourire à la domestique et s'assit à table pour rédiger un court compte rendu de sa matinée.

Il s'écoula plusieurs minutes avant que Claire ne vienne la rejoindre.

— Comment se fait-il que les enfants manifestent le plus d'énergie quand vous êtes fatiguée ? demanda son amie avec un soupir tandis qu'elle entrait dans la pièce.

Elle s'assit sur le canapé, renversa la tête en arrière et ferma les yeux.

— Tu ne te sens pas bien ? demanda Sara, inquiète.

Claire n'avait jamais été aussi pâle.

— Si, je… Bonté divine, qu'est-il arrivé à ta robe ?

En entendant la surprise dans la voix de son amie, Sara fit la grimace et se tourna pour mieux lui montrer.

— Henry Copeland a décidé de mettre en pratique tes cours de dessin en dehors de la salle de classe, expliqua-t-elle.

Claire fit la moue et secoua la tête.

— Nous allons devoir convoquer ses parents. Ce genre de comportement ne peut pas continuer.

— Qu'est-ce qui ne peut pas continuer ? demanda Louisa en entrant à son tour dans le salon.

Elle se dirigea directement vers le buffet et commença à remplir son assiette.

— Regarde ce que Henry Copeland a fait à la robe de Sara.

Sara se tourna de nouveau pour montrer le désastre à Louisa. Son amie se rembrunit aussitôt.

— Le petit bât…

— *Louisa*, gronda Claire.

Leur amie blonde serra les lèvres et continua de remplir son assiette avec des gestes rageurs. Claire se tourna de nouveau vers Sara.

— Nous en parlerons plus tard, à la fin des cours. Ce garçon ne répond manifestement pas à nos méthodes disciplinaires.

— Que se passe-t-il ? demanda Jacob en se joignant à leur conversation.

Il pressa gentiment l'épaule de sa femme et rejoignit Louisa au buffet. Il montra une assiette à Claire, qui acquiesça avant de se diriger vers la table.

— Henry Copeland a abîmé la robe de Sara, expliqua Louisa d'une voix sinistre.

— Vraiment ?

Claire s'adressa alors à Jacob.

— Nous devons mettre au point une meilleure stratégie pour en finir avec son comportement perturbateur.

Jacob haussa les épaules d'un air ironique.

— Je lui administrerai une bonne correction, si vous voulez.

Claire fronça les sourcils.

— Rien de ce que nous tenterons ne sera efficace s'il ne sait pas ce que l'on attend de lui.

Louisa alla s'asseoir.

— Je pense qu'il le sait très bien, au contraire. Il ne s'efforcerait pas tant d'enfreindre les règles s'il ne les connaissait pas. Il fait exprès de mal se comporter.

— Et pourquoi donc ? demanda Jacob en posant

l'assiette de Claire devant elle avant de retourner vers le buffet.

— Parce c'est un…

— *Louisa*, la coupa sèchement Claire. Comment pouvons-nous espérer enseigner les bonnes manières et la bienséance si nous ne montrons pas nous-mêmes l'exemple, y compris entre nous ?

— Je connais les règles. Toutefois, je sais quand je peux les enfreindre, rétorqua Louisa avec véhémence.

— Ce n'est pas une excuse, répondit Claire.

— Ce garçon est un bon à rien. S'il ne change pas, je pense qu'il faudra lui refuser nos services.

Sara s'assit et regarda Louisa.

— N'est-ce pas trop radical ?

Son amie lui lança en retour un regard noir.

— Pourquoi devons-nous exposer notre groupe à ces agressions perpétuelles ?

— Agressions ? N'est-ce pas un peu exagéré ? demanda Jacob en prenant un siège.

— Comment qualifieriez-vous cela ? demanda Louisa.

Il haussa les épaules et prit un petit bout de pain avec de la viande.

— Les garçons sont comme ça.

— Vous cautionnez donc ce genre de comportement à l'égard d'une dame ?

— Je n'ai pas dit cela, se défendit-il. Je pense simplement que vous en faites un peu trop.

— Jacob, s'il vous plaît, ne la provoquez pas.

Mais Louisa rebondit aussitôt.

— Et si c'était Claire qui était la cible de Henry ? Si c'était elle qu'il insultait et ridiculisait régulièrement ? Diriez-vous que ce n'est qu'un petit garçon ?

— Vous êtes injuste envers moi, répondit-il d'une voix neutre.

Sara fixa le contenu de son assiette tandis que la conversation se poursuivait autour d'elle. Elle aurait mieux fait de changer de robe avant que ses amis ne la voient. Plus elle les écoutait parler et plus elle sentait les fourmillements s'installer dans sa gorge. *Pourquoi dois-tu toujours créer des problèmes, ma fille ? Regarde l'exemple que tu donnes ! Tu aimes mettre ton père dans l'embarras ?*

— Ça suffit, dit enfin Claire d'une voix ferme en lançant à Jacob et à Louisa des regards durs. Nous en parlerons après les cours.

Soudain, des coups timides furent frappés à la porte.

Sara leva les yeux et aperçut le pasteur sur le seuil de la pièce, l'air gêné, son chapeau dans les mains. Il les regarda tour à tour.

— Pasteur Pomeroy, dit Claire pendant que toutes faisaient la révérence.

Jacob alla vers lui pour lui serrer la main.

— Nous ne vous attendions pas aujourd'hui. Qu'est-ce qui vous amène à Ridgestone ?

— Je m'excuse pour cette visite impromptue, Mrs Knightly, répondit le pasteur.

— Oh ! mais ce n'est rien. S'il vous plaît, asseyez-vous. Avez-vous déjeuné ?

— Ah, non merci, dit-il en contemplant la table. Ma visite n'est pas une simple visite de courtoisie.

Sara déglutit avec peine pour chasser les fourmillements.

— Quelque chose ne va pas ? demanda-t-elle, inquiète.

Le pasteur tourna ses prunelles chocolat vers elle et

le cœur de Sara fit un bond dans sa poitrine. Pas aussi fort qu'auparavant, pourtant.

— Ne vous inquiétez pas, dit-il. Il n'est rien arrivé de fâcheux ni à moi ni à l'un de mes paroissiens. Néanmoins, continua-t-il en se tournant vers Claire et Jacob, je viens de recevoir une lettre m'informant que le vieux pasteur de Ramsey Gate venait de tomber malade. L'évêque m'a demandé de m'y rendre pour m'occuper de sa paroisse le temps qu'il se rétablisse.

Consternée d'entendre cette nouvelle, Sara sentit son cœur s'arrêter de battre.

— Ramsey Gate ? répéta-t-elle d'une voix blanche. Mais c'est loin !

Il pouvait très bien être absent pendant plus d'une semaine, étant donné la distance à parcourir. Cette ville se trouvait au moins à une journée de voyage à plein galop. Sans compter le temps qu'il faudrait au vieux pasteur pour récupérer.

Louisa lui décocha un regard furieux mais se garda de faire le moindre commentaire. Le pasteur répondit à Sara :

— Oui, et sa paroisse est plutôt grande comparée à celle de Taft. C'est pourquoi l'évêque a pensé que le village pouvait se passer de moi ; il juge que, pour son équilibre, une communauté plus grande a besoin d'être guidée.

Jacob haussa des sourcils surpris et lui sourit.

— C'est une grande marque de confiance. Cela peut faire beaucoup pour votre carrière.

— Oui, reconnut le pasteur avec une grimace. C'est malheureux que cela se fasse aux dépens d'un autre, mais on ne peut rien y faire. J'ai demandé à Mr Dodsworth de se charger de l'office jusqu'à mon retour.

Mr Dodsworth ? Le vieux vicaire ? Pourvu que son désespoir ne se voie pas sur son visage ! songea Sara. Le vieil homme lorgnait sans vergogne le décolleté des jeunes filles pendant ses sermons. Soudain, son appétit s'évanouit.

— Je suis sûre qu'il saura très bien s'occuper de vos paroissiens en votre absence, déclara Louisa.

— Oui, répondit le pasteur après une légère hésitation. Mais je nourris quelques inquiétudes. Il est… assez âgé.

— Si nous pouvons vous aider en quoi que ce soit, proposa Claire.

— Je sais que je peux compter sur votre aide, dit le pasteur en se tournant vers Sara. Et c'est la raison de ma visite. Miss Collins, j'espérais que vous pourriez continuer de vous occuper des fleurs.

Sara esquissa un faible sourire, espérant ainsi cacher sa déception.

— Bien entendu.

— Et si cela ne vous dérange pas, pourriez-vous continuer de rendre visite aux paroissiens ?

Louisa prit une courte inspiration avant de répondre :

— C'est un peu trop lui demander, vous ne croyez pas ?

Elle fronça légèrement les sourcils et le regarda d'un œil noir.

Sara soupira en son for intérieur. Elle ne comprenait pas l'animosité de Louisa à l'égard du pasteur. Pourquoi s'acharnait-elle autant à la protéger malgré elle de cet homme ?

Sara aimait beaucoup Louisa, mais son entêtement pouvait être fatigant.

Le pasteur prit un air gêné.

— Je sais que je demande beaucoup à Miss Collins. Toutefois, elle m'accompagne depuis que je suis arrivé il y a quelques mois et elle connaît bien les besoins des différentes familles. En outre, Mr Dodsworth est trop vieux pour accomplir cette tâche.

— N'est-ce pas justement la preuve qu'il devrait prendre sa retraite ? contra Louisa. Ou au moins, se faire aider par un jeune apprenti ?

— Louisa, l'interrompit Jacob. Je ne pense pas que le pasteur soit venu ici pour parler des capacités de Mr Dodsworth.

— Je ne pense pas que le pasteur mesure bien ce qu'il demande à Sara, lui rétorqua Louisa.

— Je serais heureuse de le faire, répondit celle-ci.

Mais sa faible voix fut couverte par celles de tous les autres.

— Le pasteur lui demande d'entrer seule chez des personnes malades et désespérées, continua Louisa. C'est très déplacé de sa part de lui faire une telle proposition. Qui assurera la sécurité de Sara ?

— Je n'espérais pas qu'elle le fasse seule, protesta le pasteur, mais d'une voix moins assurée cette fois.

Sara le regarda, surprise. L'idée de la laisser se débrouiller sans personne lui avait-elle *vraiment* traversé l'esprit ?

Il continua de parler.

— Je suis certain que Mr Dodsworth acceptera de l'accompagner.

Mr Dodsworth ! Sara n'eut pas le temps de protester car Louisa venait de bondir en même temps qu'elle.

— C'est moi qui l'accompagnerai, dit Jacob d'une voix

ferme en évitant ainsi tout commentaire désobligeant de la part de Louisa.

Claire le regarda, l'air étonné.

— Je peux consacrer un après-midi par semaine à emmener Sara faire ces visites. En outre, cela pourrait contribuer à la réputation de l'école.

Claire sourit et se tourna vers les autres.

— Tout est bien qui finit bien. Mais avez-vous remarqué que Sara n'a pas encore donné son avis ?

Tous les regards se tournèrent vers elle et elle sentit ses joues s'enflammer.

— Bien sûr, je serais heureuse de le faire, dit-elle en répétant les mêmes mots qu'auparavant — sauf que personne ne les avait entendus.

— Bien, tout est arrangé, déclara Jacob en décochant à Louisa un regard aussi furieux que le sien. Pouvons-nous faire autre chose pour vous, monsieur le pasteur ?

— Eh bien, non, je crois bien que c'est tout, dit ce dernier, un peu déstabilisé.

Il se leva et son regard s'attarda sur Sara un peu plus longtemps que nécessaire.

— Si vous voulez bien m'excuser, j'ai encore quelques préparatifs à faire avant de partir demain matin.

Tous se levèrent et Jacob désigna la porte.

— Je vais vous accompagner.

Les deux hommes quittèrent la pièce.

Sara se laissa doucement retomber sur sa chaise. Le pasteur allait partir et elle ignorait pour combien de temps. Il pouvait même être affecté définitivement dans cette autre paroisse et sortirait pour toujours de sa vie. À cette idée, une horrible sensation lui crispa le ventre.

— Ne fais pas cela, Sara, dit Louisa en la sortant de ses rêveries. Ne sois pas morose. Tu ne lui dois rien.

— Louisa, intervint Claire d'un air exaspéré. Pourquoi es-tu comme cela ? Maintenant, venez, les élèves ne vont pas tarder à arriver. Nous devons retourner au travail.

Sara entendit les jupes de ses amies bruisser lorsqu'elles sortirent de la pièce. Décidément, Louisa ne la comprendrait jamais.

Chapitre 8

Sara frappa à la porte du bureau de Jacob et attendit qu'il réponde avant d'ouvrir et pénétrer dans la pièce.

Ce dernier interrompit sa conversation avec son intendant.

— Oui, Sara ?

Elle eut un léger mouvement de recul en percevant l'agacement dans sa voix. C'était si inhabituel chez lui que les fourmillements dans sa gorge refirent leur apparition.

— Je, euh, nous sommes mercredi après-midi…, couina-t-elle.

— Et ? demanda-t-il d'un air surpris.

Les fourmillements montèrent en puissance. Sara ouvrit la bouche et la referma, incapable d'émettre un son. Jacob la regarda avec plus d'attention — et soudain, il comprit. Il étouffa un juron et s'approcha d'elle. Mr Clarke, son intendant, se pencha discrètement sur les documents devant lui.

— Nous sommes censés aller visiter les paroissiens aujourd'hui, c'est bien cela ?

Il s'était exprimé d'une voix beaucoup plus douce.

Sara acquiesça. Sa gorge allait mieux.

— Je m'excuse de m'être adressé à vous de cette

manière. Clarke ne m'a pas apporté de bonnes nouvelles et je me suis laissé aller à un mouvement d'humeur. Je vous promets que ce n'était pas dirigé contre vous.

Sara se racla la gorge, chassant les derniers fourmillements.

— J'espère que je ne vous ai pas interrompu dans votre travail.

Jacob se passa une main dans les cheveux et esquissa une grimace.

— J'aimerais pouvoir vous répondre que non, mais je crains ne pas être en mesure de vous accompagner comme prévu. Je dois travailler avec Mr Clarke pour régler ce problème. Pouvons-nous remettre cela à demain ?

Sara secoua la tête.

— Louisa m'a demandé de prendre exceptionnellement ses élèves demain après-midi. Et vendredi, je dois faire la même chose pour Claire.

— Et samedi ?

Elle secoua de nouveau la tête.

— Le club de bienfaisance du village tient sa réunion hebdomadaire le samedi. Claire et moi avons prévu d'y aller car nous aimerions participer à la journée de bienfaisance du mois de mai. Ensuite, je dois m'occuper des compositions florales pour l'église. De plus, il sera trop tard car certaines familles ont vraiment besoin des vivres et des denrées que nous sommes censés leur apporter aujourd'hui.

Jacob grimaça de nouveau.

— Je m'excuse, Sara, mais avec ce problème qui vient de surgir, je ne peux pas vous accompagner.

Elle acquiesça.

— Je comprends. Je suis certaine que George sera

heureux de le faire. Il a toujours à cœur de m'aider pour les fleurs.

Jacob fronça les sourcils.

— George, le garçon d'écurie ? dit-il d'un ton désapprobateur.

Sara lui décocha un regard sévère.

— George vient d'une famille comme celles auxquelles nous allons rendre visite, répondit-elle d'une voix calme. Je doute fort que qui que ce soit le prenne de haut.

En entendant son intendant se racler la gorge, Jacob se tourna vers lui.

— Pardonnez-moi, monsieur, mais nous ne pouvons pas prendre du retard.

Jacob soupira.

— Très bien, dit-il à Sara. Mais je parlerai à George avant que vous partiez.

— Merci de vous inquiéter pour moi mais cela ne sera pas nécessaire. Il m'accompagne tous les samedis. Il est plus que capable de le faire.

Jacob la regarda un long moment en silence avant de soupirer de nouveau.

— Promettez-moi simplement de ne rien faire que le pasteur lui-même ne ferait pas. Ne vous mettez pas en danger.

Touchée par sa sollicitude, Sara lui sourit.

— Quelques âmes ayant besoin d'un peu de charité et de bienveillance ne peuvent pas représenter un danger. Je serai en sécurité avec George. Que peut-il m'arriver à Taft ?

Bien que nous ayons perdu ce vote, votre aide en faveur de l'abrogation de cette loi a été remarquée en plus haute instance. J'étais stupéfait d'apprendre que vous aviez quitté Londres de façon précipitée — et ce, sans m'en avoir informé, dois-je ajouter. De nombreuses rumeurs circulent sur les raisons de votre départ de Westminster et je me trouve moi-même démuni pour l'expliquer. Vos motivations me dépassent. Au moins, invitez-moi à venir dans votre retraite idyllique. Je peux demander à quelques-unes de nos actrices de théâtre préférées de m'accompagner, et nous pourrons apprécier leurs talents dans l'intimité, sans vouloir faire de mauvais jeux de mots.

Bon sang, mon ami, où diable êtes-vous ? Cela ne se fait pas de faire suivre votre courrier par votre chargé d'affaires.

Stevenson

Nathan contempla de nouveau la lettre d'un regard embué. Il savait exactement ce qu'elle contenait ; il l'avait lue une bonne dizaine de fois. Il saisit la carafe et se versa les dernières gouttes de brandy en se demandant pourquoi il prenait encore la peine de le boire dans un verre. L'alcool ne lui brûlait même plus la gorge en passant dans son gosier.

Ils avaient perdu le vote.

Cette loi n'avait pas une importance cruciale. Il s'agissait de quelques amendements à un texte déjà existant en faveur des propriétaires terriens. En réalité, il n'y avait pas accordé une très grande importance. Il avait surtout suivi les directives de son parti et, sans Lord Finchley, ce texte serait passé totalement inaperçu.

Nathan froissa la lettre dans sa main et la lança en direction de la cheminée. Il rata pathétiquement sa cible. S'extirpant du profond et confortable fauteuil dans lequel il était installé, il se dirigea d'un pas chancelant vers l'armoire à liqueurs de sa bibliothèque et sortit une nouvelle bouteille de brandy qu'il saisit par le goulot avant de retourner s'asseoir. En chemin, il trébucha contre le canapé et la table basse.

Il s'effondra ensuite dans son fauteuil en maintenant la bouteille contre sa poitrine.

La journée s'était plutôt bien déroulée — jusqu'à ce qu'il reçoive cette maudite lettre. Sawyer avait réussi à ne pas brûler ses œufs et ses toasts ce matin. Après le petit déjeuner, Nathan était parti à pied à Taft dans l'intention de récupérer son courrier et de déjeuner de nouveau au pub. Il avait même emprunté le chemin à travers la forêt sans se perdre. La seule chose qui aurait pu embellir encore plus sa matinée aurait été de croiser de nouveau sa nymphe.

Mais cette lettre était arrivée et il avait décidé de se passer de déjeuner pour rentrer aussitôt à Windent Hall. Tout au long du trajet, le papier dans sa poche l'avait comme brûlé.

Ils avaient perdu le vote et les paroles de Stevenson avaient ravivé des événements qu'il essayait d'oublier.

La visite de Finchley avait été inattendue. Ce dernier était connu pour soutirer les voix d'hommes comme Nathan. Le lord corpulent entre deux âges s'était présenté chez lui, chose inhabituelle mais pas si incongrue, une femme à son bras. *Sa* femme. Ils avaient parlé du vote, échangeant les traditionnelles piques, et du prix de la loyauté politique de Nathan.

Perdu dans ses pensées, il déboucha la bouteille de brandy et but à même le goulot pour effacer ces souvenirs. La corruption et les pots-de-vin étaient monnaie courante dans les couloirs de Westminster. Lui-même en avait payé, sous forme d'argent, de chevaux, de domaines. Tous les hommes avaient un prix.

Mais ce jour-là, lorsque Nathan avait refusé ses pots-de-vin, Finchley avait désigné sa jeune épouse en la poussant vers lui. L'homme lui avait promis une semaine qu'il n'oublierait jamais, et des nuits au cours desquelles il expérimenterait les plus délicieuses extases. Il lui suffisait de lui donner sa voix et celles des autres membres de son parti. La femme l'avait regardé d'un œil vide, lui donnant l'impression qu'elle était habituée à être une monnaie d'échange.

Finchley lui avait fait signe… et son épouse avait commencé à se déshabiller pour mieux lui montrer la marchandise ! Le dégoût avait envahi Nathan. D'une voix dure, il avait chassé les deux intrus de sa maison et les avait menacés de les poursuivre pour prostitution. Il avait passé les heures suivantes à boire et à se lamenter sur sa vie, et sur la facilité avec laquelle il avait succombé à un métier si corrompu, où les loyautés se négociaient à de tels prix. Et sur comment, l'espace d'un bref instant, il avait même réfléchi à l'offre de Finchley.

C'est à ce moment-là qu'il avait décidé de quitter Londres. Il avait tout organisé en quelques jours. Windent Hall lui avait semblé l'endroit rêvé pour se retirer du monde et s'éloigner des hommes.

Il but une nouvelle rasade de brandy et le souvenir de Finchley et de sa femme s'évapora, bientôt remplacé par un jeune pasteur aux yeux bruns, ce qui conduisit Nathan à une voluptueuse nymphe rousse désireuse d'aider les démunis partout où cela était nécessaire. La similarité involontaire entre les deux situations l'avait ébranlé au plus profond de son être et il était sorti de ses gonds. Rétrospectivement, il savait qu'il avait réagi de manière exagérée mais à ce moment-là, son seul désir était de se débarrasser d'eux. Pire encore, la jeune femme continuait de le tenter et s'invitait sans cesse dans ses pensées et dans ses rêves.

Pestant bruyamment après la lettre qui gisait au sol, il se remit à boire.

Le vieux canasson attendait patiemment, savourant ce répit. George tira légèrement sur les rênes.

— Miss Sara, voulez-vous que je vous conduise jusqu'à cette maison ?

Elle ne lui répondit pas aussitôt et continua de regarder fixement Windent Hall, sa dernière étape de la journée. Toutes les autres visites s'étaient bien passées et lui avaient donné un sentiment de sécurité et l'assurance qu'elle agissait pour le bien de tous.

La dernière fois qu'elle était venue à Windent Hall, elle s'était fait insulter. Bien entendu, Mr Grant s'était excusé pour son comportement, d'une certaine manière… juste avant de se mettre dans une colère noire. Elle ignorait encore comment interpréter sa réaction au pub le samedi précédent. Le simple fait de se remémorer l'intensité de son regard aussi puissant qu'une caresse déclencha en elle une vague de frissons.

Windent Hall ne correspondait plus tout à fait à l'idée qu'elle se faisait de la demeure d'un homme aussi irrationnel et colérique que Mr Grant. Les lieux avaient toujours un air négligé, mais même depuis le bout de l'allée, Sara constata que certains rideaux avaient été tirés et que les vitres brillaient sous les rayons du soleil. Elle savait que Mr Grant pouvait avoir la conversation facile, comme il l'avait prouvé en cheminant avec elle. Ses sautes d'humeur semblaient être provoquées par quelque chose dont elle ignorait encore la cause.

Il ne pouvait pas être complètement mauvais. Il n'était qu'un homme, un homme qui, d'après le pasteur, se remettait d'une blessure émotionnelle. Il fallait juste qu'elle s'efforce de ne pas le provoquer, en aucune manière.

Forte de cette conviction, elle hocha la tête en direction de George.

— À Windent Hall, s'il vous plaît.

George agrippa les rênes et leur donna un coup sec pour mettre le cabriolet en route. Ils atteignirent la porte d'entrée quelques minutes plus tard. George aida Sara à descendre de la voiture et elle prit le dernier panier à l'arrière du véhicule. George la suivit ensuite jusqu'à l'entrée et frappa. Voyant que personne ne répondait, il actionna le heurtoir un peu plus fort.

Le battant s'ouvrit avec lenteur, plus facilement que la dernière fois, sur le même vieil homme habillé en majordome. Il plissa les yeux sous l'effet du soleil. Une longue cicatrice lui barrait toute la partie droite du visage. Ses lèvres s'étirèrent en un sourire méprisant.

Sara sentit les fourmillements lui envahir la gorge. Elle s'efforça de respirer en se répétant qu'il ne s'agissait que d'un domestique. Elle se racla la gorge et dit :

— Bonjour, je suis Miss Collins. Je viens voir Mr Grant.

Le timbre de sa voix était plus aigu que d'habitude.

L'homme la détailla de la tête aux pieds, un petit sourire aux lèvres, avant de tourner les talons. Il partit d'un pas traînant. Il avait laissé la porte entrebâillée. George regarda Sara et comprit. Il haussa les épaules et ouvrit la porte. Sara s'avança dans le hall juste à temps pour voir l'homme disparaître dans le même couloir que lors de sa dernière visite.

Elle resta debout, les mains autour de son panier, incapable de distinguer clairement la décoration en raison du manque de lumière. Nombre d'objets étaient toujours dissimulés sous des draps. Sara crut deviner une armure ou une statue. Cela lui était égal d'attendre et lui donnait surtout le temps de récupérer du choc précédent, pour permettre à sa gorge de se détendre.

Des bruits de pas traînants lui parvinrent depuis le couloir. Quelques instants plus tard, l'homme qui faisait office de majordome revint.

— Son Excellence a dit qu'il ne voulait voir personne aujourd'hui.

La voix rauque de l'homme déclencha des frissons désagréables chez elle.

Sara s'éclaircit de nouveau la gorge, choisissant de ne pas relever l'erreur du domestique quant au titre de Mr Grant.

— Lui avez-vous dit qui était venu le voir ? Je suis certaine qu'il ne serait pas opposé à me parler quelques instants.

— Il a dit qu'il ne voulait voir *personne*, répéta le majordome. Je ne pense pas qu'il accorde beaucoup d'importance à qui vous êtes.

Sara recula involontairement d'un pas face à tant de grossièreté. Les fourmillements venaient de refaire leur apparition.

— Attention, dit George en prenant la parole à sa place. Je ne vous permets pas de parler à Miss Collins sur ce ton. C'est une lady.

Le majordome haussa les épaules.

— Ce n'est pas elle qui paie mes gages.

George continua de la défendre, d'une voix plus forte et plus tendue, et Sara sentit le besoin urgent de disparaître sous l'une des couvertures qui couvraient les meubles. Elle regarda les deux hommes se disputer, l'un indigné à juste titre et l'autre indifférent. Il était clair qu'ils l'avaient oubliée.

Pourquoi diable avait-elle pensé avoir eu une bonne idée en se présentant ici ? Chaque fois qu'elle avait rencontré Mr Grant, elle s'était sentie insultée et rabaissée.

Du coin de l'œil, elle aperçut du mouvement. Détournant le regard des hommes qui se querellaient, elle croisa son propre reflet dans un miroir couvert de poussière qui pendait dangereusement dans un coin de la pièce.

Sara ressentit une attirance étrange, presque hypnotique pour son image. Elle s'avança de quelques pas jusqu'à faire face au vieux miroir. Les voix des deux hommes s'étaient évanouies dans les tréfonds de sa conscience. Elle posa machinalement le panier sur une table et leva la main pour essuyer la poussière, révélant le reste du miroir et du cadre en bois foncé qui était très abîmé. La glace crasseuse brouillait son reflet. Pourtant, Sara ne pouvait détacher le regard de ce visage sombre et tellement banal. Elle était pâle et affichait un air apeuré et mièvre.

Était-ce ainsi que les gens la voyaient ? Comme une femme que l'on pouvait facilement congédier, facilement effrayer et facilement oublier ? Elle savait que ceux qui l'entouraient n'attendaient pas beaucoup d'elle, mais cela leur donnait-il le droit de la rabaisser et de l'insulter ?

Tu devrais avoir honte de penser que tu es mieux que les autres, ma fille. Tu es fille de pasteur, tu te dois d'être humble. Tu devrais t'estimer heureuse qu'ils veuillent bien jouer avec toi. Honte à toi, ma fille !

Quelle honte y avait-il de vouloir être traitée avec respect et gentillesse ? Dans le miroir, Sara vit ses lèvres se serrer. En croisant son propre regard, elle distingua une colère sourde qu'elle n'y avait jamais vue auparavant.

Pourquoi devait-elle être traitée de la sorte ? Qu'est-ce qui donnait aux autres le droit de l'insulter et de la considérer comme une moins que rien ? Elle avait toujours été aimable avec Mr Grant et c'était ainsi qu'il la remerciait ? Son père l'avait élevée en lui demandant de traiter les autres comme elle voulait être traitée. Sa mère lui avait appris comment réagir face aux mauvais comportements.

Dans le miroir crasseux, Sara vit que George était toujours pris dans une discussion animée avec le majordome. Carrant les épaules, elle pivota et remonta le couloir que ce dernier avait emprunté quelques minutes plus tôt. Il y faisait plus sombre que dans le hall, mais une seule porte était entrebâillée, laissant passer un filet de lumière. Elle savait qu'*il* se trouvait là.

Cette fois, c'était fini. Elle ne tolérerait pas plus longtemps l'insolence de Mr Grant.

Chapitre 9

La porte s'ouvrit sur la bibliothèque baignée de lumière. Comparée au reste de la maison, où tout était sombre et sale, cette pièce était extrêmement soignée.

La luminosité y était aveuglante. La bibliothèque était aussi vaste que deux ou trois pièces de taille standard, avec des fenêtres en arcs orientées vers le sud. Chaque baie possédait soit une banquette, soit un fauteuil rembourré, idéalement situés pour profiter au mieux de la lumière du jour. Entre chaque fenêtre, des étagères à hauteur d'homme débordaient de livres. Dans le reste de la pièce, les murs étaient tapissés de rayonnages divisés en deux niveaux et disposés en U. De part et d'autre, des escaliers donnaient accès à une mezzanine et débouchaient sur de grandes cheminées en marbre et un assortiment de canapés, de fauteuils et de tables. Sara leva les yeux vers la mezzanine qui courait au-dessus de la porte. Sur les étagères du niveau inférieur, des échelles roulantes permettaient d'accéder aux rayonnages les plus élevés. Des étagères de plus petite taille, identiques à celles qui encadraient les baies vitrées, créaient de petits couloirs de livres.

Sara s'avança, à la fois séduite et impressionnée par cette pièce.

Une main tenant un verre presque vide apparut de derrière un fauteuil face à la cheminée.

— Sawyer, aboya une voix. Je n'ai plus de brandy. Apportez-moi du whisky.

L'homme s'était exprimé d'une voix pâteuse en déformant les mots.

Seigneur, il était ivre et il n'était même pas encore l'heure du thé ! Les bonnes résolutions de Sara disparurent momentanément, mais elle plissa les yeux et s'avança jusqu'au fauteuil dans un bruissement de jupes. Elle s'immobilisa ensuite à côté de lui, les bras croisés sur la poitrine et les sourcils froncés d'un air désapprobateur.

Mr Grant roula la tête vers elle et la contempla à travers son regard embué. Il la fixa un moment et pouffa doucement.

— Évidemment, marmonna-t-il. Il fallait que vous débarquiez.

Sara ouvrit la bouche pour lui répondre mais il la coupa dans son élan.

— Vous êtes partout, n'est-ce pas ? Dans ce cas, rendez-vous utile. Vous trouverez du whisky, par là. Apportez-moi la bouteille.

Il désigna d'une main molle une armoire près d'un escalier. Puis il avala d'un trait le fond de son verre.

Sara poussa un soupir de mépris et partit en direction de l'armoire. Il lui fallut plusieurs minutes pour localiser la bouteille portant la mention « whisky ». Elle remarqua les nombreux emplacements vides. Avait-il oublié de remplir l'armoire ou bien avait-il déjà tout bu ? Mieux valait ne pas trop réfléchir à cette question…

L'indignation avec laquelle elle s'était approchée de lui l'avait empêchée de bien observer Mr Grant, mais de l'endroit où elle se trouvait, ce qu'elle aperçut la pétrifia.

Ce dernier ne portait qu'une chemise qui sortait négligemment de son pantalon. Il avait même enlevé ses chaussettes et ses chaussures, révélant des pieds et des orteils longs et fins. Sa chemise ouverte dévoilait la peau bronzée de son torse couvert d'un duvet blond. Étrangement, Sara ressentit l'envie d'y poser la joue et de sentir ses poils contre sa peau. La jambe gauche de Mr Grant était étendue devant lui et il se massait la cuisse d'un air absent, la tête posée contre le dossier du fauteuil et les yeux fermés. Ses cheveux blonds étaient tout décoiffés. La canne à tête de loup brillait au soleil contre un canapé à côté de lui.

Il leva de nouveau son verre.

— J'attends, dit-il d'une voix chantante.

Le verre tomba avec un bruit sourd sur la table basse et faillit s'écraser au sol. La table elle-même vacilla l'espace d'un instant.

Sara cligna les yeux en sortant de sa rêverie. Se souvenant du but de sa visite, elle serra les lèvres, fronça les sourcils et s'approcha de lui. Une fois près du fauteuil, elle posa la bouteille sur la table à côté du verre. Mais avant qu'elle puisse se redresser, une main se referma autour de son poignet et Mr Grant l'attira vers lui.

Poussant un petit cri étouffé, Sara atterrit sur ses genoux et ses fesses heurtèrent la jambe gauche de Mr Grant. Ce dernier grimaça et la ceintura de son autre bras pour la déplacer sur sa cuisse droite.

— Mr Grant ! s'écria-t-elle.

— Hum, grogna-t-il. Je n'aime pas votre chapeau.

Il commença à tirer sur les rubans, ignorant les mains qui tentaient de l'arrêter. Voyant qu'ils étaient noués, il fit la moue et les arracha d'un petit coup sec. Puis, avec un sourire de triomphe, il lança au sol les rubans arrachés. Le chapeau finit sa course sur le canapé.

Il accentua alors son étreinte et saisit les deux mains de Sara dans la sienne pour l'empêcher de se débattre.

— Arrêtez, ordonna-t-il d'une voix douce et grave à la fois.

Sara s'immobilisa, les yeux dans les siens. Alors qu'il lui avait semblé perdu dans le vague l'instant d'avant, le regard bleu pâle de Mr Grant restait fixé sur elle. Elle y vit de la douleur, très vite supplantée par un désir croissant. Elle avait conscience de la puissance de ses muscles autour de sa taille, qui la serraient contre son torse ferme. Chaque fois qu'il respirait, sa cage thoracique montait et descendait. Sara sentit son pouls s'accélérer.

Lentement, il lui lâcha les mains et naturellement, elle posa la paume sur son torse pour garder l'équilibre. Ses doigts se plaquèrent sur sa peau nue. Elle fut surprise par sa chaleur tandis que ses poils blonds venaient lui chatouiller les doigts. Ils étaient drus, mais ce contact n'était pas désagréable, conclut-elle. Il ferma les yeux et inspira profondément. Sara sentit l'air gonfler ses poumons. Un long frisson lui parcourut le corps lorsqu'elle prit conscience qu'elle ne s'était jamais trouvée aussi près d'un homme auparavant.

Mr Grant ouvrit les yeux et soutint de nouveau son regard.

— Miss Collins, dit-il d'une voix rauque. Vous êtes partout, décidément.

Il leva la main et passa les doigts sur la joue de Sara avant de les plonger dans ses cheveux.

— Quel est votre prénom ? demanda-t-il.

— Sara, répondit-elle d'une voix à peine plus forte qu'un murmure.

Il esquissa un sourire.

— Comment puis-je savoir si c'est vrai ? Je ne connais pas votre prénom et je suis peut-être en train de rêver.

Elle le regarda, confuse.

— Mais je suis heureux que vous soyez là, ajouta-t-il en braquant son regard sur ses lèvres.

Il humecta les siennes.

— Je suis curieux de savoir quel goût a votre bouche.

Ses doigts plongèrent un peu plus dans ses cheveux et il l'attira vers lui. Il s'immobilisa juste avant de lui effleurer les lèvres et sourit.

— Oui, murmura-t-il, très curieux de le savoir.

Il réduisit la distance qui les séparait, et sa bouche captura celle de Sara avec une assurance et une habileté sans faille. Elle se raidit complètement, sans savoir quoi faire ni comment réagir. C'était une expérience nouvelle que de se faire embrasser par un homme. Elle ouvrit tout grands les yeux, mais dans son champ de vision il n'y avait que lui. Il avait les paupières fermées et elle sentit son souffle sur sa joue et son nez tout contre le sien.

Il inclina alors la tête sur le côté et ses lèvres, à la fois fermes et douces, glissèrent sur les siennes, lui caressant la bouche. Il laissa échapper un souffle chaud qui lui frôla la peau et sembla pénétrer en elle. La sensation était étrange, mais pas désagréable. Sara commençait même à l'apprécier. Elle ferma à son tour les yeux et poussa même un petit soupir en bougeant les lèvres en rythme, arrachant un gémissement à l'homme assis sous elle.

Il l'attira encore plus près de lui et approfondit son baiser. Lorsque sa langue suivit le contour des lèvres de Sara et les toucha pour la première fois, un long frisson la fit chavirer et elle se mit à trembler. Aussi, lorsque cette même langue partit de nouveau à sa rencontre, elle l'accueillit avec fougue, entrouvrit les lèvres et lui offrit la brèche qu'il attendait pour l'explorer.

Bonté divine.

Il sembla apprécier qu'elle l'imite. Elle suivit donc sa langue dans sa bouche à lui et dansa avec elle comme il l'avait fait précédemment. À chaque coup de langue, son esprit se vidait un peu plus, jusqu'à ce que plus rien n'existe au monde à part l'homme qui l'embrassait.

Sara ignorait combien de temps avait duré leur baiser. Tous ses sens étaient consumés par la présence de Mr Grant, par le contact de ses lèvres et de sa langue, les battements de son cœur sous sa main. Elle comprit alors avec regret que le baiser ralentissait et qu'il allait se détacher d'elle.

Lorsqu'il s'écarta enfin, Sara ouvrit lentement les yeux. Elle avait besoin de reprendre ses esprits. Mr Grant avait de nouveau posé la tête sur le dossier du fauteuil et, même si ses paupières étaient toujours fermées, un sourire lui étirait les lèvres. Il relâcha ses bras autour de Sara et les laissa retomber de chaque côté de son corps.

— Ah, mon rêve, ma nymphe, dit-il. Vous ne m'avez pas déçu.

Sara le regarda fixement, comprenant soudain la cruelle réalité. Mr Grant ne l'avait pas embrassée *elle*, mais un rêve. Il ne savait même pas qu'elle était vraiment là.

Honteuse et terriblement gênée, elle sentit son estomac

se retourner. Dire qu'elle avait échangé son premier baiser avec un homme trop ivre pour savoir qu'elle était là !

Elle se dégagea et se leva en hâte. Ses mains tremblaient tandis qu'elle lissait sa robe. Elle aperçut alors son chapeau sur le canapé et le saisit.

— Oui, mon rêve, ma nymphe, vous allez partir. Comme toujours, vous partez.

Elle lança un dernier regard vers Mr Grant, qui l'observait à travers ses yeux mi-clos. Il souriait toujours. Il lui fit un petit geste de la main avant de fermer de nouveau les paupières et de se caler dans son fauteuil.

Son chapeau entre les mains, Sara sortit de la bibliothèque. Sa dignité était en miettes. Elle fixa le sol et les tapis se fondirent avec le parquet à travers ses larmes. Elle remonta ensuite le couloir et aperçut George qui se disputait toujours avec l'horrible majordome.

Sara se dirigea directement vers la porte ouverte. Elle entendit George l'appeler mais ne s'arrêta pas avant d'avoir atteint la voiture.

Il fallait qu'elle mette autant de distance que possible entre elle, et Windent Hall et le maître des lieux.

La voix de sa mère résonnait plus fort que jamais dans ses oreilles. *Petite dévergondée !*

Nathan ouvrit les yeux. La bibliothèque était plongée dans une profonde obscurité. L'espace d'un instant, l'idée qu'il était devenu aveugle lui traversa l'esprit mais après avoir cligné plusieurs fois les paupières, il commença à distinguer le mobilier éclairé par le clair de lune. À la sécheresse de sa bouche et à son mal de tête, il comprit avec regret ce qui lui arrivait.

Il était encore tombé ivre mort dans sa bibliothèque.

Malgré tout, il esquissa un sourire. En dépit de sa gueule de bois, il ne regrettait pas de s'être enivré, cette fois, car sa nymphe était venue lui rendre visite et lui avait permis des libertés inédites. Jusqu'à présent, dans ses rêves, elle dansait en s'éloignant de lui, toujours hors de portée.

Mais la nuit dernière — ou était-ce l'après-midi ? —, tout avait été différent. Avant qu'elle puisse s'enfuir, il l'avait capturée et l'avait serrée dans ses bras.

Enfin.

Un sentiment de triomphe s'était emparé de lui lorsqu'il l'avait assise sur ses genoux. Et une fois qu'il s'était débarrassé de ce maudit chapeau qui lui cachait le visage, il n'avait pas pu résister. Il l'avait embrassée et avait goûté à ses lèvres.

Seigneur, ce baiser était divin. Même maintenant, le souvenir de ses courbes voluptueuses contre son corps et de la douceur de sa bouche le faisait frémir.

Poussant un soupir, Nathan se tourna pour allumer la lampe à côté du fauteuil. La mèche s'enflamma, diffusant un petit halo de lumière. Un geste maladroit renversa la bouteille de whisky à moitié vide, qui roula sur la table basse et atterrit au sol avec fracas.

Nathan bondit de son siège en poussant un juron et saisit le goulot pour empêcher le liquide ambré de se répandre au sol. Une fois le flacon redressé, il chercha à tâtons le bouchon autour de la table. Ses doigts humides s'enroulèrent autour d'un objet qu'il ramena vers lui.

Nathan s'immobilisa en contemplant ce qu'il venait de ramasser en même temps que le bouchon. Deux bouts de ruban blanc attachés par un nœud s'emmêlaient à ses doigts. Leurs extrémités étaient légèrement effilochées, comme s'ils avaient été arrachés de force à quelque chose qui pouvait bien être un chapeau.

Nathan s'assit sur les talons, le regard braqué sur les rubans.

Oh ! Seigneur !

Chapitre 10

La sonnette du magasin retentit, mais Sara ne se retourna pas pour voir le nouvel arrivant. Soudain, quelqu'un la bouscula et elle vacilla légèrement. Le coupable marmonna de vagues excuses auxquelles elle se contenta de répondre par un sourire gêné sans oser le regarder directement.

Sara se répétait en boucle de rester calme. Après tout, elle était capable de faire face à un peu de monde, non ? Elle prit une courte inspiration pour apaiser ses nerfs.

D'ordinaire, elle ne venait jamais chercher le courrier les samedis après-midi, mais Louisa lui avait demandé de l'aider jeudi dernier. Elle avait donc décidé de faire ses courses entre la réunion avec le club de bienfaisance et la décoration florale de l'église. George était déjà occupé à décharger les paniers. Claire était partie chez la couturière et avait prévu de la rejoindre plus tard à l'église. Jamais elle n'aurait cru que cela prendrait autant de temps pour voir Mrs Yardley.

Elle s'était trompée. Le magasin était tellement bondé qu'elle envisagea de partir pour revenir plus tard. Mr et Mrs Yardley étaient tous les deux occupés à essayer de satisfaire les clients les plus bruyants.

La sonnette retentit de nouveau et un bruit métallique couvrit le chahut, arrachant une grimace à Sara. L'homme qui faisait la queue derrière elle se retrouva collé à son dos. Son odeur de transpiration lui emplissait les narines. Il parlait d'une voix forte avec son ami de l'arrivée de la saison des semis, et de la portée de porcelets que sa magnifique truie venait de mettre au monde. Leurs gros éclats de rire lui vrillaient les tympans à intervalles réguliers.

Sara avança d'un pas vers le comptoir. Plus que deux personnes et elle pourrait prendre son courrier et partir. *Plus que deux personnes, plus que deux personnes…*, se répéta-t-elle en se concentrant sur sa respiration.

La sonnette retentit de nouveau et les hommes rirent bruyamment. Sara grimaça, regrettant encore de ne pas avoir reporté sa visite au magasin.

— Vous n'aimez pas la foule.

La voix calme et profonde tout près de son oreille la surprit. Elle tourna brusquement la tête vers son propriétaire. Deux prunelles d'un bleu intense la regardaient d'un air grave et compatissant.

Mr Grant.

Sara se figea en se souvenant de ses lèvres sur les siennes, ainsi que de l'humiliation qu'elle avait subie. Les fourmillements s'installèrent sans pitié dans sa gorge.

Mr Grant regarda tout autour de lui.

— Il y a beaucoup d'agitation ici, vous ne trouvez pas ?

Sara pouvait à peine déglutir tant sa gorge était serrée. Elle sentit le nœud familier lui comprimer le cou et pria pour ne pas faire une crise ici même, où tout le monde pourrait la voir. Ironie du sort, cette pensée ne fit que resserrer un peu plus le nœud.

Mr Grant se déplaça jusqu'à se trouver à moitié

derrière elle, repoussant discrètement les deux hommes malodorants et bruyants à l'aide de sa canne.

— Vous vous sentez mieux ? demanda-t-il tout bas.

Sara continuait de regarder droit devant elle, les yeux écarquillés et dans le vague. *Inspire, deux, trois, quatre. Expire, deux, trois, quatre.*

— Le problème avec la foule, dit-il dans le creux de son oreille, est que vous ne pouvez pas contrôler qui entre en contact avec qui. Prenons les hommes derrière nous. Vous n'étiez pas face à eux, mais je voyais clairement que leur présence vous dérangeait.

Sara sentit ses joues s'empourprer, à son grand désespoir. Elle détestait l'idée qu'il ait compris sa détresse.

— Oh ! Mr Grant !

Une voix suraiguë interrompit leur conversation. Lorsqu'elle la reconnut, Sara ferma les yeux. Sa journée ne pouvait pas être pire. Elle vit Mr Grant se tourner vers la voix en question tandis que le nœud se resserrait encore plus étroitement.

— Vous voyez ? marmonna-t-il. Je ne peux pas contrôler cela. Mrs Glendoe, dit-il à voix haute.

Il salua de la tête la dame et sa fille.

— Miss Glendoe, bien le bonjour.

Les deux dames se courbèrent en une révérence.

— Bonjour, Mr Grant. Quelle belle journée pour des courses en ville.

Sara ouvrit les yeux en grand en sentant les doigts fermes de Mr Grant se refermer autour de son coude. Surprise, elle leva la tête vers lui et vit qu'il souriait aux deux femmes. Elle perçut toute l'hypocrisie que dissimulait ce sourire.

— J'étais justement en train de dire à Miss Collins à quel point je préférais éviter les foules.

Mrs Glendoe lança un regard acéré vers Sara avant de répondre :

— Oh ! Miss Collins, je n'avais pas vu que vous étiez là.

D'instinct, Sara recula d'un pas. Automatiquement, son dos vint se caler contre le torse de Mr Grant. Il était aussi solide et fort que dans son souvenir. Même à travers les couches de vêtements, elle sentait sa chaleur se propager à son corps. Il lui serra encore plus le coude pour l'encourager.

Mrs Glendoe reporta son attention sur lui.

— Qu'est-ce qui vous amène chez notre marchand, aujourd'hui, monsieur ?

— La bonne compagnie, bien sûr.

Bien entendu, Mrs Glendoe ne pouvait se douter qu'il se moquait d'elle. Les deux femmes sourirent en entendant son commentaire, mais Sara savait au fond d'elle qu'il n'en croyait pas un mot. Pourtant, c'était exactement ce que cette matrone voulait entendre. Miss Glendoe lança un regard d'excuse vers Sara.

Mrs Yardley termina avec un autre client, ce qui voulait dire que bientôt, ce serait au tour de Sara. Elle avança d'un pas et Mr Grant l'imita aussitôt. Les deux femmes le suivirent. *Plus qu'un client, plus qu'un client, plus qu'un client…*, songea-elle. Elle réprima son envie pressante de quitter la boutique. Elle n'avait pas attendu tout ce temps pour abandonner si près du but.

— Êtes-vous venu chercher quelque chose ? demanda Mrs Glendoe.

Elle poussa sa fille vers Mr Grant.

— Ma Rebecca connaît très bien le magasin.

— *Mère*, murmura cette dernière d'un air exaspéré.

Elle lança un regard de chien battu à Mr Grant.

— En réalité, dit celui-ci en attirant Sara à lui, Miss Collins a accepté de m'aider à trouver de nouveaux rubans. C'est bientôt l'anniversaire de ma nièce.

Comment ?

Il posa sur elle un regard d'une intensité qui la figea sur place.

— Venez, Miss Collins, je n'ai aucun talent pour cela.

Il l'entraîna alors loin des Glendoe. Sara regarda tristement par-dessus son épaule les hommes qui étaient derrière elle tandis qu'ils prenaient sa place.

— Où sont les rubans ? demanda Mr Grant.

Sara désigna leur emplacement d'un geste de la main : c'était tout ce qu'elle pouvait faire.

— Nous devons faire en sorte que cela paraisse vrai, dit-il en l'entraînant.

Ils s'arrêtèrent devant le comptoir et Sara contempla l'assortiment de couleurs. Une haute étagère les cachait des autres clients du magasin. Mr Grant venait encore d'agir sans tenir compte de ses désirs, la traitant comme un être inférieur qui n'avait pas son mot à dire sur sa propre vie. Une douleur lui oppressa le cœur, mais celle-ci n'avait rien à voir avec les fourmillements ou le nœud dans sa gorge. D'ailleurs, cette douleur avait chassé son inconfort précédent, lui permettant ainsi de respirer. Sa poitrine se souleva sous l'emprise de son indignation, et elle sentit ses yeux brûler de colère.

Mr Grant continuait de parler.

— Vous m'avez sauvé. Je ne sais comment vous exprimer ma gratitude.

Sara retrouva sa voix, étranglée mais calme, et mêlée de ressentiment.

— Je doute qu'être forcée à faire quelque chose puisse être considéré comme un véritable sauvetage.

— Ah, mais elle parle. Je me demandais à quel moment cela arriverait aujourd'hui.

Elle ignora sa remarque, préférant se concentrer sur sa colère.

— J'ai fait la queue pendant vingt minutes au moins, dit-elle avec animosité. C'était presque mon tour et vous m'avez entraînée jusqu'ici pour voir des articles qui ne m'intéressent pas.

— Tss, et avec cela, elle s'exprime avec colère. Intéressant.

Sara fixait toujours les rubans sans les voir.

— Pourquoi croyez-vous que je mérite un tel traitement de votre part ? Chacune de nos rencontres me donne l'impression d'être humiliée et rejetée.

— Chacune de nos rencontres… Sara ?

En l'entendant prononcer son prénom, elle leva les yeux vers lui. Il la dévisageait avec intensité, avec à la main une paire de rubans blancs de la même couleur que ceux qui étaient autrefois accrochés à son chapeau désormais abîmé.

Il avança d'un pas et baissa le ton.

— La société dirait que je vous dois des excuses, mais j'ai pris pour habitude de ne jamais regretter aucun de mes actes.

— Vous vous êtes déjà excusé l'autre jour, souligna-t-elle en tâchant d'ignorer sa présence toute proche qui lui affolait les sens.

— Un moment d'égarement. Je vous assure que je ferai de mon mieux pour que cela ne se reproduise plus.

— Je suppose que cela doit être bien commode de ne jamais avoir à s'excuser, rétorqua-t-elle. Vous vous épargnez la gêne d'avoir une conscience. Ne réfléchissez-vous jamais aux conséquences de vos actes sur les personnes qui vous entourent ?

Un éclair traversa les yeux de Mr Grant.

— Quelqu'un vous a-t-il déjà dit comment vous êtes lorsque vous êtes en colère ?

Elle souffla bruyamment.

— Je ne suis *jamais* en colère.

Il haussa les sourcils et les coins de sa bouche s'étirèrent légèrement.

— Il semblerait que nous souffrions parfois tous les deux de quelques défaillances concernant notre jugement, alors.

Elle plissa les yeux.

— Vous vous croyez supérieur parce que vous avez vécu à Londres, monsieur. Nous ne sommes pas aussi avisés que vous et n'avons pas le verni des gens de la ville que vous affichez si fièrement, mais nous sommes d'honnêtes gens, ici. Votre bel esprit, vos commentaires désinvoltes et vos moqueries ne vous serviront à rien dans notre petite ville. Ils fonctionnent peut-être dans les réceptions mondaines mais pas ici. Nous jugeons un homme sur son caractère et sur la manière dont il traite ses semblables. Comme tout bon chrétien, nous vivons selon les enseignements de la Bible, qui nous demande de traiter les autres comme nous aimerions être traités.

Mr Grant fit un pas de plus vers elle. Cette fois, il se tenait si près qu'elle dut lever la tête pour le regarder. Elle croisa son regard, qui brillait d'une lueur sarcastique assortie à son sourire.

— Cela veut-il dire que vous allez m'embrasser ?

Elle étouffa un cri.

— Je n'y vois aucune objection, continua-t-il, avant de regarder tout autour d'eux et d'ajouter : Mais peut-être pas ici. Je préfère ne pas avoir de spectateurs. Mais si vous êtes disposée à le faire…

Sara lui tourna le dos en se tenant très droite. Elle ne pouvait plus regarder cet homme en face. Elle prit plusieurs inspirations profondes pour se calmer, l'esprit chamboulé par sa propre assurance, si inhabituelle, et la vague de désir que les propos de Mr Grant venaient de soulever.

— Je peux vous dire dès maintenant, monsieur, que ce n'est pas le verni de la ville que je vois en vous, mais une âme souillée et grise.

Elle l'entendit se déplacer et une soudaine chaleur l'envahit en le sentant se coller derrière son dos. Elle ferma les yeux, revivant les sensations éprouvées la dernière fois. Elle agrippa le bord de l'étagère, résistant à l'envie de s'adosser à lui pour mieux le sentir.

Son souffle chaud lui caressa l'oreille.

— Je parie que vous avez rêvé de moi, murmura-t-il. Ce n'est que justice, car vous visitez mes rêves toutes les nuits, ma nymphe.

Sara ouvrit de grands yeux en sentant sa langue lui effleurer le lobe de l'oreille avec sensualité. Sans un regard en arrière, elle s'éloigna de lui pour mettre de la distance entre eux.

— Vous voyez bien que je vous traite comme vous me traitez, lui lança-t-il en se moquant d'elle.

Sara ne s'arrêta pas avant d'avoir quitté la boutique et d'être arrivée à l'église, oubliant de chercher son courrier.

Chapitre 11

Sara se redressa en haletant pour reprendre son souffle. L'eau lui ruisselait sur le corps, ses cheveux lui collaient au cou. Tremblant au contact de l'eau glacée, elle agrippa le rebord de la baignoire puis se servit de sa main libre pour essuyer les gouttes qui lui coulaient sur le visage.

Il fallait qu'elle arrête. Le fait d'y penser constamment ne lui ferait aucun bien. L'eau glacée, par contre, l'aiderait sans doute à ne plus penser à Mr Grant. Cette technique avait déjà fonctionné et fonctionnerait encore.

Il le fallait.

Elle ne parvenait pas à chasser cet homme de ses pensées, lui et ses prunelles bleu glacier, brûlantes comme de la lave… juste avant qu'il ne l'embrasse. Ses lèvres n'avaient rien de froid non plus. Elles lui faisaient plutôt penser à de la brique chaude pressée contre sa bouche et avaient su si bien faire monter en elle la fièvre.

Et dans la boutique, quand sa langue lui avait effleuré l'oreille…

Petite dévergondée !

Sara s'enfouit le visage entre les mains. Comment avait-elle pu prendre du plaisir à un tel geste ? Qu'était-il passé par la tête de Mr Grant pour lui infliger cela ? Le pasteur Pomeroy, lui, n'aurait jamais imaginé une telle chose…

Penser au pasteur sema encore plus la confusion dans son esprit. Comment pouvait-elle songer à Mr Grant et à sa langue alors que ses pensées auraient dû être occupées par le pasteur ? Elle n'arrêtait pas de se demander pourquoi Mr Grant rêvait d'elle, elle attendait même en secret qu'il apparaisse dans ses propres rêves… Il fallait que cela cesse.

Petite effrontée !

Sara plongea de nouveau sous l'eau froide, en vain : Mr Grant refusait de quitter ses pensées.

Bon sang ! Le bruit de sa canne heurtant violemment le plancher résonna entre les murs de la bibliothèque. Il l'avait lancée en direction du canapé et pensait au départ viser les coussins, mais il avait raté son but. Cela résumait bien tout ce qu'il entreprenait actuellement dans sa vie.

Nathan pivota sur sa jambe valide et se dirigea vers la fenêtre. Il posa les poings contre le mur de part et d'autre de l'encadrement, et fut tenté un instant d'y coller le front. Il s'écarta en grognant et partit d'un pas raide vers la cheminée. Il posa un coude sur le manteau et contempla l'âtre froid. Le tas de cendres grises que Sawyer avait oublié d'enlever ne lui serait d'aucune aide.

Voyant cela, il pivota de nouveau et se dirigea vers l'armoire où étaient entreposées les bouteilles d'alcool. Il avait menacé Sawyer des pires représailles si ce dernier s'avisait de lui laisser des bouteilles vides, et jusque-là l'homme ne l'avait pas déçu. Le brandy se répandit dans le verre en cristal. Nathan le porta à ses lèvres et l'engloutit d'un trait, puis se servit un autre verre dont il avala une généreuse gorgée.

Mais que diable lui était-il passé par la tête ? Qu'est-ce qui lui avait pris d'aborder une jeune femme respectable et célibataire en public ? Il secoua la tête d'un air dégoûté.

Qu'était-il donc devenu ? Ces années au Parlement l'avaient-elles corrompu au point de lui faire oublier la courtoisie et le respect qu'un gentleman se devait d'offrir à ses semblables ? Si sa grand-mère le voyait à présent, elle lui tournerait le dos de honte après lui avoir donné une gifle bien méritée.

Il but une autre rasade d'alcool, un peu plus lentement cette fois. Que devait-il en déduire sur lui-même ? Même s'il savait que ce qu'il faisait était répréhensible, il ne regrettait pas d'avoir senti de nouveau le corps de Sara contre le sien. Les fesses rondes de cette dernière étaient venues se coller à son bas-ventre et il avait dû réciter les déclinaisons latines dans sa tête pour ne pas se mettre dans une situation fort embarrassante au beau milieu du magasin.

Il n'avait pas du tout prévu de l'approcher et ne savait même pas qu'elle était en ville lorsqu'il l'avait vue par la fenêtre. Sans même comprendre ce qu'il faisait, il était allé la rejoindre et avait entamé la conversation.

Encore maintenant, l'étincelle de colère qui avait traversé le regard de la jeune femme l'excitait.

Nathan vida le reste de brandy et se versa un troisième verre. *Le troisième en moins de dix minutes*, songea-t-il en faisant la moue. Il plaça le bouchon sur la carafe et pivota sur ses talons. Son regard se posa alors sur son fauteuil préféré, celui dans lequel il avait tenu Sara dans ses bras et l'avait embrassée pour la première fois.

Il aurait tant aimé que ses souvenirs soient plus vifs. Peut-être était-ce la raison pour laquelle il avait tellement tenu à la provoquer aujourd'hui : il rêvait de remplacer ses sensations diffuses par d'autres, plus réelles. Chacun de leurs effleurements dans la boutique lui avait embrasé les sens, comme si chaque expérience était nouvelle pour lui. L'oreille de Sara était si douce sous sa langue, et si elle ne s'était pas éloignée de lui, il l'aurait léchée une deuxième fois.

Il savait qu'elle s'était assise sur ses genoux. Il savait qu'il avait passé les doigts dans ses cheveux. Il savait qu'il l'avait embrassée sans retenue, que sa langue avait exploré la bouche de Sara.

Mais il était beaucoup trop ivre pour s'en souvenir clairement. Et il savait aussi qu'il était aisé d'imputer son état à cette maudite lettre, mais ce n'était pas elle qui avait rempli et vidé son brandy.

Il contempla le verre entre ses mains. Le troisième qu'il avalait à un rythme qui aurait égayé même des étudiants d'université. Une moue morose lui déforma le visage.

C'était lui qui avait pris cette décision de fuir Londres, de se mettre à boire et de se comporter en misanthrope. Peu importaient ses motivations : la réalité, c'était qu'il était le seul responsable de ses décisions.

Et il n'aimait plus la personne qu'il était devenu.

Ce constat brutal le surprit au point qu'il en lâcha son verre. Le brandy se répandit sur ses bottes et son pantalon, mais il le remarqua à peine. Il ne savait pas à quel moment il avait commencé à se dégoûter lui-même, mais il ne doutait pas du bien-fondé de ce sentiment.

Ses pensées s'emballèrent. Cela avait-il commencé la première fois qu'il avait accepté un pot-de-vin ? La première fois qu'il était revenu sur une promesse politique ? La première fois qu'un électeur mécontent avait craché sur lui ?

La boisson. La grossièreté de son langage. Son caractère emporté. Son manque de fiabilité. Sa fuite loin de tout ce qu'il connaissait. Lui, abordant une innocente jeune femme. Toutes ces charges s'accumulaient contre lui et ne faisaient qu'accroître sa culpabilité.

Nathan secoua la tête pour stopper ce tourbillon de pensées. Peu lui importait quand cela avait commencé, en fait. Le résultat était qu'il n'aimait plus celui qu'il était devenu, une personne dont sa grand-mère aurait eu honte.

Bon sang, qu'allait-il faire ?

La première chose était d'arrêter de boire.

La seconde était de se tenir à l'écart de Miss Collins. Et ce, même si elle le tentait, même s'il se sentait bien lorsqu'il se serrait tout contre elle, même s'il rêvait de l'embrasser de nouveau.

Il la fuirait dorénavant comme la peste. Et laisserait le champ libre à ce maudit pasteur.

Chapitre 12

La fin du mois de mai arrivait, et tout le monde attendait avec impatience la kermesse organisée par le club de bienfaisance. Tout au long de la journée, des activités et des spectacles pour les enfants s'étaient enchaînés. Le soir, une pièce de théâtre jouée par une troupe itinérante devait divertir les adultes, suivie par des feux de joie, un banquet et un bal. Les dames qui œuvraient pour les veuves, les orphelins et les déshérités organisaient tous les ans cette kermesse pour lever des fonds. Claire et Sara les avaient aidées à préparer le spectacle que les enfants devaient jouer devant leurs parents et les autres adultes de la ville.

Sara se tenait à l'écart de la piste de danse. Elle regardait ses amies rire, tourbillonner et sourire à leur cavalier. Elles semblaient beaucoup s'amuser. Louisa ne manquait jamais de partenaires pour danser. Claire non plus, d'ailleurs — au grand désespoir de Jacob. Il se consolait en demandant aux maris présents le privilège de danser avec leurs femmes. S'ils avaient été à Londres, cela aurait fait scandale. Mais Jacob ne semblait pas y accorder beaucoup d'importance.

Des feux de joie et des torches éclairaient la place et

chassaient la fraîcheur de cette soirée de printemps. Sara remarqua que plusieurs couples s'étaient éclipsés à la faveur de l'obscurité. Le pasteur était rentré de Ramsey Gate quelques jours plus tôt. Il avait partagé avec eux le dîner de ce soir, puis s'était excusé peu de temps après en expliquant qu'un homme d'Eglise ne pouvait pas « être le témoin de certaines choses ». Il était beaucoup plus facile d'en parler avec des âmes repenties si on n'y avait pas soi-même participé, avait-il déclaré avec un sourire contrit.

Serrant son châle autour de ses épaules, Sara sourit à quelques villageois qui passaient par là. Certains vinrent la saluer et lui adressèrent des compliments sur le spectacle des enfants, auxquels elle répondit en rougissant de plaisir. En revanche, personne ne s'attarda pour parler avec elle et personne ne l'invita à danser, à l'exception de Jacob. Elle ne pouvait pas refuser une danse au mari de son amie, mais elle esquissait une moue gênée chaque fois qu'elle ratait un pas et lui écrasait les pieds. Jacob eut la gentillesse de ne pas faire de commentaires et l'invita même de nouveau un peu plus tard, mais elle préféra cette fois se tenir à l'écart de la foule et regarder ses amies s'amuser.

Sara lorgna alors vers le buffet, garni en permanence par les soins des bénévoles. Son regard s'attarda tout particulièrement sur les petits pâtés en croûte et sur les pâtisseries. Elle avait dîné juste avant le coucher du soleil et son estomac commençait à crier famine. Un petit pâté ou deux ne pouvaient pas lui faire du mal, songea-t-elle. Claire et elle avaient travaillé dur avec les enfants. Elle méritait bien de s'offrir un petit plaisir, non ? À cette seule pensée, l'eau lui monta à la bouche.

Tout en cherchant à se convaincre qu'elle avait le droit de céder à la gourmandise à cette heure de la soirée, elle parcourut de nouveau les danseurs du regard. La musique s'était arrêtée et tout le monde applaudissait en se préparant pour la prochaine danse. Sara sourit en voyant Jacob murmurer quelque chose à l'oreille de Claire. Elle lui répondit en riant et lui effleura le bras. Louisa avait quitté la piste de danse, avec d'autres dames que Sara avait déjà aperçues à l'église, et étanchait sa soif à la table où l'on servait de la limonade. Bientôt, un jeune homme que Sara ne connaissait pas s'approcha de son amie pour lui parler. Il désigna la piste de danse. Louisa se raidit mais après de longues négociations et quelques questions, elle lui donna son accord et le suivit.

Les couples se mettaient en rang, donnant à Sara un large aperçu de la piste de danse. Ce fut alors qu'elle aperçut Mr Grant — et l'air se coinça dans sa gorge.

Il se tenait à l'autre bout de la piste et la regardait avec insistance. Avec ses vêtements noirs, il se fondait dans l'obscurité et les feux de joie autour de lui peinaient à l'éclairer. Ils ne s'étaient plus revus depuis ce jour dans le magasin. Elle l'avait bien aperçu une ou deux fois pendant la kermesse, mais il ne s'était pas approché d'elle, même si leurs regards s'étaient croisés plusieurs fois.

Elle en était venue à guetter cette intensité avec laquelle il la regardait et qui semait le trouble dans son esprit tout en l'excitant. Depuis ce jour dans la boutique, elle savait désormais que ses yeux exprimaient du désir pour elle. Le pasteur ne la regardait pas ainsi. Et même s'il l'avait fait, elle n'était pas certaine que cela aurait eu le même effet que les prunelles ardentes de Mr Grant.

Il y avait une telle puissance dans son regard qu'elle avait du mal à lui résister.

Mais elle devait essayer de toutes ses forces.

Tandis qu'elle l'observait, il tourna les talons et contourna la piste de danse, ne la quittant des yeux que quelques courts instants. Ses intentions étaient claires : il venait lui parler et même l'inviter à danser. Malgré le stress que cette idée lui inspirait, la respiration de Sara s'accéléra de nouveau sous l'effet de l'excitation et de la nervosité. Elle chercha désespérément ce qu'elle pouvait bien lui dire. Sa position devait être claire. Elle n'était pas disposée à se laisser courtiser et n'appréciait pas ses attentions déplacées. Mais dans sa poitrine, son cœur tambourinait à grands coups, démentant ses pensées.

Son oreille frissonnait au souvenir de la langue de Mr Grant. Ses lèvres s'entrouvrirent malgré elle. Elle les serra l'une contre l'autre en le voyant approcher.

— Miss Collins, dit-il en la saluant d'un signe de tête.

— Mr Grant, répondit-elle avec une brève révérence.

Il vint se placer à côté d'elle, le regard tourné vers les danseurs. Sara mobilisa tous ses efforts pour ne pas le regarder. Claire et Louisa tourbillonnaient avec leurs partenaires.

— Profitez-vous bien de votre soirée ? demanda-t-il après plusieurs minutes de silence.

— Oui, je vous remercie.

— Vos amies ont l'air de beaucoup s'amuser aussi.

— En effet.

Pourquoi attendait-elle avec autant d'impatience qu'il l'invite à danser ? Elle *détestait* danser. Son manque de grâce la gênait, ainsi que l'idée que tout le monde puisse être le témoin de ses faux pas. Mieux valait lui couper tout de suite l'herbe sous le pied.

— Si vous voulez m'inviter à danser, je préférerais que vous vous absteniez. Je me verrai contrainte de refuser.

Elle s'était exprimée d'une voix hachée et elle sentit ses joues s'empourprer face à une telle audace.

Mr Grant se tourna vers elle.

— Vous refuseriez ?

Elle hocha la tête avec hésitation, incapable de le regarder dans les yeux et d'y lire ses reproches.

— Dans ce cas, vous pouvez vous estimer heureuse car je n'en ai jamais eu l'intention.

Toute excitation abandonna le corps de Sara et ses épaules s'affaissèrent.

— Nous nous épargnerons ainsi une scène bien embarrassante, ajouta-t-il.

Elle tourna la tête vers lui. Avec un petit sourire contrit et sarcastique, il tapota sa jambe gauche avec sa canne.

— Ce n'est pas très pratique pour danser. Cela fait au moins dix ans que je n'ai pas invité une dame à le faire.

Oh. Gênée, elle sentit son visage s'enflammer. Elle n'avait même pas songé qu'il était incapable de danser. Elle était tellement absorbée par sa stupide excitation et sa ferme résolution à mettre les choses au clair qu'elle n'avait pas réfléchi à sa situation à lui.

— Je suis navrée, dit-elle, les yeux braqués vers le sol. Je ne voulais pas vous offenser.

Il rit tout bas.

— Vous feriez mieux de réfléchir à deux fois, même lorsque vous répondez à une simple question.

Elle lui lança un regard méfiant. Voyant cela, il posa une main sur son cœur et pouffa de nouveau.

— Je vous jure que je ne suis animé d'aucune mauvaise intention.

Elle acquiesça.

— Très bien.

Ses petits rires, qu'elle n'attendait pas et qu'elle trouvait charmants, lui firent bondir le cœur.

— Avez-vous faim ?

Sara cligna les yeux, prise de court. De toutes les questions auxquelles elle s'attendait, celle-ci n'en faisait pas partie.

Il désigna le buffet.

— Je vous pose cette question car j'ai remarqué que vous regardiez du côté du buffet comme une personne qui n'a pas mangé depuis des jours.

Les joues en feu, elle se détourna de lui et reporta son attention sur les danseurs qui se préparaient pour un nouveau tour.

Mr Grant posa sa grande main chaude et douce sur son bras.

Elle avait une conscience aiguë de cette main dont la chaleur irradiait sa peau à travers sa robe.

— Je n'ai pas l'intention de vous mettre dans l'embarras, dit-il. J'ai simplement remarqué votre regard et j'ai moi-même très faim. Voudriez-vous manger quelque chose ?

Sara secoua la tête en déglutissant avec peine.

— Non, merci.

Elle avait déjà décidé de se priver du plaisir d'un petit pâté.

— En êtes-vous sûre ? Vous sembliez regarder le buffet avec envie.

Elle secoua de nouveau la tête.

— J'ai déjà dîné.

— Oui, mais le dîner est déjà loin. Je suis certain que vous supporteriez de grignoter un petit quelque chose.

— Je vais bien, je vous assure.

— Eh bien, pas moi, dit-il en la prenant par le coude. Venez, vous me tiendrez compagnie.

Il l'entraîna avec lui et s'approcha du buffet. Puis il la lâcha et accrocha sa canne à son bras pour pouvoir prendre une assiette qu'il commença à remplir de gâteaux et de petits feuilletés aux fruits de mer.

Sara en resta bouche bée. Comment diable pouvait-il manger autant ?

— Une fois encore, vous m'avez emmenée de force loin de ce que je faisais, dit-elle à voix haute.

En le voyant mettre sur une assiette plusieurs petits pâtés à la viande et aux légumes, l'eau lui monta à la bouche.

Mr Grant la regarda d'un air amusé.

— Vous étiez occupée à quelque chose d'important ? Oh ! oui, vous regardiez vos amies s'amuser.

— Je m'amusais aussi, répliqua-t-elle, sur la défensive.

— Hum. Vous aimez les petits pâtés ?

Sara arracha son regard de l'assiette. Son estomac gargouilla bruyamment et Mr Grant rit tout bas, ce qui la fit rougir de nouveau.

— Venez, allons nous asseoir.

Voyant qu'elle ne bougeait pas, il ajouta :

— Je comprends qu'il est important pour vous de faire vos choix. Vous pouvez rester au bord de la piste de danse, toute seule, et regarder vos amies s'amuser toute la soirée… Ou alors, vous pouvez venir vous asseoir avec moi à un endroit où vous pourrez toujours voir vos amies, mais où vous ne serez plus seule.

Comme elle hésitait, il continua :

— Écoutez, avouez que jusqu'à présent, j'ai été très agréable, vous ne trouvez pas ?

Sara ne put s'empêcher de rire.

— Vous et moi avons une définition différente de ce qui est agréable, monsieur.

Sa réponse le fit sourire.

— Très bien. Je suis agréable en comparaison de nos précédentes rencontres, au moins. Venez donc vous asseoir avec moi.

Il avait pris un ton enjôleur.

— Je pourrais ainsi m'exercer à m'améliorer et peut-être même devenir bientôt une personne d'excellente compagnie.

Son ton rieur aida Sara à se détendre. Elle rit de nouveau et le suivit vers une grande table à moitié plongée dans l'obscurité. Elle arrangea ses jupes sous la table et découvrit que ses genoux touchaient ceux de Mr Grant. Ce dernier posa l'assiette entre eux et enfourna un petit pâté aux fruits de mer. Il fit alors signe à un serveur bénévole et demanda deux verres de vin en lui montrant sa canne. La personne s'empressa de répondre à sa requête.

— Vous n'avez pas honte, dit-elle d'un ton accusateur.

— Je plaide coupable, répondit-il en souriant. Si je dois vivre avec ce handicap, autant qu'il me soit utile de temps en temps.

— Comment est-ce arrivé ? demanda-t-elle.

Elle referma aussitôt la bouche et, gênée, se mit à contempler ses mains croisées sur la table.

— Je suis désolée, reprit-elle, je ne voulais pas me montrer indiscrète.

— J'ai fait une chute de cheval quand j'avais quinze ans. Cela n'aurait rien eu de grave si ma monture n'avait pas été entraînée à ma suite, m'écrasant la jambe. Le chirurgien a fait de son mieux.

— Bonté divine, vous avez eu de la chance de ne pas la perdre complètement. Je suis désolée.

— Vous vous excusez souvent. Pourquoi cela ?

Sara se redressa en entendant la question.

— Devrais-je prendre exemple sur vous et renoncer à ma conscience ?

— Pas du tout, mais j'ai l'impression que votre conscience vous écrase. Je suis même surpris que vous ne titubiez pas sous son poids.

— Je croyais que vous vouliez vous entraîner à vous montrer aimable ?

Il choisit un petit gâteau et le lui tendit. Comme elle secouait la tête, il l'enfourna.

— Vous avez raison. Je devrais montrer plus de zèle, mais arrêtez-moi si je faillis. Avez-vous eu des nouvelles de votre frère, récemment ?

— Non, mais je n'en attendais pas. Adam n'écrit pas souvent. Même s'il était plus prolixe, le fait d'être sur un bateau ne lui permettrait pas d'accéder régulièrement aux bureaux de poste.

— Ah, vous n'avez donc pas d'autres aventures marines à lire.

Elle sourit.

— Récemment, je me suis plongée dans les histoires de Hakluyt pour mon plaisir.

— Hakluyt ? Le ministre qui écrit des histoires de marins ?

Elle acquiesça.

— Oui. Je trouve ses récits absolument fascinants. Je viens tout juste de terminer celui du premier voyage de Frobisher. Je n'imagine pas ce que cela fait d'être le premier à voir tous ces champs de glace. De la neige et de la glace à perte de vue. Et dire qu'il y a des gens qui vivent là-bas. C'est incroyable, vous ne trouvez pas ?

— Ces choses-là vous intéressent ?

— Pas vous ? Pensez aux aventures qu'ils doivent vivre.

— Vous êtes donc à la recherche d'aventures ? Vous ne m'apparaissez pas comme une aventurière, pourtant.

— Je vous demande pardon ?

Il sourit en secouant la tête.

— Quel genre d'aventures avez-vous déjà vécu ?

Sara se hérissa en entendant son ton moqueur.

— Je ne comprends pas ce que j'ai fait pour mériter vos moqueries, monsieur. Je ne tourne pas en ridicule vos goûts, que je sache.

Il se pencha vers elle, en appui sur les coudes, et la contempla d'un air de défi.

— Vous allez encore me demander de « traiter mon prochain comme j'aimerais que l'on me traite » ? Je doute que vous trouviez matière à rire de mes divertissements si vous veniez à les connaître.

Sara déglutit avec peine et releva fièrement le menton d'une façon qui ne lui ressemblait pas.

— Mettez-moi au défi, dit-elle d'une voix éraillée.

Il haussa les sourcils de surprise.

— Très bien. Mes rêves sont très distrayants, par exemple.

— Vraiment ? Et quels sont-ils ?

— Je pense vous l'avoir déjà dit, ma nymphe. Je rêve de vous.

Sara le regarda fixement. Il était donc sérieux ?

— Oh ! oui, continua-t-il d'une voix rauque, tandis

que son regard s'assombrissait et devenait brûlant. Je rêve bel et bien de vous.

Un instant, Sara fut prise d'un doute : avait-elle vraiment osé poser sa question *à haute voix* ?

— Je rêve que vous venez me voir la nuit, le corps drapé d'une fine chemise de nuit qui moule vos formes. Vos cheveux sont détachés et vos boucles taquinent le bout de vos seins qui se dressent tandis que vous vous avancez vers moi.

Son regard passa sur les cheveux de Sara et se posa sur ses lèvres. Il humecta les siennes.

— Vous ouvrez la bouche sans hésitation lorsque je vous embrasse et nos langues se touchent et apprennent à se découvrir chaque nuit. Je vous caresse le cou, je sens votre pouls qui bat et qui s'accélère lorsque je passe les doigts sur votre poitrine.

La respiration de Sara se fit plus rapide sous l'effet de ses paroles. Les yeux de Mr Grant suivaient le chemin qu'il décrivait et elle les sentait sur elle comme une caresse. Des doigts de feu descendaient le long de sa gorge, et ses seins se tendirent douloureusement.

Une gêne entre ses cuisses l'obligea à se tortiller sur sa chaise.

Mr Grant leva de nouveau son regard vers le sien et Sara fut piégée par le désir flagrant qui y brillait.

— Je vous ai embrassée, ma nymphe, le jour où vous êtes entrée dans ma bibliothèque. J'ai mis ma langue dans votre bouche et j'ai rêvé que je le faisais encore et encore et encore, et que je ne m'arrêtais pas là. Voilà qui serait très distrayant.

Sara avait le souffle court, soudain. Son corps brûlait d'être touché et se languissait des caresses de Mr Grant, elle le savait. Comment était-il arrivé à cela, simplement avec des mots ? La tentation que représentait cet homme la séduisait au plus haut point.

Pendant qu'elle le regardait, il baissa les yeux vers son assiette et choisit un gâteau qu'il se mit en bouche.

Lorsqu'il leva de nouveau son regard vers elle, le désir qu'elle y avait lu avait disparu, remplacé par une expression innocente. Ce qu'elle venait d'y voir n'était-il que le fruit de son imagination ? Avait-il fait cela pour s'amuser à ses dépens ? Ou bien la mettait-il au défi et la croyait-il incapable de vivre la moindre aventure, incapable de répondre à ses moqueries ?

— Très bien, dit Sara en faisant la moue. Je vois que vous redevenez désagréable.

Il prit un air surpris et lui décocha un demi-sourire.

— Vraiment ? Je pense que je peux faire pire. C'est la première fois que vous me parlez autant sans vous retrancher derrière vos silences. C'est bien le signe de quelque chose.

— Pourquoi êtes-vous ainsi ? Pourquoi persistez-vous à me provoquer ?

— Pourquoi ne vous défendez-vous pas ?

Sauvée par l'arrivée du vin, Sara n'eut pas à lui répondre. Elle but une petite gorgée, surprise de constater à quel point elle descendait bien. Les fourmillements ne s'étaient pas manifestés, malgré cette épuisante conversation. *Étrange*, songea-t-elle.

Mr Grant prit un petit pâté et poussa l'assiette vers elle.

— Mangez quelque chose.

Sara secoua la tête.

— Je n'en ai pas envie.

— Et pourtant, vous ne quittez pas ce plat des yeux. Prenez quelque chose.

— Je ne peux pas manger votre repas ! Cela ne serait pas correct.

— Je me suis servi pour nous deux, répondit-il en souriant. Je ne peux pas manger toute cette nourriture tout seul.

Il mordit à pleines dents dans son pâté en haussant les sourcils de plaisir. Du jus lui coula sur le menton. Il s'essuya avec sa serviette, puis il tendit la main et lui offrit son pâté.

Sara le regarda fixement et vit comment les deux lacs froids de ses prunelles prenaient de nouveau des teintes brûlantes. Cette fois, elle était certaine que ce n'était pas le fruit de son imagination. Elle savait ce qu'il attendait d'elle, mais ne pouvait pas s'y plier. Pas comme ça.

Comme elle ne répondait pas à son geste, il prit un air déçu et recula avant de prendre une nouvelle bouchée. Il mâcha lentement sans la quitter du regard pendant qu'elle buvait son vin. Il avala enfin sa bouchée et but à son tour. Puis il plissa les yeux.

— Pourquoi rechignez-vous autant à prendre ce que vous désirez ?

Il avait posé sa question d'une voix douce et grave, qui contrastait avec le ton plus rieur qu'il avait adopté précédemment.

— Pardonnez-moi, mais je ne comprends pas le sens de votre question.

Les fourmillements se remirent lentement en marche dans sa gorge. Sara s'éclaircit la voix et les sentit s'éloigner avant de disparaître.

— Je pense que vous me comprenez très bien, répliqua-t-il.

Il saisit un petit pâté et le posa dans la main de Sara.

— Vous avez envie de ce pâté. Je le vois dans votre regard et je l'entends aux gargouillements de votre estomac. Il n'y a rien de mal à prendre ce que vous désirez.

— C'est la définition même de l'avidité, monsieur, répondit Sara d'une voix calme.

Mais le pâté lui brûlait la paume et lui chatouillait les narines.

— Manger quand vous avez faim équivaut à de l'avidité ?

— Quand on désire plus alors que notre appétit a déjà été satisfait, oui.

— Mais on ne peut jamais satisfaire la faim de manière permanente ! Cette philosophie ne s'applique pas dans ce cas précis.

Sara le regarda fixement. *La gloutonnerie est un péché, ma fille. Que diront les gens s'ils voient comment tu manges ? Tu sais ce qu'on dit des filles qui sont grosses.*

— Allez, l'encouragea-t-il. Mangez-le.

Elle contempla Mr Grant. Ce dernier ne la quittait pas du regard.

À la façon dont tu réponds au péché, tu es l'instrument du diable, ma fille.

— Il va refroidir, insista-t-il. Arrêtez de réfléchir et mangez-le.

Sara fixa le petit pâté croustillant et doré en le dévorant des yeux. Malgré sa taille, le gâteau en forme de demi-lune tenait merveilleusement bien dans sa main. Sa tiédeur lui enveloppa la peau et lui rappela comment elle avait réagi au corps de Mr Grant et à la caresse de son regard.

Lentement, elle leva le pâté vers ses lèvres, plaça le coin entre ses dents — et mordit. Il s'effrita dans sa bouche et le goût de la viande et des oignons lui inonda la langue. Elle ferma les yeux de bonheur et mâcha lentement.

— C'est bien, ma nymphe.

Sa voix douce et séductrice l'enveloppa.

Elle prit une autre bouchée, savourant son goût exquis. Puis elle décocha un sourire à Mr Grant, qui le lui rendit, pour son plus grand plaisir. Ses yeux étaient redevenus des sources chaudes et au creux du ventre de Sara s'installa un désir croissant qu'elle commençait à connaître.

— Ah, tu es là, Sara, dit la voix de Claire, brisant le charme.

Mr Grant recula pour mettre plus de distance entre eux.

— Nous t'avons cherchée partout.

Sara tourna la tête vers son amie qui approchait avec Jacob. Ce dernier marchait d'un pas incertain, le bras autour de la taille de sa femme. Manifestement, il avait grand besoin qu'elle le soutienne. Sara se leva et posa le pâté dans l'assiette. Mr Grant l'imita aussitôt.

— Jacob est malade ? demanda-t-il.

— Pas exactement, répondit Claire en levant les yeux au ciel. Il a participé à un concours de boisson. Celui qui buvait trois pintes le plus vite possible gagnait la somme de deux livres.

À ces mots, Jacob eut un petit sourire en coin.

— C'était un sacré concours ! rugit-il.

D'autres hommes mugirent à leur tour en frappant sur les tables.

— Mais vous n'avez pas gagné, souligna Claire, mécontente.

— Ne me fatiguez pas avec ces détails, chère madame, dit-il en fronçant les sourcils.

Claire se tourna vers Sara.

— Nous devons rentrer à la maison. Louisa est partie chercher la voiture.

— Bien sûr, répondit-elle en quittant la table.

Puis elle se tourna vers Mr Grant et lui adressa une brève révérence.

— Bonne nuit, Mr Grant. Merci pour le pâté.

Elle continua de l'observer, troublée par l'étrange sentiment de soulagement et de regret qu'elle avait en le quittant.

Il leva vers elle des prunelles brûlantes et répondit à sa révérence par un léger hochement de tête.

— Je vous assure que tout le plaisir était pour moi, Miss Collins.

Nathan la regarda partir en se léchant les doigts tandis qu'elle disparaissait au milieu de la foule avec ses amis.

Chapitre 13

Assise dans son fauteuil, Sara regardait par la fenêtre. La pluie masquait la vue sur le parc qui entourait Ridgestone. Elle se sentait à la fois apathique et agitée. Les fourmillements qui se manifestaient d'ordinaire dans sa gorge semblaient avoir envahi tout son corps et mettaient ses nerfs à rude épreuve. Souvent, elle contemplait ses bras et se grattait tant la sensation était réelle, mais jamais elle ne trouvait le soulagement espéré.

Elle n'avait pas très bien dormi la nuit précédente. Les propos déplacés de Mr Grant s'étaient insinués au plus profond de son esprit. Elle aurait voulu les chasser mais elle n'avait aucun contrôle sur ses rêves. Elle avait beau n'avoir qu'une vague idée de ce qui se passait dans la chambre à coucher d'un couple marié, son inconscient s'appuyait sur le baiser qu'ils avaient échangé et l'amplifiait hors de toute proportion. Elle s'était réveillée à plusieurs reprises cette nuit, tremblante et couverte de sueur. Mais — à sa grande déception — son rêve n'avait pas pu parfaire son éducation au-delà de ce baiser et de ce que Mr Grant lui avait confié.

« Pourquoi rechignez-vous autant à prendre ce que vous désirez ? » lui avait-il demandé. Ses paroles résonnaient encore dans l'esprit de Sara et venaient se heurter violemment avec tout ce que sa mère lui avait appris. Une vie pieuse était une vie de sacrifice et de déni, non d'avidité et de gourmandise.

« Manger quand vous avez faim équivaut à de l'avidité ? » s'était-il étonné.

Sara essaya de chasser ces paroles de son esprit, mais elles ne faisaient que s'y ancrer encore plus fermement. De plus, malgré ses réticences, elle devait bien reconnaître qu'elle comprenait son raisonnement. Et était même prête à l'approuver. En effet, pourquoi serait-ce un péché de manger quand on a faim ? Pourquoi sa mère lui avait-elle enseigné cela ? Ses préceptes contenaient-ils d'autres failles ?

— Vous vous sentez bien, Miss Collins ?

Sara cligna les yeux et reporta son attention sur celui qui venait de s'adresser à elle — le pasteur Pomeroy. Il était venu leur rendre visite aujourd'hui. Il était assis juste à côté d'elle… et elle l'avait complètement oublié. Louisa, qui comme toujours faisait office de chaperon, était assise à l'autre bout du canapé et la regardait d'un air inquiet.

— Je vous demande pardon ? demanda Sara.

— Je vous demandais si vous vous sentiez bien, répéta-t-il. Vous paraissiez distraite, à regarder par la fenêtre en soupirant.

Oh ! Seigneur…

— Désolé. Je suis confuse, s'excusa Sara.

« Vous vous excusez un peu trop souvent. Je suis surpris que vous ne titubiez pas sous le poids de votre conscience. »

Elle s'efforça d'ignorer les paroles de Mr Grant.

— J'avais la tête ailleurs, c'est vrai, continua-t-elle.

Je n'ai pas très bien dormi la nuit dernière et j'ai du mal à me concentrer.

— Oh ! répondit le pasteur. Il ne faut pas que je vous retienne, alors. Voulez-vous que je m'en aille pour que vous puissiez vous reposer ?

Une idée soudaine lui traversa l'esprit : Mr Grant n'aurait pas été aussi indécis. Il aurait agi sans l'ombre d'une hésitation. Puis une autre pensée lui vint aussitôt : elle n'éprouvait aucun sentiment de trahison envers le pasteur malgré ce jugement négatif envers lui. Ce dernier avait tout pour lui plaire, pourtant, et elle ne trouvait rien de mieux que de le comparer à un autre homme pour lui trouver des défauts !

— Non, s'il vous plaît, restez, dit-elle en souriant. Je vais bien, vraiment.

Le pasteur s'adossa de nouveau à son fauteuil et l'observa d'un œil interrogateur.

— Si vous en êtes certaine.

Pourquoi est-ce que, tout à coup, sa sollicitude l'agaçait ? N'était-ce pas le signe qu'il s'inquiétait pour elle et qu'il la respectait ? Elle doutait que le pasteur ait jamais songé à mettre la langue dans sa bouche, et encore moins à lui dire qu'il avait envie de le refaire, encore et encore…

Sara chassa ces pensées et continua de sourire.

— J'en suis sûre. En réalité, je me demandais si je pouvais vous poser une question.

Il se redressa et lui retourna son sourire.

— Bien entendu, tout ce que vous voudrez.

Elle serra les lèvres quelques instants et prit une profonde inspiration.

— Quelle est la définition de l'avidité ?

Les mots avaient fusé de sa bouche avant que la voix de sa mère puisse les arrêter.

Le pasteur cligna plusieurs fois les paupières.

— Eh bien, je dirais qu'il s'agit de désirer plus que ce qui est nécessaire, alors que les besoins d'une personne sont déjà satisfaits. L'avidité engendre l'excès.

Sara sentit ses épaules s'affaisser. Ainsi, sa mère avait raison.

— Donc, lorsque les besoins d'une personne sont satisfaits, c'est un péché que de désirer plus.

Le pasteur lui lança un regard grave.

— Oui, répondit-il lentement. Mais ce n'est pas une règle absolue. Je pense que l'avidité est une forme d'excès qui conduit les gens à commettre des actes mauvais. Par exemple, un homme qui désire accroître sa fortune aux dépens ou au mépris d'autres personnes commet un péché, mais un homme qui le fait pour aider les autres ou pour mieux s'occuper de ceux qui dépendent de lui ne commet aucune faute. La définition de l'avidité comme un péché dépend des intentions de l'homme.

— Oh.

Cette réponse donnait matière à réfléchir. Combien de fois avait-elle eu envie de manger simplement parce qu'elle avait faim et s'était-elle heurtée au refus de sa mère ?

— Les intentions contrecarrent les péchés, alors ?

— Non, pas toujours. Mais si je connaissais mieux le contexte de votre question, je pourrais peut-être y répondre plus précisément.

Sara hésita avant de lui demander :

— Si un homme a faim, commet-il un péché s'il mange ?

Le pasteur sourit.

— Non, je ne pense pas.

— Même s'il a déjà mangé à satiété auparavant ?

— La faim ne peut pas être satisfaite de manière permanente, Miss Collins. C'est un besoin que nous devons constamment satisfaire.

Cette déclaration fit écho aux paroles de Mr Grant, ce qui l'ébranla de nouveau. Elle contempla le pasteur et entendit le désespoir qui tendait sa propre voix lorsqu'elle reprit :

— Mais si cette faim conduit l'homme à de mauvaises actions, comme vous l'avez décrit ? S'il vole pour manger ? Manger ne devient-il pas alors un péché ?

Il l'observa un long moment.

— Je ne peux pas cautionner qu'un homme enfreigne la loi, bien sûr, et la Bible nous enseigne à ne pas voler. Oui, le vol est un péché en toutes circonstances, mais je pense que le plus grand des péchés pèse sur ceux qui ont les moyens de nourrir cet homme et qui ne le font pas.

— Donc, ce n'est ni de l'avidité ni un péché de manger quand on a faim ?

Le pasteur lui sourit gentiment.

— Même notre Seigneur Jésus-Christ a nourri les affamés, Miss Collins, et je ne crois pas qu'il se soit limité à ceux qui *mouraient* de faim. Il a nourri tous ceux qui avaient faim, même s'ils avaient mangé quelques heures plus tôt.

— Mais une vie pieuse est faite de sacrifices et d'abnégation, dit Sara en répétant les paroles de sa mère d'une voix douce.

— Je suis d'accord avec vous jusqu'à un certain point. Mais en même temps, s'accorder quelques plaisirs n'est pas nécessairement un péché. Je ne pense pas que Dieu veuille que nous vivions dans l'abnégation la plus totale. S'il nous aime, il veut que nous soyons heureux et que nous jouissions des plaisirs du quotidien. Les sacrifices et l'abnégation sont nécessaires, mais nous devons aussi profiter de la vie qui nous est généreusement offerte. C'est quand le plaisir prend le pas sur l'existence d'un homme au point de l'aveugler et de ne plus le rendre capable des sacrifices et de l'abnégation nécessaires qu'il devient un péché.

Sara garda de nouveau le silence et tourna la tête vers la fenêtre opaque. *Nous devons profiter de la vie qui nous est généreusement offerte.* Mais s'était-elle jamais permis de le faire ? Certes, elle avait eu plus de chance que d'autres, mais pouvait-elle pour autant dire qu'elle était heureuse ? Qu'elle se réjouissait de la vie qu'elle avait menée ? La réponse qui lui vint à l'esprit allait à l'encontre des enseignements de sa mère.

Mais quel pouvoir sur elle avait sa mère à présent ? Elle était morte depuis des années ! Pouvait-elle encore exercer son influence depuis sa tombe, comme Sara l'avait autorisée à le faire ?

Cette révélation la stupéfia. Oui, elle avait permis à sa mère d'exercer ce pouvoir sur elle. Était-ce donc vrai ? Avait-elle délibérément choisi de continuer sur le chemin du renoncement total que sa mère lui avait tracé, au point de sacrifier son bonheur et ses rêves ?

« Pourquoi refusez-vous de prendre ce que vous désirez ? »

Ce n'était pas de l'avidité. Pas même un péché, d'après le pasteur. Si elle avait faim, il n'y avait rien de mal à manger.

Ce dernier s'éclaircit la gorge, interrompant ses pensées.

— Je crains de vous avoir mise un peu trop à l'épreuve. Je dois m'en aller.

Il se leva et Sara le suivit en compagnie de Louisa, qui était restée anormalement silencieuse pendant tout ce temps. Ils se saluèrent et le pasteur s'en alla.

Sara se laissa tomber sur le canapé mais son amie resta debout. Cette dernière ne se tourna vers elle qu'après avoir entendu la porte se fermer.

— À quoi rime tout cela ? demanda Louisa en s'asseyant brusquement près d'elle.

— Tu as été horriblement silencieuse cet après-midi, répondit Sara pour détourner son attention.

— J'ai joué mon rôle de parfait chaperon, répliqua-t-elle. Prête à parler uniquement si cela est nécessaire, et discrète. Mais tu n'as pas répondu à ma question.

— Louisa, je…

Sara s'interrompit, essayant de trouver ses mots.

— T'es-tu déjà réveillée un jour en comprenant que tout ce en quoi tu as toujours cru était un mensonge ?

— Je ne comprends pas. Qu'est-ce que cela a à voir avec l'avidité et le péché ?

— S'il te plaît, réponds à ma question.

Louisa garda le silence quelques instants. Puis elle reprit la parole d'une voix à la fois douce et grave.

— Il y a beaucoup de choses que Claire, Bonnie et toi ne savez pas sur moi. Mais la réponse est oui.

Sara la regarda fixement. C'était vrai : elle ne savait pas grand-chose sur le passé de son amie. Elle était partie du principe que Louisa venait du même milieu que de Claire, mais elle n'en était pas certaine. Louisa ne lui avait jamais parlé de sa famille.

Sans vouloir se montrer indiscrète, Sara murmura :

— Et qu'as-tu fait ?

Le regard de Louisa prit une expression que Sara n'y avait jamais vue. Ses prunelles noisette, d'ordinaire si brillantes et déterminées, contenaient en cet instant une noirceur qui la fit frissonner. Cela ne dura qu'un bref moment, mais le malaise persista.

Louisa garda un ton neutre lorsqu'elle répondit, les yeux dans le vague :

— J'ai fait ce qui était nécessaire. J'ai commencé à vivre ma vie. J'ai cessé de dépendre des autres. Je ne peux me fier et me reposer que sur moi-même. Il n'y a personne d'autre.

Sara tendit doucement la main vers elle, comme si elle craignait que ce geste effraie son amie. Elle lui effleura le bras.

— Nous sommes là, murmura-t-elle. Claire, moi. Et Bonnie. Tu peux te reposer sur nous.

Louisa cligna les yeux et son regard reprit son expression habituelle. Elle sourit à Sara et tapota la main de celle-ci posée sur son bras.

— Bien sûr, je le sais. Mais quel rapport avec toi ?

— Quelqu'un m'a récemment dit que je m'interdisais de prendre ce que je désirais.

Louisa pouffa doucement.

— C'est un euphémisme.

En entendant son amie donner raison à Mr Grant, Sara se hérissa de nouveau.

— Qu'entends-tu par là ?

Louisa secoua tristement la tête.

— Tu es l'une de mes meilleures amies donc crois-moi, si je te dis ça, ce n'est pas pour te blesser. Mais Sara, tu es la personne la plus docile et la plus craintive que j'aie jamais rencontrée.

— Je te demande pardon ?

— Je suis certaine que tu aurais peur de ton ombre si tu ne la voyais pas tous les jours. Tu ne t'élèves jamais contre rien de ce qui te concerne et détestes prendre la moindre décision. Et Dieu te préserve qu'une des décisions en question ne se traduise pas par un changement !

— Ce n'est pas vrai, répliqua Sara. Rejoindre le Club des gouvernantes était un choix de ma part qui a demandé beaucoup de changements.

— Je suis d'accord sur ce point, et nous t'avons toutes aidée. Je te rappelle que tu as à peine parlé pendant la première semaine où nous avons emménagé. Mais dire que tu as décidé de nous rejoindre ? ajouta Louisa en secouant la tête. Nous avons pris la décision à ta place. Nous avons commencé à faire les préparatifs comme si tu avais donné ton accord, alors que ce n'était pas le cas. Et comme tu évites les confrontations à tout prix, tu n'as élevé aucune protestation pour refuser de venir avec nous. C'est ainsi que tu es arrivée ici, et non parce que tu en as vraiment fait le choix.

— C'est faux, murmura Sara.

— Non, c'est la vérité.

Louisa se leva et se dirigea vers la porte ouverte.

— Si tu as envie de changer, je pense que c'est une idée admirable. Mais je ne le croirai que quand je le verrai. Et il me faudra bien plus qu'une conversation sur le péché avec un pasteur pour cela.

Bientôt, le bruissement de ses jupes s'évanouit dans le couloir. Sara tourna la tête vers la fenêtre et se remit à regarder la pluie tomber.

*
* *

Nathan posa une nouvelle bûche dans la cheminée et se redressa en faisant porter le poids de son corps sur sa jambe valide. L'humidité de cette maudite pluie s'était infiltrée dans la maison. Ce temps réveillait la douleur dans sa cuisse. Il se dirigea vers la table toute proche où trônaient tous les ingrédients pour un grog bien chaud. Hormis sa jambe, il ne se sentait pas si mal, mais le breuvage l'aiderait à lutter contre l'humidité ambiante.

Il versa du miel dans un mug et ajouta une lampée de brandy et un peu de citron. Puis il souleva la bouilloire qui chauffait près de la cheminée et versa l'eau fumante en regardant la vapeur s'élever du bol. Il remua et la cuiller heurta bruyamment le bord en porcelaine, brisant le silence qui régnait dans la bibliothèque.

Il porta le mug à ses lèvres et souffla sur la boisson brûlante avant de boire une gorgée. Puis il regarda fixement les flammes en pensant aux feux de joie de la kermesse qui s'était tenue la veille. Et à Miss Collins. Sara.

Il avait passé la journée à la suivre et à l'éviter à la fois. Il ignorait pourquoi ou comment il était arrivé à cette kermesse. Il s'était pourtant juré de se tenir à l'écart de la société. Malgré tout, il était parti se promener, avait échangé quelques paroles de-ci de-là avec les personnes qu'il avait rencontrées, tout en lançant des regards noirs aux enfants qui couraient autour de lui.

Chaque fois qu'il tournait la tête, Sara était là. Avec les enfants, avec ses amis, à côté des buffets. Et chaque fois qu'il la croisait, il ne pouvait s'empêcher de la regarder quelques instants avant de se forcer à partir et à lui tourner le dos. Jusqu'aux danses de la soirée.

Il s'était littéralement figé sur place en la voyant. Elle

se tenait là, de l'autre côté de la piste de danse, la peau auréolée par les flammes, si séduisante que toutes ses bonnes intentions s'étaient aussitôt évanouies. Un désir pressant de l'approcher s'était emparé de lui, annihilant toute résistance.

Il n'avait même pas cherché à résister, en fait. Il avait cédé au besoin d'aller vers elle et à cette folie qui lui avait traversé l'esprit, l'amenant à s'asseoir avec elle et à provoquer cette conversation.

Et il ne le regrettait pas.

La façon dont elle avait rougi lorsqu'il lui avait décrit ses rêves avait été le spectacle le plus excitant de sa vie. La poitrine de Sara s'était gonflée tandis que sa respiration s'était accélérée, et s'il n'avait pas été aussi absorbé par son regard qui brillait de désir, il n'aurait pu détacher ses yeux de sa gorge. Encore maintenant, ce souvenir faisait monter en lui une bouffée d'excitation qui allait de son ventre à ses reins.

Nathan but une autre gorgée de grog et salua la chaleur bienfaisante qui envahissait sa poitrine. Puis il s'écarta du feu pour revenir à son fauteuil et reprendre la lecture de son livre — et tomba nez à nez avec Sara Collins, à deux mètres de lui à peine, complètement trempée et tremblante. Il faillit s'étrangler.

— Bonté divine !

Il haleta pour tempérer la boisson qui venait de lui brûler la gorge.

— Comment diable êtes-vous arrivée ici ?

Sara claquait des dents.

— P-p-personne n-ne ré-pondait à la-la p-porte. Je ssuis entrée t-t-oute s-seule.

— En général, quand personne ne répond à la porte, les gens s'en vont.

— Je s-suis dé-sol-lée.

Il passa en revue son corps trempé, ses cheveux en bataille plaqués sur ses joues et ses épaules, sa robe mouillée qui moulait toutes ses formes et mettait en valeur sa poitrine et ses hanches, ainsi que le pli entre ses cuisses.

Nathan sentit sa bouche s'assécher et son esprit se vider.

Son regard parcourut le même chemin en sens inverse et s'attarda sur les seins de Sara qui pointaient derrière le tissu mouillé. Il appréciait la manière dont ils se soulevaient au rythme de sa respiration. Puis ses yeux se posèrent sur le visage de celle-ci et il se délecta de la courbe de sa nuque et de ses lèvres tremblantes avant de croiser son regard.

Il s'aperçut un peu tard que ce même tremblement l'avait envahie tout entière. *Elle était morte de froid.*

Nathan réduisit la distance qui les séparait et glissa son grog entre les mains de Sara.

— Buvez ceci, ordonna-t-il avant d'aller chercher une couverture sur un canapé. Petite inconsciente. Vous ne portez jamais de manteau ?

Il drapa la couverture autour de ses épaules et la regarda avaler une petite gorgée de grog.

— Je n'ai pas réfléchi, répondit-elle.

Il haussa un sourcil.

— C'est le moins que l'on puisse dire.

— J'ignorais que j'allais venir ici, continua-t-elle.

Au moins, ses dents ne claquaient plus.

— Pas au début, ajouta-t-elle. Il fallait que je prenne l'air car j'avais besoin de réfléchir. Marcher m'aide toujours à le faire. Puis je suis arrivée ici.

Nathan était confus.

— Pourquoi êtes-vous venue me voir si vous aviez besoin de réfléchir ? Vous ne m'appréciez pas.

Elle secoua la tête.

— Je n'ai jamais dit cela. J'ai dit que vous étiez désagréable, mais cela ne veut pas dire que je ne vous apprécie pas.

— Je vais reformuler ma phrase, alors. Pourquoi êtes-vous venue ici si vous me trouvez désagréable ?

Elle but une autre gorgée de grog.

— Parce que j'ai pris une décision.

— Vraiment ?

Elle acquiesça.

— Oui. J'ai décidé que je voulais vivre une aventure et pour la première fois de ma vie, je vais prendre ce que je désire. Vous allez être mon aventure, Mr Grant. Montrez-moi ce que vous entendiez lorsque vous m'avez dit que vous vouliez faire bien plus que m'embrasser. Je veux le savoir et vous allez m'y aider.

Chapitre 14

Sara avait l'impression que Mr Grant avait perdu sa langue, ce qui n'était pas très encourageant.

Elle baissa les yeux sur le grog chaud qu'il lui avait glissé entre les mains et le porta à ses lèvres pour en boire une gorgée.

Elle ignorait comment elle était arrivée à prendre cette décision. Ses pensées bouillonnaient tellement dans son esprit, étaient devenues tellement envahissantes, qu'elle s'était levée et était partie sous la pluie. Elle avait l'impression d'avoir marché pendant des heures, mais son errance avait dû être moins longue. Elle se souvenait d'avoir eu un éclair de lucidité. Une idée lui avait alors traversé l'esprit, une idée qui avait donné tout son sens à son soudain départ et qui lui était venue de manière si abrupte qu'elle s'était arrêtée à mi-chemin.

Mr Grant pouvait l'aider.

Au moins, cette fois-ci, les choses étaient claires. Ensuite, comme dans un rêve, Windent Hall s'était dressé devant elle. Elle avait frappé à la porte, mais voyant que personne ne répondait, elle l'avait ouverte et s'était dirigée vers la bibliothèque, qui était la seule pièce qu'elle connaissait dans cette demeure.

En le voyant assis devant la cheminée, perdu dans ses pensées, elle avait senti au plus profond de son être qu'elle avait pris la bonne décision.

Pourtant, à cet instant précis, elle n'était plus aussi sûre d'elle. Elle sentait son assurance se déliter face au mutisme de Mr Grant, qui avait toujours l'air d'avoir avalé sa langue.

— Hum.

Son grognement brisa le silence et Sara leva vivement les yeux en se demandant quelle expression elle allait trouver sur son visage. Il la regardait à travers ses paupières mi-closes mais ses prunelles, qui d'ordinaire la faisaient frissonner, dégageaient à présent une chaleur torride.

— Permettez-moi de vous demander quelques explications, dit-il. De quelle aide exactement parlez-vous ?

Sa voix était grave et rauque.

— Euh…, hésita Sara.

— Dites-le, Miss Collins, insista-t-il. Si vous avez été capable d'arriver jusqu'ici, vous pouvez très bien le dire à haute voix.

— J'ai envie de sentir votre langue dans ma bouche, lâcha-t-elle en sentant ses joues s'enflammer. Je vous l'ai déjà dit : je veux connaître toutes ces « autres choses » dont vous parliez.

Il prit une grande inspiration et plissa encore plus les paupières. Il pivota et se dirigea vers la table basse où il remplit l'une des tasses d'un liquide ambré — le brandy était sa boisson préférée, comme elle avait pu le remarquer. Il renversa la tête en arrière et vida la tasse d'un trait, avant de la remplir de nouveau.

— Donc, dit-il en lui tournant toujours le dos,

l'innocente jeune fille est venue me chercher pour se faire corrompre.

Il s'était exprimé d'une voix sèche, tendue de colère.

— Je ne vois pas tout à fait les choses ainsi, répliqua-t-elle.

Il pivota vers elle.

— Vraiment ? Dites-moi donc ce à quoi vous pensez, alors.

Elle déglutit avec peine avant de relever fièrement le menton.

— Je vous le répète : je pense à une aventure.

Son éclat de rire la fit bondir.

— Une aventure ? Mesurez-vous vraiment ce que vous me demandez ?

— Je suis certaine que Mr Frobisher ne mesurait pas pleinement où ses voyages allaient le mener, mais cela ne l'a pas empêché d'avancer.

Mr Grant secoua la tête, l'air incrédule, et se dirigea vers elle. Il ne s'aidait pas de sa canne et sa boiterie était plus prononcée.

— Miss Collins, vous êtes en train de me demander de vous éduquer comme un mari le ferait avec sa femme. Et comme je n'ai pas l'intention de me marier, en d'autres termes, vous me demandez de ruiner votre réputation.

Elle déglutit de nouveau.

— Oh ! fit-elle d'une toute petite voix.

Puis elle baissa les yeux sur son grog devenu froid.

— Oui, « oh », répéta-t-il.

Il s'arrêta à quelques centimètres d'elle, si près qu'elle aurait pu le toucher. Il termina son brandy et se débarrassa de la tasse qu'il jeta sur le canapé.

— Je suis peut-être un goujat, mais j'ai tout de même quelques scrupules, aussi faibles soient-ils.

— Pourtant, je ne vous vois pas comme un homme capable de faire de fausses promesses, murmura-t-elle, les yeux toujours baissés.

— J'étais un politicien, ma nymphe. Et les politiciens sont connus pour leurs fausses promesses.

Elle entendit son pas irrégulier s'éloigner.

— Tous les politiciens sont-ils également des lâches ?

Il s'immobilisa et elle leva enfin les yeux vers son dos raide.

— Je vous demande pardon ? demanda-t-il d'une voix tendue et glaciale.

— Vous vous moquez de mes rêves d'aventure. Je suis ici, devant vous, prête à en vivre une pour la première fois de ma vie. Et pourtant, vous qui déclariez rêver de moi, qui m'avez décrit en détail ce que vous aimeriez me faire, dès que la possibilité de concrétiser vos rêves se présente, de nous deux, vous êtes celui qui la refuse. Il est beaucoup plus lâche de rejeter une occasion que de ne l'avoir jamais provoquée.

Il se tourna vers elle. Son expression était indéchiffrable.

— Vous n'avez pas *vraiment* réfléchi à ce que vous me demandez.

— Probablement.

— Votre réputation sera ruinée.

— Uniquement si on le découvre. Comme vous éprouvez une certaine aversion pour le mariage, je suppose que vous souhaiterez rester discret.

— Et votre pasteur ?

— Ne parlons pas de lui, dit-elle, gênée.

— Cela changera votre vie.

— N'est-ce pas le but d'une aventure ?

Il garda le silence, se contentant de la dévisager longuement d'un air dur. Elle frémit sous l'intensité de son regard, sachant que s'il refusait, elle n'aurait plus aucun argument à lui opposer.

— Si nous faisons cela, ce sera à ma manière, dit-il enfin.

— Bien entendu.

— Je fixerai les règles.

— Quelles règles ?

Il secoua la tête.

— Je ne vais pas vous les énumérer. Mais elles vous garantiront de tirer le meilleur parti de votre aventure.

Elle hocha la tête.

— Cela me paraît raisonnable.

— Je dresserai un plan pour assurer notre discrétion.

— Je vous en remercie.

Il s'avança vers elle, saisit son mug et le posa sur une table. Puis il prit le visage de Sara en coupe.

— Je vais vous embrasser, maintenant, murmura-t-il en contemplant ses lèvres.

Elle les humecta et sentit son pouls s'accélérer tandis que la chaleur des mains de Mr Grant s'étendait à sa gorge.

— Pour sceller notre accord ?

Elle avait déjà vu Claire et Jacob le faire.

Une moue de dégoût traversa le visage de Mr Grant.

— Mes intentions ne sont pas aussi banales. Je vais vous embrasser simplement parce que j'en ai envie.

Il s'empara de ses lèvres et glissa la langue dans sa bouche sans l'ombre d'une hésitation. Un gémissement s'échappa de la bouche de Sara, qui ferma les yeux. Les mains de Mr Grant allèrent se perdre dans ses mèches de cheveux mouillés. Il l'invita à incliner la tête pour permettre à leurs bouches de fusionner plus étroitement. En un pas, il colla son corps au sien, la dominant de toute sa hauteur, lui emprisonnant les bras jusqu'à ce qu'elle se dégage. Elle posa alors les mains dans le dos de Mr Grant et la couverture glissa au sol et s'étala à ses pieds. D'un même geste, sa poitrine se colla contre son torse viril tandis qu'il continuait de l'embrasser avec fougue.

Ce n'était pas un baiser d'amour. Ce n'était pas le baiser donné à un ami. Même Sara, aussi innocente soit elle, le savait. C'était le baiser qu'elle avait vu Jacob et Claire échanger devant leur chambre.

Un baiser de désir.

Et, Dieu la préserve, elle en voulait plus.

Elle bougea les lèvres au même rythme que les siennes, et plus elle y goûtait, plus elle devenait avide de ses baisers et du frottement de sa peau rugueuse contre la sienne. Elle pressa les mains plus fermement dans son dos et entendit un grognement approbateur monter du fond de la gorge de Mr Grant. Ce dernier lui lâcha la tête pour glisser les mains plus bas, lui effleurant les hanches avant de lui saisir fermement les fesses, les pétrissant et les massant tout en la pressant contre lui pour qu'elle puisse sentir son sexe dur contre son ventre.

Sara se trémoussa légèrement en sentant ce contact nouveau et étrange. Elle bougea encore et sentit le frottement de son membre dur piégé entre leurs corps. Mr Grant se raidit. Il abandonna ses lèvres et grogna de nouveau.

— Sara, dit-il d'une voix rauque.

— Non.

Elle saisit sa tête à deux mains et l'attira vers elle.

— Non, dit-elle d'une voix qu'elle ne reconnaissait pas. Continuez de m'embrasser.

Elle s'empara de ses lèvres et n'attendit pas qu'il prenne le contrôle de leur baiser avec sa langue. À la place, ce fut elle qui partit à la conquête de sa bouche. Elle lui mordilla les lèvres et savoura son souffle contre sa joue. D'une main, il lui enlaça les épaules et de l'autre, lui saisit le cou. Ses doigts semblaient tracer des traînées de feu et Sara frémit de ce contact peau contre peau. Bonté divine, si elle réagissait ainsi uniquement avec sa main sur son cou, que ressentirait-elle lorsqu'il irait plus loin ?

Sans cesser de l'embrasser, Mr Grant effleura son décolleté et détourna son attention du baiser lorsqu'il descendit plus bas, vers le renflement de ses seins. Le souffle de Sara, déjà haletant, s'accéléra. Elle avait l'impression de ne plus pouvoir respirer. Mr Grant se détacha de ses lèvres et lui déposa une pluie de baisers humides sur la joue avant d'enfouir le visage dans ses cheveux. Sara dut s'agripper à ses épaules pour résister aux vagues de plaisir qui l'emportaient tandis que ses seins s'épanouissaient et se tendaient douloureusement.

Il saisit alors le lobe de son oreille dans sa bouche et le mordilla délicatement tout en prenant un sein dans sa main. Un immense soulagement envahit Sara et elle lâcha un gémissement. Elle s'agrippa encore plus fort aux épaules de Mr Grant tandis que ses jambes se dérobaient sous elle. Elle posa alors le front contre son torse.

Elle était sur le point de succomber pour de bon lorsque soudain, il fit un pas en arrière pour remettre de l'espace entre eux. Il la prit par les épaules pour l'aider à retrouver son équilibre. Sara contempla son torse en essayant de reprendre son souffle. D'une main tremblante, elle toucha ses propres lèvres gonflées, puis elle porta la main à ses cheveux en bataille.

Les yeux de Mr Grant se résumaient à deux fentes. Ses épaules montaient et descendaient rapidement tandis que, le souffle court, il s'efforçait de retrouver le contrôle de lui-même.

— Que…, commença-t-elle, avant de s'apercevoir qu'elle peinait à parler.

— Je vous ai promis une certaine discrétion. Si nous avions continué, cela n'aurait pas été le cas. Et même si vous avez décidé de devenir une aventurière, vous méritez bien plus que d'être prise à la va-vite sur un canapé ou à même le sol pour votre première fois.

Il la lâcha et recula de plusieurs pas, mettant encore plus de distance entre eux. Sara ressentit une vive déception, qu'elle ravala aussitôt.

— Vous êtes tout mouillé, constata-t-elle bêtement.

Tous les endroits où leurs corps s'étaient touchés étaient trempés. Elle écarquilla les yeux en voyant son membre dressé à travers ses vêtements et détourna vivement le regard.

Une étincelle éclaira les prunelles de Mr Grant, et il esquissa un sourire narquois.

— Vous devez certainement l'être aussi.

— Pardon ?

Elle contempla sa robe d'un air confus.

— Je suis sortie sous la pluie. Il est évident que je suis toute mouillée.

Il secoua la tête sans cesser de sourire.

— Peu importe. Règle numéro un : vous devez me faire confiance.

— Ma venue ici n'en est-elle pas la preuve ?

— Vous êtes venue ici animée par le désir, et non par la confiance. Si vous voulez que cela fonctionne, vous devez me faire confiance et me laisser vous guider afin de pouvoir faire correctement votre éducation sexuelle. Croyez-vous en être capable ?

Elle déglutit avec peine, troublée par la franchise de ses propos. Elle n'avait pas l'habitude de discours aussi directs. Elle acquiesça, incapable de parler.

— Je veux vous l'entendre dire, ordonna-t-il. Sinon, cela ne rime à rien.

— Je vous fais confiance, dit-elle d'une voix à peine plus forte qu'un murmure.

Il hocha sèchement la tête.

— Parfait. Il vaut mieux que vous retourniez à Ridgestone, maintenant. Il pleut toujours. Vous pouvez vous servir de ma voiture si vous voulez.

— Non, merci. Je ne veux pas que les autres sachent où je suis partie. Votre voiture ne ferait que soulever des questions.

— Très bien.

Il la gratifia d'un autre hochement de tête bref.

— Je vous contacterai dans quelques jours, dès que j'aurai pris mes dispositions.

Elle écarquilla les yeux.

— Non, vous ne pouvez pas…

— Ne venez-vous pas de me promettre à l'instant de me faire confiance ?

Il s'était exprimé d'une voix sèche, ne lui laissant pas d'autre choix que d'acquiescer.

— Dites-le.

— Oui, je vous fais confiance, répondit-elle aussitôt.

— Alors faites-le. Je vous retrouverai jeudi après-midi

à 3 heures à l'endroit où je vous ai trouvée en train de lire votre lettre, au milieu de cet horrible labyrinthe d'arbres. Vous vous souvenez ?

— Oui.

Elle n'avait pas attendu qu'il le lui demande pour parler, cette fois.

— Parfait. Si jamais il pleut, je reviendrai tous les après-midi à la même heure jusqu'à ce que nous nous retrouvions.

Il s'approcha et Sara retint son souffle à l'idée qu'il puisse de nouveau l'embrasser. Mais il se contenta de saisir la couverture à ses pieds. Il la plia et la posa à côté de la cheminée. Après les moments qu'ils venaient de vivre, il y avait quelque chose d'étrange à le voir exécuter ce geste banal de la vie quotidienne.

Il se tourna vers elle et la regarda un long moment.

— Vous êtes certaine que vous ne voulez pas prendre ma voiture ?

Était-ce de l'inquiétude qui perçait dans sa voix ?

— Merci pour votre sollicitude, mais ça va aller.

Il étouffa un grognement et lui prit le coude pour l'accompagner hors de la bibliothèque.

— Ne vous leurrez pas en vous imaginant que je suis un homme attentionné, Miss Collins. C'est juste que si jamais vous tombiez malade, je ne pourrais pas profiter de votre petite « aventure ».

Oh. Sara sentit sa gorge se serrer. Il la raccompagna en silence. Devant la porte, elle s'arrêta pour arranger les mèches mouillées accrochées à ses joues et à son cou. Le souvenir des mains de Mr Grant autour de son visage lui revint à l'esprit et elle s'efforça de ne pas rougir.

Il lui ouvrit la porte.

— À jeudi, alors, dit-il en accompagnant ses propos d'un geste galant.

Sara fit la révérence et s'apprêta à partir, mais il posa la main sur son bras. Son geste était doux mais l'arrêta net dans sa lancée.

Elle leva les yeux vers lui et croisa de nouveau cette étincelle dans son regard, ainsi que son sourire en coin. Il se pencha sur elle, assez près pour l'embrasser.

— Règle numéro deux, Miss Collins.

Sa voix douce et grave la fit frissonner.

— Oui ? dit-elle d'une petite voix étranglée.

— Chez moi, les chemises de nuit ne sont pas autorisées.

Son sourire narquois persista tandis qu'elle reprenait son chemin. Sara marcha sans s'arrêter, d'un pas mécanique, mais la seule fois où elle osa regarder derrière elle, Mr Grant se tenait toujours sur le seuil et ne la quittait pas des yeux.

Chapitre 15

Pas de chemise de nuit ?

Très bien. Pas de chemise de nuit, donc.

Sara n'arrivait toujours pas à croire qu'elle n'en avait pas mis une seule dans ses bagages. Que diable allait-elle porter ? Le mois de juin venait tout juste de commencer et elle risquait d'avoir froid.

C'était pousser l'aventure avec cet homme un peu trop loin.

Elle regarda l'homme en question à la dérobée. Il était assis en face d'elle dans la voiture et ne tentait même pas de faire semblant de lire le livre entre ses mains. Il l'observait entre ses yeux plissés, comme à son habitude. Elle détourna rapidement le regard vers la fenêtre.

Elle n'arrivait toujours pas à croire qu'elle était là. Qu'elle, la douce et docile Sara Collins qui ne marchait jamais en dehors des sentiers balisés, était vraiment en route pour un nid d'amour avec un homme, et sans chaperon. Où allaient-ils ? Dans un lieu où la dépravation s'affichait librement, où les hommes et les femmes étalaient leur nudité et leurs autres vices ? Ou bien était-ce un lieu sombre et secret peuplé d'autres aventuriers, qui laissait à peine deviner ce qui se passait derrière les portes closes ? *Aventuriers...* Elle préférait ce terme à ceux que lui assenait sa mère : pécheur, catin, traînée, putain.

Elle tourna de nouveau les yeux vers Mr Grant, ou plutôt Nathan. C'était la troisième règle qu'il avait énoncée : ils devaient s'appeler par leurs prénoms. En le regardant à cet instant, avec son costume noir et sa cravate blanche, elle avait du mal à faire le lien entre cet homme sévère et les questions très osées qu'il lui avait posées dernièrement. Quand attendez-vous vos règles ? Combien de temps durent-elles ? Vous font-elles mal ? Il n'y avait qu'elle qui était au courant de ces choses-là — elle ne les aurait même pas confiées à Claire ou Louisa ! Ce n'était pas le genre de sujet qu'on abordait en société.

Jusqu'à ce qu'il le fasse, évoquant le besoin de connaître ces informations pour éviter qu'elle tombe enceinte et lui assurer le maximum de plaisir.

Elle n'avait jamais rencontré un homme aussi direct que lui, surtout à l'égard de sujets aussi délicats. Son père et son frère n'avaient jamais parlé ouvertement de telles choses, pas plus que Jacob et encore moins le pasteur, à qui il ne serait jamais venu à l'esprit de lui poser de telles questions !

En l'espace de quelques jours à peine, sa vie avait radicalement changé. Elle ignorait même comment elle avait été capable de convaincre ses amis qu'elle allait rendre visite à une tante dont elle ne leur avait jamais parlé.

Mentir était-il chez elle une deuxième nature ou bien ses amis étaient-ils trop naïfs ou confiants à son égard ?

À cet instant précis, au lieu de réfléchir trop longtemps à sa situation, elle préférait s'inquiéter du fait que Nathan ne l'ait plus embrassée depuis ce jour, dans sa bibliothèque. Même dans la forêt, où ils avaient pourtant été complètement seuls, il n'avait pas profité de l'occasion. Alors que dans ses rêves… Elle le regarda fixement en se demandant une fois encore comment elle pouvait avoir pris l'initiative d'une telle situation.

Nathan fut le premier à briser le silence, ce qui la fit sursauter.

— Pour l'amour du ciel, Sara, grogna-t-il. Cessez de me regarder ainsi, comme si j'allais vous violer sur votre siège. Je ne suis pas ce genre d'homme et les voitures ne sont pas les lieux que je préfère pour ce genre d'activités.

Les gens faisaient-ils vraiment cela *dans des voitures* ? Bonté divine. Elle sentit ses joues s'empourprer violemment. Comment était-ce possible ? Elle imaginait très bien des baisers, car ils pouvaient s'échanger assis ou debout. Bien sûr, il fallait que les deux personnes soient assises sur la même banquette… Nathan le ferait-il ? Et si elle venait s'asseoir à côté de lui ? L'embrasserait-il ou bien la trouverait-il trop audacieuse ? Elle mordilla nerveusement ses lèvres qui se languissaient de baisers.

— Savez-vous que vous n'avez pas décroché un seul mot depuis que je suis venu vous chercher, voilà plus d'une heure ? demanda-t-il d'une voix plus douce.

Pour éviter d'attirer l'attention sur eux, il lui avait fait prendre la diligence de la poste et l'avait rejointe quelques villages plus loin avec sa propre voiture.

Sara cligna les yeux et prit une profonde inspiration.

— Je n'ai effectivement pas parlé depuis que nous avons quitté Taft.

Sa voix était à peine un murmure, mais c'était tout ce qu'elle pouvait faire. Elle chassa aussitôt les images de Nathan l'embrassant dans la voiture.

Ce dernier haussa les sourcils.

— Cela vous bouleverse tant que cela ?

Elle secoua la tête.

— Je ne me sens pas bouleversée, mais tout est si nouveau pour moi… Tout s'est passé tellement vite. Cela fait moins d'une semaine que nous avons eu cette discussion.

Il se racla la gorge.

— Si vous préférez, nous pouvons retourner à Taft.

Elle le regarda fixement.

— Vraiment ?

Était-ce ce qu'il voulait ? Avait-il changé d'avis ? Ou bien venait-il de comprendre qu'il ne la désirait pas, finalement, et qu'il préférait les rêves à la réalité ?

Il pinça les lèvres.

— Comme je vous l'ai dit, je ne suis pas du genre à forcer une femme. Si vous désirez rebrousser chemin, j'ordonnerai à mon cocher de revenir à Taft et nous n'en parlerons plus jamais. J'ai mieux à faire que de gâcher mon temps avec une femme d'humeur changeante qui n'a pas envie d'être avec moi.

Confuse, Sara fronça les sourcils en voyant Nathan baisser la tête pour se plonger dans son livre sans attendre sa réponse. C'était étrange : ses paroles étaient à la fois insultantes et courtoises. Il ne faisait aucun doute que si elle le lui demandait, il ordonnerait au cocher de faire demi-tour. Mais son ton dédaigneux lui donnait l'impression qu'il était en train de gronder une enfant gâtée.

Pour une raison qu'elle ignorait, Sara savait que si elle revenait sur leurs engagements, Nathan se sentirait blessé. Oh ! il n'en montrerait rien et prétendrait que cela lui était égal, il critiquerait encore plus son caractère, mais tout cela ne serait que mensonges.

Elle se tourna de nouveau vers la fenêtre pour dissimuler son sourire. Nathan pouvait se montrer désagréable, sévère, déroutant même, tout en faisant preuve de respect et d'une considération innée pour les autres. Il suffisait de faire quelques efforts pour s'en apercevoir. Cette idée l'apaisa et lui redonna de l'assurance. Peut-être ne voulait-il pas l'épouser, mais elle savait qu'il la traiterait bien et la protégerait.

Oui, elle avait fait le bon choix pour son aventure.

Nathan regardait fixement son livre sans savoir si Sara avait remarqué ou non qu'il n'avait pas tourné une seule page. Mais il en doutait car celle-ci ne quittait pas des yeux le paysage qui défilait de l'autre côté de la fenêtre. À chaque seconde de silence, il laissait son corps se détendre un peu plus.

Il ne lui avait pas menti. Il lui aurait suffi de dire un mot et ils seraient retournés à Taft. Mais lorsqu'il avait prononcé ces belles paroles, son moi primitif avait grogné de mécontentement.

Depuis cet après-midi pluvieux, cela avait été un éternel combat. Une demi-douzaine de fois, il avait été sur le point de se rendre à Ridgestone pour tout annuler. Même pendant qu'il attendait Sara dans cette maudite forêt, il ne savait pas s'il allait tout abandonner ou lui dire qu'il avait réussi à tout organiser. Mais dès qu'il l'avait aperçue dans sa vieille robe jaune démodée avec son grand chapeau à plumes, les mains agrippées si fort autour de l'anse de son panier que ses jointures étaient blanches, son moi primitif avait pris le contrôle de son esprit et de sa bouche. Et quand il avait enfin repris ses esprits, tout était arrangé.

Il en avait été de même ce fameux jour où elle était venue lui rendre visite, toute trempée, avec sa robe bleu pâle collée au corps et qui laissait si peu de place à l'imagination. Il ne pouvait pas jouer les innocents : il savait exactement ce qui lui avait traversé l'esprit à ce moment-là. Il avait rêvé de lui retirer tous ses vêtements et de faire un grabuge qui aurait affolé tous les oiseaux du grenier. Il avait senti ses mains trembler tant il brûlait de la toucher.

Il avait été très fier de sa capacité à résister. Mais ensuite, elle lui avait dit ce qu'elle attendait de lui et l'avait traité de lâche. Son moi primitif avait alors pris le dessus et maintenant, il se retrouvait là, en route pour Cloverfields.

Lui et son moi primitif avaient hâte d'arriver.

Chapitre 16

Sara accepta la main qu'il lui tendit et descendit de la voiture en contemplant le manoir qui s'élevait devant elle, à mille lieues de la maison close sordide qu'elle s'était imaginée. Le bâtiment en brique rouge qui formait un carré parfait se dressait sur trois étages. La façade était couverte de lierre. Les fenêtres brillaient sous les rayons du soleil couchant et la large porte d'entrée déjà ouverte avait un aspect engageant. Sara posa le pied sur une allée en gravier blanc et balaya du regard la pelouse verte tondue avec soin qui scintillait tandis que le soleil finissait de l'embraser une dernière fois avant la tombée de la nuit. De douces collines s'étendaient au loin et pointaient leurs cimes au-dessus des bosquets.

Cette demeure était parfaitement entretenue et respirait la chaleur d'un foyer.

— Où sommes-nous ? demanda-t-elle en se tournant vers Nathan.

Ses beaux yeux bleus étaient indéchiffrables.

— À Cloverfields, répondit-il.

— Vous connaissez le propriétaire ?

Il acquiesça.

— Nous ne serons pas dérangés.

Elle reporta le regard vers la demeure, impressionnée par son élégance discrète et son atmosphère chaleureuse.

— Qu'en pensez-vous ?

La question de Nathan était étrange. Ils se tenaient côte à côte près de la voiture, main dans la main.

Sara sourit sans le regarder.

— J'avoue que je ne m'attendais pas à cela.

— Vous vous attendiez à un bordel, peut-être ? Avec des draperies en soie rouges et de la moquette dorée, des coussins et des matelas moelleux, et des statues érotiques partout ?

Elle rougit en baissant la tête. Il fit un pas vers elle et elle sentit sa chaleur se diffuser le long de son bras, collé contre le corps de Nathan. Il se pencha vers son oreille en riant tout bas, et son souffle lui caressa la peau.

— Les hommes et les femmes font l'amour partout, ma nymphe, pas seulement dans les maisons closes.

Sara avait le visage en feu à présent. Nathan s'écarta sans cesser de rire doucement. S'appuyant sur sa canne, il l'entraîna ensuite avec lui et ils s'avancèrent vers le manoir. Ils venaient tout juste de faire quelques mètres lorsqu'ils entendirent des bruits de pas venir d'un coin de la demeure. Un adolescent grand et maigre avec des cheveux coupés court et une tête carrée arriva vers eux, le visage rouge d'avoir couru.

Il s'arrêta devant eux, le souffle court.

— Désolé, Mr Grant. P'pa m'a dit que vous alliez arriver dans la matinée. M'man a déjà préparé votre chambre.

— Ne t'inquiète pas, Liam, va aider Sawyer avec les chevaux et les bagages.

— Oui, m'sieur.

L'impétueux garçon lui adressa un bref hochement de tête et s'apprêta à exécuter ses ordres.

— Liam, l'interpella Nathan en désignant Sara. Je te présente mon épouse, Mrs Grant. Ma chérie, voici Liam Taggert, le garçon à tout faire. Ses parents sont les gardiens de la demeure.

Aussitôt, Sara sentit les fourmillements lui envahir la gorge. Elle se contenta donc de sourire et de saluer le jeune homme de la tête. Il lui sourit en retour de toutes ses dents.

— Bienvenue à Cloverfields, Mrs Grant. Si vous avez besoin de quelque chose, appelez-moi.

Voyant qu'elle continuait de sourire sans répondre, Nathan serra sa main et parla à sa place.

— Emporte nos bagages dans notre chambre.

Il congédia Liam d'un signe de tête et continua d'avancer vers la porte d'entrée.

Un couple entre deux âges vint ensuite à leur rencontre. L'homme était petit et maigre, tout comme sa compagne. Ils souriaient tous les deux. Ils firent un pas sur le seuil en hochant la tête puis leur adressèrent tous deux une révérence, selon les convenances.

Nathan lâcha Sara et tendit la main vers l'homme.

— Taggert, je suis heureux de vous revoir.

— Bienvenu à Cloverfields, Mr Grant.

L'homme lui serra la main. Il parlait avec un accent irlandais.

— Merci. Liam est déjà venu nous accueillir. Mrs Taggert, dit Nathan en se tournant vers la femme. Si j'ai bien compris, nous arrivons plus tôt que prévu. Je vous prie de nous excuser pour ce désagrément.

— Oh ! ce n'est rien, monsieur, répondit celle-ci.

Son accent rappelait celui de son mari.

— La chambre est prête.

Elle regarda Sara avec une pointe de curiosité.

— Permettez-moi de vous présenter mon épouse, Mrs Grant, intervint Nathan.

Il sourit en voyant la réaction de Sara.

— Elle en rougit encore, ajouta-t-il sur le ton de la confidence aux Taggert.

Le couple lui répondit par un large sourire.

— Mrs Grant, dit Mrs Taggert. Si vous n'avez pas encore mangé, nous pouvons vous servir rapidement un repas dans la salle à manger. Il ne sera pas très élaboré, mais vous ne serez pas déçue.

Sara ouvrit la bouche mais les fourmillements l'empêchaient toujours de parler. Elle se contenta de sourire de nouveau et de hocher la tête. Nathan posa une main dans son dos.

— Pourquoi ne pas dîner dans notre chambre ? Mrs Taggert, montrez-lui où elle se trouve pendant que je m'entretiens avec votre mari.

Sara suivit la gouvernante qui n'arrêtait pas de parler et qui n'avait aucun mal à tenir toute seule une conversation. Sara souriait et hochait la tête lorsque cela était nécessaire. La femme la fit entrer dans la maison, largement éclairée par de multiples fenêtres et des appliques murales déjà allumées en prévision de la nuit à venir. Les moulures en bois sombre et les murs jaune pâle formaient un ensemble agréable et Sara se dit qu'elle étudierait de plus près les tableaux accrochés au mur le lendemain. Le large escalier, également en bois foncé, s'élevait vers les étages supérieurs. Elle passa la main sur la balustrade soigneusement cirée.

Quelques instants plus tard, Mrs Taggert s'arrêta au bout du couloir et ouvrit une porte en faisant signe à Sara d'entrer.

— Voici les appartements du maître, Mrs Grant. J'espère qu'ils seront à votre goût.

Sara s'avança dans la pièce beaucoup plus grande que ce qu'elle espérait. Elle occupait la surface de deux chambres de taille standard, avec un coin salon autour d'une grande cheminée, où un généreux feu de bois chassait l'humidité du soir. Séparés par une table basse, deux grands fauteuils en cuir étaient orientés vers la cheminée et se faisaient face. La porte était encadrée par deux étagères garnies de livres. Tout en haut s'alignaient des bibelots et des souvenirs. Une collection de carafes en cristal et de verres scintillaient sous les flammes.

De l'autre côté de la pièce trônait un lit à baldaquin. Sara était certaine que même en mettant bout à bout tous les lits dans lesquels elle avait dormi dans sa vie, ils n'atteindraient pas la taille de celui-ci. Il était beaucoup plus long qu'elle et au moins trois fois plus large. Un immense couvre-lit doré orné de coussins moelleux rehaussait la beauté des tentures, tandis qu'une sirène sculptée promettait un sommeil réparateur et de beaux rêves aux dormeurs.

Le lit faisait face à deux fenêtres qui s'étendaient presque du sol au plafond, orientées vers le sud et l'ouest. Deux canapés autour d'une table ronde cirée créaient un coin chaleureux où se reposer tout en profitant de la vue sur le parc. Sara s'imagina assise là au petit matin, un livre à la main en sirotant son thé.

De chaque côté du lit se trouvaient deux portes. Mrs Taggert entraîna Sara vers l'une d'elles et l'ouvrit.

— Voici le vestiaire de madame, dit-elle en s'avançant dans une pièce encore plus grande que les chambres que Sara avait occupées en tant que gouvernante.

Une immense armoire trônait dans un coin avec un miroir de plain-pied. À côté d'une autre porte se trouvait une élégante coiffeuse avec des finitions dorées accompagnée d'une chaise rembourrée. Un tiers du mur à partir du plafond était en verre, ce qui permettait à la lumière de la chambre d'entrer. Éblouie, Sara ressentit l'envie de s'asseoir devant cette coiffeuse par une belle matinée ensoleillée juste pour voir l'éclairage qui régnait dans cette pièce.

Mrs Taggert ouvrit la deuxième porte qui menait à la salle de bains. Le mur de verre se prolongeait dans cet espace et diffusait sa lumière sur le carrelage en mosaïque qui couvrait les murs. Deux cuvettes se tenaient côte à côte sur une table haute, face à une grande glace. Une baignoire en porcelaine géante, la plus grande que Sara ait jamais vue, et équipée de pieds en cuivre, occupait une place importante à côté d'une petite cheminée. Un petit cabinet de toilette se trouvait dans un coin, discrètement fermé par une porte.

Émerveillée par tout ce qui l'entourait, Sara en oublia les fourmillements dans sa gorge.

— Tout est si magnifique, murmura-t-elle.

Un petit rire grave attira son attention et elle se tourna vers la porte à l'opposé de celle par laquelle elle était entrée. Adossé contre le chambranle, Nathan la regardait.

— Je suis heureux que cela vous plaise, dit-il.

Sara comprit enfin pourquoi il y avait deux portes, deux cuvettes et des étagères pleines de serviettes. Le vestiaire du maître était bien évidemment situé de l'autre côté de celui de la maîtresse, mais jamais elle ne se serait attendue à partager la salle de bains. Elle ne manquerait pas de se sentir gênée si jamais Nathan entrait dans cette pièce pendant qu'elle se trouvait dans la baignoire, qui pouvait facilement accueillir deux personnes, constata-t-elle.

Elle se sentit rougir avec force.

— Le dîner sera servi dans quelques minutes, murmura Mrs Taggert avant de quitter la pièce.

Nathan resta debout près de la porte et sourit en regardant Sara se trémousser, mal à l'aise. Il en avait deviné la raison et cela l'amusait encore plus. Il était heureux de la voir réagir ainsi en découvrant Cloverfields, car il voulait que cette expérience soit agréable pour elle. Mais elle avait beau lui dire qu'elle était décidée, il savait qu'il fallait la mettre à l'aise et l'amener tout doucement à vivre son aventure.

Il se redressa et lui tendit la main.

— Venez, dit-il.

Elle n'hésita qu'un court instant avant de s'avancer vers lui et de lui prendre la main. Lui enlaçant les doigts, il l'emmena vers le coin salon de la chambre. Au même moment, Liam entra dans la pièce avec la malle de Sara et la posa dans son vestiaire. Sawyer le suivait avec celle de Nathan et fit de même.

Debout devant Sara, Nathan continua de tenir sa main serrée dans la sienne.

— Cet endroit vous plaît-il ? demanda-t-il doucement. Les Taggert sont des gens discrets et nous sommes suffisamment loin de Taft pour que personne ne nous découvre.

Sara acquiesça et regarda de nouveau le mur vitré, les yeux écarquillés.

— Je… Je ne m'attendais pas à…

— À quoi ?

Elle leva les yeux vers lui et il vit briller dans ses prunelles grises un émerveillement qui le toucha au plus profond de son cœur.

— J'ignorais que des gens ordinaires vivaient dans des endroits comme ceux-ci. Les rois et les reines, oui, mais quelqu'un comme moi ? Jamais.

Il haussa les sourcils.

— En tant que gouvernante, vous avez dû vivre dans de grandes maisons.

Elle secoua la tête.

— Les Perkins étaient des commerçants. Ils avaient de l'argent mais vivaient simplement. Les gouvernantes étaient reléguées à la salle de classe et aux quartiers des domestiques. Même Claire ne pénétrait dans les pièces principales d'Aldgate Hall que lorsque les enfants et elle y étaient invités, ce qui était rare.

— Ridgestone n'est pas comme ici ?

Sara parcourut des yeux l'étendue des baies vitrées avant de répondre.

— Les appartements du maître recèlent peut-être un luxe que j'ignore, mais il n'y a pas de fenêtres comme celles-ci. J'ai l'impression que c'est notre petit Versailles, vous ne trouvez pas ?

Nathan lui lâcha la main.

— Regardez ceci.

Il s'avança et tira sur une corde à proximité de l'une des fenêtres. De lourdes tentures sortirent de derrière l'épais rebord de celle-ci et couvrirent la partie inférieure de la vitre. Il se dirigea vers les autres ouvertures et répéta l'opération, avec un frisson de plaisir chaque fois que Sara ouvrait la bouche d'émerveillement.

Lorsqu'il eut terminé, il résista à l'envie de présenter les rideaux d'un geste théâtral en posant une main dans le dos de Sara et en agrippant fermement le pommeau de sa canne de l'autre.

— De cette façon, nous pouvons encore profiter de la lumière du jour le matin tout en bénéficiant d'une certaine intimité.

Il ne pouvait s'empêcher de sourire.

— La nuit aussi, ajouta-t-il.

Nathan aimait la voir rougir et se demandait à quel point il pourrait aimer cela encore plus.

Les petits coups frappés à la porte l'empêchèrent de mettre son projet à exécution. Il ouvrit le battant et fit entrer Mrs Taggert chargée d'un plateau. Nathan lui indiqua le coin salon près de la cheminée et elle posa le tout sur la table avant de disparaître par le vestiaire des dames.

Nathan offrit alors sa main à Sara, qui la prit. Il l'amena vers la table et posa sa canne près de la fenêtre. La douceur de sa peau le frappa de nouveau. Tandis qu'il l'aidait à s'asseoir, il s'aperçut qu'il éprouvait toujours une certaine réticence à la lâcher.

Elle arrangea ses jupes, le regard tourné vers la porte du vestiaire.

— Mrs Taggert n'a pas besoin de déballer ma malle. J'ai l'habitude de le faire moi-même.

Nathan prit place en face d'elle et saisit une assiette sur le plateau. Il commença à la remplir de fromages, de viandes, de pain et de fruits. Une fois qu'elle fut pleine, il la tendit à Sara.

— Vous n'êtes pas une domestique ici, Sara. Vous êtes Mrs Grant.

— Pourtant, nous savons tous les deux que ce n'est pas vrai.

Il versa deux verres de vin puis remplit sa propre assiette.

— Peu importe que vous et moi le sachions. Ce qui est important, c'est que les autres le pensent. Et ils croient tous que vous êtes ma femme.

Sara avala un grain de raisin.

— À qui appartient cet endroit ?

— Vous voulez vraiment le savoir ?

Elle baissa les yeux.

— Je suppose qu'il vaut mieux que je ne le sache pas.

Il avala une bouchée de pain et de fromage qu'il fit passer avec du vin, puis il s'adossa à son siège et la regarda.

— Règle numéro quatre : ne me laissez pas faire.

Sara leva les yeux vers lui, l'air confus.

— Faire quoi ?

— Ne me laissez pas vous dominer.

Elle se récria.

— Vous ne me dominez pas.

— Si.

— Et comment ?

Il but un peu plus de vin.

— Dès que je vous ai mise au défi, vous avez cédé. C'est *votre* aventure à vous. Rappelez-vous : vous êtes venue chez moi et vous m'avez tenu tête. Si vous ne l'aviez pas fait, vous ne seriez pas ici. Si vous voulez que cette expérience se passe bien, vous devez être capable de vous opposer à moi. Sinon, ce n'est plus votre aventure.

Nathan la regarda manger. Elle buvait du vin mais se nourrissait très peu. Il détestait la voir ainsi se retrancher dans ses silences. Cela le mettait mal à l'aise. L'une de ses forces en tant que politicien résidait justement dans sa capacité à déchiffrer les autres.

Sara leva les yeux vers lui et sembla sur le point de parler, mais Mrs Taggert choisit ce moment pour sortir du vestiaire. Elle quitta la pièce aussi discrètement que possible et Nathan se tourna vers Sara dans l'attente de sa réponse.

Elle prit un petit bout de fromage et de jambon et fixa le feu dans la cheminée sans rien dire.

Il sentit la déception le gagner. Une fois de plus, elle se repliait sur elle-même et manifestait de l'hésitation quant à leur accord. Depuis qu'elle était montée dans sa voiture un peu plus tôt, chacun de ses silences témoignait de sa réticence, et l'inquiétude commençait à le gagner.

Bientôt, la frustration remplaça sa déception. Il était très sérieux quand il lui avait dit qu'il n'avait pas envie d'être avec une femme qui ne voulait pas de lui. Il n'avait jamais forcé quiconque et n'allait pas commencer maintenant.

C'était elle qui était venue à lui. À bien y réfléchir, elle avait certainement cédé à un moment de folie et il le savait. Son moi primitif le savait aussi, mais il s'était tellement laissé aveugler par l'idée de réaliser son rêve avec sa nymphe qu'il avait ignoré ce minuscule, cet insignifiant détail qui prenait à présent tout son sens.

Il était évident que Sara Collins ne voulait pas de lui. Elle était une innocente gouvernante, une âme pure qui pardonnait aux hommes les péchés qu'ils commettaient contre elle. Pourquoi voudrait-elle être avec un homme qui la traitait comme il l'avait fait ? Il n'aurait jamais dû accepter sa ridicule proposition. Elle méritait bien mieux et en l'admettant, il ne faisait que se prouver à lui-même à quel point elle n'était pas faite pour lui.

Pourtant, ce n'était pas sa faute à lui s'ils étaient dans cette situation. C'était elle qui était venue le chercher. Et ce n'était pas lui qui manifestait un manque incontestable d'enthousiasme. Jusqu'à présent, il avait tenu tout ce qu'il lui avait promis, et avait fait tout son possible pour lui montrer sa considération en choisissant de l'emmener à Cloverfields. Et c'était ainsi qu'elle le remerciait ?

Non, c'était elle qui revenait sur leur marché et il ne devait pas se sentir le moins du monde coupable. Sans elle, ils ne seraient pas là. Certes, il avait flirté avec elle à Taft et lui avait volé quelques baisers, mais il n'aurait jamais été jusqu'à ruiner sa réputation si ce n'était pas elle qui en avait été à l'initiative.

— Parfait, cracha-t-il sans aucun effort pour cacher son mécontentement.

Sara sembla sortir de sa transe et leva les yeux vers lui.

— Je vais dire à Mrs Taggert de remballer vos affaires. Nous retournerons à Taft dès demain. Je passerai la nuit dans les écuries.

Elle ouvrit de grands yeux où la confusion se lisait clairement.

— Je vous demande pardon ?

Nathan se leva.

— Je n'ai pas l'intention d'entacher encore plus votre réputation. Si nous revenons dans la matinée, nous trouverons certainement un moyen d'expliquer votre absence.

— Je…

Nathan s'avança vers son vestiaire.

— À l'avenir, je vous suggère d'informer le gentleman

qui vous accompagne que vous avez changé d'avis. Vous auriez pu me contacter à n'importe quel moment pour me le dire. Me laisser aller aussi loin, alors que vous n'avez manifestement aucune envie d'être ici, n'est pas une attitude très honorable.

Il prit quelques affaires et traversa à grands pas la pièce principale, fermement décidé à partir sans attendre sa réponse. Elle n'était rien de plus qu'une petite allumeuse et s'il avait été un vrai gentleman, il l'aurait grondée pour l'avoir traité d'une manière si déshonorante. Pour lui avoir fait une promesse et ne pas l'avoir tenue, et ce, quelle que soit la nature de cette promesse. Cela ne faisait aucune différence. Pour lui, elle aurait pu tout aussi bien lui demander de l'argent en lui promettant de faire un investissement et s'avérer être un escroc, ce qui n'était pas plus noble que leur situation.

Nathan prit sa canne et risqua un coup d'œil furtif vers elle juste pour voir sa réaction. Montrait-elle de la déception ou du soulagement ? Il ignorait laquelle il espérait trouver.

Mais ce qu'il vit le prit de court. Sara avait une main plaquée sur sa poitrine. Sa respiration était courte et sifflante. Son visage pâle devenait bleu tandis que ses poumons peinaient à se gonfler d'air. Surpris, il la regarda fixement. Jamais il ne se serait attendu à la voir faire une telle crise ! Elle ouvrit la bouche et son regard paniqué lui criait de l'aider.

Ce fut cette urgence qui le poussa à agir. Lâchant tout ce qu'il avait dans les mains, il s'élança vers elle en maudissant sa boiterie qui le ralentissait.

— Que se passe-t-il, Sara ? demanda-t-il d'une voix qui se voulait calme et rassurante.

Inutile d'aggraver sa détresse.

— Vous ne pouvez pas respirer ?

Comme elle secouait la tête, il continua :

— Que puis-je faire pour vous aider ?

Elle secoua la tête et de sa main libre, lui montra quatre doigts, qu'elle replia un à un en essayant d'inspirer en même temps. Il l'aida à se lever en fronçant les sourcils. Elle continuait de replier les doigts en s'efforçant de respirer. Pendant ce temps, il défit les liens de sa robe et la fit glisser le long de ses épaules. Le tissu tomba à ses pieds.

Elle parvint alors à pousser un cri déchirant alors même qu'elle ne pouvait toujours pas respirer correctement. Nathan se demanda un bref instant comment cela était possible.

Sara se tenait devant lui, sa robe étalée autour de ses chevilles, sa chemise et ses bas exposés au grand jour, et elle remuait frénétiquement les doigts. Nathan lui massa le dos en espérant que ce geste l'aiderait à se détendre. Il sentit de l'air entrer dans ses poumons et parvint enfin à entendre ce qu'elle marmonnait.

— Inspire, deux, trois, quatre… Expire, deux, trois, quatre…

Il répéta avec elle cette litanie tout en continuant de lui masser le dos. Lentement, il sentit le corps de Sara se détendre et le visage de celle-ci reprit quelques couleurs. À mesure que l'air lui emplissait les poumons, la gratitude se lisait dans son regard.

— Je suis désolée, dit-elle d'une voix saccadée et sifflante. Je ne voulais pas vous imposer une telle scène.

En son for intérieur, une petite part de lui-même devait bien reconnaître qu'il avait envie de continuer à tracer ces petits cercles dans le dos de Sara.

— Que s'est-il passé exactement ?

Un faible sourire étira les lèvres de celle-ci.

— Je ne pouvais plus respirer.

Il haussa les sourcils.

— J'avais bien compris. Ce qui m'inquiète, c'est le pourquoi. Étiez-vous en train de vous étouffer ?

Elle hocha la tête sans croiser son regard, les joues rouges de honte. Une envie étrange s'empara de lui et le poussa à réduire la distance qui les séparait et à la prendre dans ses bras pour la serrer contre lui et lui donner du réconfort. Au début, le corps de Sara resta raide quelques instants, puis il la sentit soupirer. Elle posa alors la joue contre son torse. Il sentit ensuite ses petites mains dans son dos et elle le serra contre elle à son tour.

— Je ne veux pas retourner à Taft, dit-elle d'une petite voix étouffée contre sa chemise. Pas maintenant. Mais si vous voulez rentrer, je partirai avec vous.

— Je ne veux pas rentrer non plus.

Il passa la main le long de son dos et sentit le soulagement la gagner à son tour.

— Dans ce cas, pourquoi l'avoir évoqué ?

— Parce que je suis un imbécile.

Elle essaya de se dégager de son étreinte mais il la serra plus fort contre son torse.

— Je ne comprends pas, avoua-t-elle.

— Ce n'est pas grave, soupira Nathan.

Ils restèrent debout en silence, pendant que sa main continuait de naviguer de haut en bas dans le dos de Sara. Il sentait la chaleur du souffle de celle-ci contre lui. Il ne fut pas surpris que son corps réagisse à celui de Sara, ses seins si doux pressés contre ses muscles durs. Les doigts délicats de Sara traçaient de petites lignes dans son dos et un frisson d'excitation descendit le long de son échine pour se concentrer sur ses reins. Nathan sentit son sexe durcir.

Il pencha la tête vers les cheveux de Sara pour humer son parfum. Étrangement, il eut envie que ce moment de réconfort dure plus longtemps.

Il perçut le moment où elle remarqua le trouble qui l'avait saisi. Les délicieuses lignes qu'elle traçait dans son dos cessèrent et elle se mit à se frotter contre lui, augmentant encore plus son plaisir de sentir son corps collé au sien. Il réprima un grognement. Sara s'écarta et cette fois, il la lâcha.

Il la vit se baisser pour ramasser sa robe, lui offrant une vue sublime sur le décolleté béant de sa chemise. Puis elle se redressa et plaqua le vêtement contre sa poitrine. Elle tremblait, même si elle releva le menton avec bravoure avant de croiser son regard. Ses prunelles témoignaient d'une bataille intérieure où sa toute nouvelle âme d'aventurière luttait contre sa nature de jeune fille sage. Sachant qu'il fallait qu'il se contienne, il mit son moi primitif en cage et ferma la porte à double tour.

— Sara, dit-il d'une voix douce. Je veux juste vous serrer dans mes bras ce soir. Rien de plus. Vous avez eu une longue journée de voyage. La première fois d'une dame est déjà suffisamment éprouvante dans des circonstances normales. Nous pouvons attendre que vous soyez plus à votre aise.

Son moi primitif hurla son mécontentement, mais le soulagement qui se refléta sur le visage de Sara en valait la peine.

— Rien de plus ? demanda-t-elle à voix basse.

— Rien de plus, répondit-il, autant pour lui-même que

pour elle. Vous pouvez garder votre chemise et je garderai mes sous-vêtements, afin que vous ayez la certitude que je ne ferai rien de plus que dormir près de vous.

Elle avala sa salive et regarda en direction de la cheminée.

— J'espérais au moins que vous m'embrasseriez de nouveau avec la langue, répondit-elle, l'air un peu déçu. J'ai attendu toute la journée que vous le fassiez.

Chapitre 17

Nathan affichait un air si drôle que Sara se retint difficilement de rire tout en serrant étroitement sa robe contre elle.

C'était une révélation de savoir que, par moments, elle ne se reconnaissait pas elle-même. Comment avait-elle pu lui dire de telles choses ?

Sa mère aurait insisté pour qu'elle se livre à de longues prières de pénitence. Pour la première fois depuis la mort de celle-ci, Sara était heureuse que la vieille dame ne soit pas là pour lui imposer sa volonté.

Surtout lorsque l'expression comique de Nathan le rendait si touchant. Et elle avait envie de la refaire apparaître sur son visage.

— Lâchez votre robe.

En une seconde, sa voix rauque et grave la fit se replier de nouveau sur elle-même.

— Je… Je…

— J'ai déjà vu vos sous-vêtements, Sara. Il n'y a plus aucune raison de les cacher, maintenant.

Il avait raison. Et à son regard aussi brûlant que de la lave en fusion, elle comprit aussi qu'il avait aimé ce qu'il avait vu. Sa robe s'affala à ses pieds en un bruissement de tissu.

Des langues de feu lui parcourent le corps, la couvrant de leur chaleur. Elles se focalisèrent sur sa poitrine. Lorsque Nathan s'adressa à elle, il ne leva pas les yeux de ses seins.

— Montez dans le lit.

Sara sentit sa bouche s'assécher. Enjambant sa robe étalée au sol, elle s'accroupit pour la ramasser.

— Laissez-la.

— Mais je dois…

— Mrs Taggert s'en occupera demain.

Sara hésita. Elle n'avait apporté que trois tenues. Si elle la laissait toute la nuit au sol, elle serait définitivement froissée et devrait être lavée et repassée. Elle lança un regard furtif à Nathan, qui la regardait avec insistance, et posa la robe sur le dossier d'une chaise au lieu de la laisser en boule. Puis elle se dirigea vers le lit à baldaquin, sans prêter grande attention au couvre-lit et aux oreillers brodés de fils d'or. Elle se pencha en avant et entreprit alors d'ôter ses chaussures.

Un bruit étranglé lui parvint derrière elle et elle s'aperçut que Nathan avait les yeux rivés sur ses fesses. Sa chemise laissait entrapercevoir l'arrière de ses jambes et le haut de ses cuisses. Gênée par l'usure de ses dessous, elle enleva rapidement ses bas et les plia avec soin sur ses chaussures.

Sans un regard pour Nathan, elle rabattit les couvertures et monta sur le lit avant de s'allonger et de cacher ses sous-vêtements démodés sous les draps.

Sara l'entendit se déplacer dans la pièce. Son pas irrégulier lui était devenu familier. L'ombre gagna peu à peu la chambre, jusqu'à ce que seul le feu dans la cheminée l'éclaire. Sara résista à la tentation de suivre Nathan du regard tandis qu'il arpentait la pièce.

Il vint ensuite se placer à côté du lit et la regarda fixement pendant quelques secondes. Sara crut qu'il allait dire quelque chose ou peut-être même l'embrasser, mais il se contenta de fermer les rideaux autour du lit et disparut de sa vue.

Sara se retrouva ainsi complètement coupée du reste de la pièce. Quelques traits de lumière filtraient par la fente laissée entre chaque tenture. De l'autre côté, elle entendit le bruit familier de vêtements que l'on retirait. À bien écouter, ceux des gentlemen ne faisaient pas tout à fait le même que celui des dames. Cette pensée absurde lui traversa l'esprit l'espace d'un instant et elle sentit monter en elle un nouveau rire nerveux. Elle serra très fort les lèvres pour le retenir, mais il sortit malgré tout sous la forme d'un reniflement étouffé.

De l'autre côté des rideaux, le bruissement de tissu cessa.

— Que se passe-t-il ? demanda Nathan. Êtes-vous en train de vous étrangler de nouveau ?

— Non, couina-t-elle. Je vais bien. Je… C'était juste un éternuement.

Le bruissement reprit et elle n'attendit pas longtemps pour voir les rideaux s'ouvrir. Nathan monta dans le lit, s'allongea sous les couvertures et referma les rideaux. Sara pouvait à peine le voir mais elle sentit le matelas s'enfoncer lorsqu'il se tourna vers elle. Son pouls s'accéléra. Le corps de Nathan, plus lourd que le sien, la fit rouler vers lui. Sara se retint aussitôt au bord du matelas.

Elle prit une courte inspiration en sentant ce corps chaud contre son flanc, puis elle frémit en reconnaissant le contact de son membre dur pressé contre ses fesses.

Nathan lui effleura la joue, puis il lui prit le visage en coupe et plongea les doigts dans ses cheveux. Sara avait l'impression que son corps tout entier était soudé au sien.

— Nous formons un couple formidable, Sara Collins.

Mon Dieu, il était tellement près d'elle !

— Comment ?

Sa voix trembla dans l'obscurité. Toute son attention était rivée sur les points de contact entre leurs deux corps. Elle vibrait littéralement d'excitation.

Nathan bougea de telle sorte qu'il lui couvrit le corps à moitié, la plaquant contre le matelas. Puis elle sentit son bras glisser sous son oreiller pour lui tenir la tête.

Venait-elle de sentir son nez lui effleurer le cou et remonter vers son oreille ?

— J'ai très envie de vous emmener dans cette aventure que vous me proposez, murmura-t-il en lui caressant l'oreille, avant de s'écarter légèrement. Mais vous devez me dire ce que vous voulez pour que je sache jusqu'où vous souhaitez aller. Dites-moi, Sara, voulez-vous que je vous embrasse ?

Elle acquiesça. Voyant qu'il ne s'exécutait pas et qu'il ne disait rien, elle comprit qu'il n'avait pas vu le mouvement de sa tête.

— Oui, chuchota-t-elle d'une voix hachée par le désir.

Elle sentit les doigts de Nathan glisser le long de sa joue et suivre le contour de sa lèvre inférieure.

— Je suis heureux de l'entendre. Et vous pouvez être certaine que j'ai toujours, toujours très envie de vous embrasser, moi aussi.

Elle n'eut pas le temps de lui répondre. Il s'empara de ses lèvres et lui ôta toutes ses chances de parler. Seigneur, elle avait attendu ce moment toute la journée, et cette attente lui avait paru interminable. Elle ferma les yeux lorsqu'il posa les lèvres sur les siennes, puis s'écarta pour mieux ajuster son baiser et l'inviter à le rejoindre.

Sara s'exécuta avec enthousiasme. Quelque chose dans les baisers de cet homme changeait sa façon d'être. Lorsqu'il l'embrassait, elle n'était plus la femme que personne ne remarquait, elle n'était plus l'amie douce et docile que ses proches voyaient en elle. Les baisers de Nathan lui donnaient le sentiment de compter vraiment, d'être désirée, et cette certitude la transformait en une femme qui prenait ce qu'elle voulait, quitte à enfreindre les diktats de la société.

Par conséquent, tandis que sous couvert de l'obscurité Nathan l'embrassait dans ce lit dédié au plaisir, Sara n'hésita pas à lui rendre son baiser, à enrouler les bras autour de son cou et à l'attirer vers elle. Un frisson la parcourut au contact de sa peau chaude et nue. Elle passa les mains le long de son dos et s'émerveilla de trouver ses muscles fermes et d'entendre un petit grognement s'échapper du fond de la gorge de Nathan.

Il approfondit son baiser, qui devint encore plus brûlant et humide. Leurs langues se touchaient, jouaient l'une avec l'autre et se caressaient. Sara aimait sentir sa peau rugueuse autour de ses lèvres, leur rudesse se combinant à la fermeté insistante et virile de son sexe contre sa hanche. Elle leva la main vers les cheveux de Nathan et les boucles courtes de ce dernier s'enroulèrent autour de ses doigts. Elle n'avait jamais pris de telles libertés avec un homme auparavant et elle aimait la façon dont elle se sentait, aimait sentir que Nathan appréciait ses caresses. Elle aimait tellement cette sensation qu'elle s'imaginait même ne plus pouvoir s'en passer.

Elle comprenait mieux maintenant pourquoi tellement de personnes condamnaient ces comportements en les qualifiant de péché.

Les mains de Nathan quittèrent alors son visage pour partir explorer son corps. Il lui effleura le cou, les épaules et longea son flanc pour poser la main sur sa hanche. Il la pétrit doucement et en suivit les contours en une délicieuse caresse qui chauffa la peau de Sara sous sa chemise. Elle eut un soubresaut. Ses nerfs mis à rude épreuve lui intimaient de bouger, l'implorant de ne pas se contenter de rester là, immobile et passive. Une humidité brûlante avait envahi son bas-ventre.

Sara s'arracha au baiser de Nathan, qui en profita pour se jeter sur son cou, qu'il embrassa avidement avant d'aspirer l'endroit où battait furieusement son pouls.

— Nathan, haleta-t-elle contre son oreille, en inclinant la tête pour lui donner un meilleur accès. J'en veux plus.

Il répondit d'abord par un grognement puis il lui lâcha la hanche et elle le sentit tirer sur les liens de sa chemise sous son cou. L'air frais qui lui balaya la peau et qui lui fit comprendre qu'il était arrivé à ses fins fut chassé par la main de Nathan qui venait de se glisser par l'ouverture, juste avant qu'il ne prenne son sein en coupe.

La sensation était nouvelle.

Si nouvelle qu'elle fit de l'ombre à toutes ses autres expériences physiques. Ce qu'elle avait pris pour du feu lorsqu'il l'avait touchée n'était rien d'autre qu'une étincelle comparée à ce qu'elle ressentait à présent sur ses seins. Le pouce de Nathan formait des petits cercles autour de leurs pointes qui se tendaient douloureusement. L'autre sein répondit de la même manière. Sara se trémoussa, l'invitant en silence à poursuivre.

Nathan lui embrassa de nouveau les lèvres avec fougue, ce qui eut pour effet de détourner provisoirement l'attention de Sara de la main sur son sein. Elle lui empoigna le bras et enfonça les ongles dans ses biceps tandis qu'il jouait avec virtuosité de son corps.

Lorsqu'il abandonna son sein et qu'il s'écarta de ses lèvres, elle émit un gémissement de protestation qui mourut dès que la bouche de Nathan remplaça sa main sur son sein.

Oh ! bonté divine.

Sara n'avait jamais imaginé ressentir autant de sensations si délicieuses. Lorsqu'il lui aspira le téton et que sa langue imita les mouvements circulaires de son pouce, Sara s'arc-bouta d'instinct contre sa bouche. Il grogna d'approbation, et ces vibrations lui titillèrent encore plus les sens. Les frissons de plaisir se propagèrent jusqu'au creux de son ventre. L'humidité entre ses cuisses s'intensifia et tout son corps lui criait de faire quelque chose, mais elle ignorait quoi. Comme animées d'une vie propre, ses jambes bougeaient sans cesse sous le poids de Nathan.

Il reporta alors son attention sur son autre sein.

— Vous êtes si belle, murmura-t-il d'une voix grave, avant de prodiguer à son autre mamelon le même traitement.

Sara enfouit de nouveau les doigts dans les cheveux de Nathan pour maintenir la tête de celui-ci à l'endroit où il lui faisait ces choses si merveilleuses.

— Encore…, l'implora-t-elle. J'en veux plus.

Nathan n'hésita pas une seule seconde. Il s'écarta de ses seins et s'empara de nouveau de sa bouche pour lui caresser la langue et la posséder complètement. Cela n'empêcha cependant pas Sara de sentir le genou de Nathan presser entre ses cuisses pour l'inviter à les écarter. D'instinct, elle répondit à son appel et lui laissa plus de place. Il pressa alors la cuisse contre son intimité. Elle lâcha un soupir d'aise tout en se languissant d'en ressentir plus.

— Frottez-vous contre ma cuisse, murmura-t-il.

Elle prit le temps de savourer son baiser possessif avant de lever légèrement les hanches. Elle sentit alors le tissu de sa chemise glisser entre la cuisse de Nathan et sa peau hypersensible. Tel un ruban qui se tend, la pression monta en elle, la prenant par surprise. Elle recommença. Le ruban se tendit encore plus.

Elle n'aimait pas perdre ainsi le contrôle, mais elle ne pouvait plus s'arrêter. Tandis qu'elle continuait, la tension s'accrut et s'amplifia lorsque Nathan vint ajouter son propre mouvement, lui écartant les cuisses et pressant son sexe en rythme tout contre elle.

Il rompit alors leur baiser et posa le front contre son épaule. Sa peau couverte de sueur glissait sous les doigts de Sara. L'odeur de Nathan lui envahit les narines et l'excita encore plus.

— Bon sang, Sara, marmonna-t-il.

Son souffle brûlant glissa contre son cou et sa poitrine. Il se souleva légèrement pour se caler entre ses cuisses et se nicha tout contre le pubis de Sara. Son sexe dur était brûlant à travers son caleçon et sa chemise, et elle le ressentait avec encore plus d'acuité contre sa féminité que sa cuisse. Il vint alors heurter un point qu'elle découvrait pour la première fois.

— Continuez de bouger avec moi, ordonna-t-il en plaçant une main sous sa hanche pour mieux orienter son pubis vers lui.

Lorsqu'il se frotta de nouveau contre elle, le plaisir

lui envahit le ventre et remonta dans son dos, lui faisant perdre la tête. Tout ce qui lui importait, c'était de sentir de nouveau cette merveilleuse sensation.

Sara planta les talons dans le matelas et se cambra pour mieux accueillir les mouvements de Nathan. Elle s'agrippa au dos de ce dernier et pressa la bouche contre son épaule pour ne pas crier. Il accéléra la cadence, tandis que le frottement sourd de leurs vêtements emplissait l'obscurité.

— Nathan…, haleta-t-elle contre sa peau.

La tension était devenue incontrôlable. Elle devenait folle.

— Seigneur, grogna-t-il. Vous y êtes presque…

Elle s'arc-bouta alors contre lui et enroula les bras et les jambes autour de son corps. Il ralentit et se frotta délibérément contre elle avant que la tension s'apaise, envahisse le corps de Sara et lui apporte le soulagement recherché. Elle posa la tête sur l'oreiller tout en haletant.

Une fois son corps repu et alangui sur le matelas, Nathan reprit ses mouvements rapides. Sara grimaça à ce contact contre son point devenu si sensible, mais il ne dura pas longtemps. Nathan finit par lâcher un grognement fébrile et s'immobilisa. Il couvrit alors le corps de Sara avec le sien et posa la joue contre son épaule. Elle sentit son souffle saccadé contre son cou humide et son cœur qui battait à tout rompre contre ses seins.

— Me permettez-vous de rester couché sur vous le temps de reprendre mon souffle ? demanda-t-il.

Elle acquiesça, heureuse de sentir le poids de son corps sur le sien.

— Bien sûr.

Elle continua de l'enlacer et suivit la ligne de sa colonne

vertébrale. Le cœur de Nathan ralentit et la sueur sur sa peau sécha tandis qu'il se détendait de plus en plus.

Puis elle l'entendit relâcher son souffle peu à peu, comme s'il soupirait.

— C'est si…

Il s'immobilisa net et s'interrompit. Brusquement, il roula sur le côté et bascula vers l'autre extrémité du lit. Les rideaux claquèrent lorsqu'il les écarta.

— Excusez-moi quelques instants, dit-il.

Abasourdie par ce départ si soudain, Sara ramena les couvertures sous son menton. Qu'avait-elle fait ou n'avait-elle pas fait ? Nathan avait semblé apprécier leurs ébats autant qu'elle chaque fois qu'il lui avait appris quelque chose de nouveau, chamboulant son opinion sur ce qu'était le plaisir. L'idée qu'il puisse être déçu de ce qui s'était passé l'attristait au plus haut point.

Elle entendit la porte du vestiaire de Nathan s'ouvrir et aperçut un trait de lumière lorsqu'il alluma une bougie à l'intérieur du réduit. Il sembla chercher quelque chose un court instant, puis la lueur passa la porte et devint plus forte. Il revint ensuite vers elle, une bougie à la main.

Sara garda les yeux rivés vers le plafond. Elle ne voulait pas qu'il puisse y lire les questions qui la taraudaient. Nathan souffla la bougie et s'installa dans le lit en fermant de nouveau les rideaux et en ramenant les couvertures sur lui.

Leurs souffles remplissaient le silence. Sara était allongée, raide et mal à l'aise. Des bourdonnements lui envahissaient les oreilles. Elle n'en revenait pas que l'homme avec lequel elle venait de partager d'incroyables moments d'intimité puisse être couché à quelques centimètres à peine dans le même lit qu'elle.

Le juron étouffé de Nathan brisa le silence et le matelas bougea.

— Couchez-vous en me tournant le dos, ordonna-t-il.

N'ayant pas le choix, elle obéit. Il se colla ensuite de tout son long contre elle et lui passa un bras autour de la taille, les jambes lovées contre les siennes. Sara se sentit presque entièrement enveloppée par son corps. Aussitôt, une vague de chaleur et de réconfort l'envahit. Elle se sentait bien, en sécurité.

Elle inspira et se détendit légèrement.

— Nous n'avons pas…

— Non, pas tout à fait.

— Oh.

Elle réfléchit quelques secondes.

— Est-ce la raison pour laquelle vous êtes mécontent ?

— Comment ?

Elle continua :

— Je sais que les hommes sont guidés par leurs instincts animaux et détestent ne pas pouvoir aller jusqu'au bout de… la chose. Vous êtes parti si vite. Nous pouvons le faire la prochaine fois, je vous le promets. Nous n'avons pas besoin d'attendre que je sois prête. Je n'ai pas envie que vous soyez mécontent ou fâché après moi.

— Sara, l'interrompit-il de sa voix grave. Qui vous a dit tout cela ?

Elle déglutit avec peine.

— Ma mère.

— Eh bien, soyez assurée que je ne suis pas un animal. J'ai des désirs virils, c'est vrai, mais je sais me contrôler. Vous voulez savoir si j'aurais préféré faire pour de bon l'amour avec vous ce soir ? Je ne peux pas le nier. Néanmoins, je ne suis pas la seule personne qui compte dans cette équation. Votre confort et votre plaisir sont primordiaux pour cette expérience. Vous ne m'avez pas le moins du monde mécontenté. Bien au contraire.

— Oh.

Un frisson de plaisir suivit ses propos.

— Et je me suis levé pour me changer et passer un caleçon propre. Lorsqu'un homme répand sa semence, il salit tout. Je ne voulais pas vous souiller.

— Oh ! répéta-t-elle. Merci.

— Maintenant, détendez-vous et dormez. Et ôtez-vous de la tête l'idée que vous me mécontentez. Le jour où je serai fâché, je vous le ferai clairement savoir, croyez-moi.

Elle sentit un baiser brûlant sur son épaule. Nathan garda cette position quelques instants. Un large sourire étira les lèvres de Sara, un sourire si joyeux qu'elle était heureuse que Nathan ne puisse pas le voir.

Il n'était pas mécontent, bien au contraire, avait-il dit.

Elle s'endormit rapidement, éreintée par tous les événements de la journée. Mais son sourire ne quitta pas son visage.

Chapitre 18

Nathan inspira profondément et esquissa une grimace en tournant la tête sur l'oreiller. Puis il souffla, leva la main pour se gratter le torse, avant de frotter la base de son sexe à moitié en érection. Il s'était réveillé, interrompant un rêve très agréable mettant en scène sa compagne de lit, rêve dans lequel il s'était beaucoup mieux contrôlé que la veille. Il ne s'était pas senti gêné, absolument pas, mais il n'avait pas fait ce qu'il avait prévu. Cette façon d'initier Sara aux plaisirs charnels n'était résolument pas inscrite dans son programme.

Mais il pouvait facilement y remédier. Il allait lui prouver sans attendre le savoir-faire de ses mains et lui faire goûter au plaisir d'un réveil coquin. Un sourire fleurit sur ses lèvres lorsqu'il sentit son sexe se tendre pour de bon à la simple idée de la toucher de nouveau. Il ne lui avait pas menti : elle ne l'avait pas du tout déçu la nuit dernière. Il ne se souvenait plus depuis combien de temps il ne s'était pas senti aussi repu. Et ils n'avaient même pas consommé pleinement leur aventure. Dès que cela serait possible, il remédierait également à cette question. Mais pour l'heure…

Il roula sur le côté et tendit la main à la recherche des

courbes chaudes et douces de Sara. Ne trouvant rien d'autre que des draps froids, il ouvrit les yeux.

Sara n'était pas là.

Nathan resta immobile quelques secondes et tendit l'oreille en quête de bruits en provenance du vestiaire ou de la salle de bains. Le silence prolongé ne fit que lui confirmer le fait que Sara avait quitté la pièce, et non simplement le lit. La déception s'installa au plus profond de son être. Il grimaça de nouveau et se redressa, puis il ouvrit les rideaux du lit et s'assit, gêné par la lumière. Il regarda par-dessus son épaule, à l'endroit où Sara aurait dû se trouver, et se renfrogna encore plus. Elle avait remonté les couvertures de son côté du lit et les avait calées du mieux qu'elle pouvait autour de lui. Il tiqua. *Son* côté du lit ? Comme s'ils étaient un vrai couple ! Non vraiment, une nuit avec elle et il devenait déjà sentimental…

Il secoua la tête pour s'éclaircir les idées. Le plaisir inattendu de la nuit passée n'aurait pas dû avoir d'impact sur leurs émotions, et encore moins sur les siennes. Leur accord était charnel et rien de plus. Sara voulait une aventure, il éprouvait du désir pour elle, point. Il ne fallait pas chercher plus loin. Il aurait mieux fait de se souvenir que malgré la semaine à venir, Sara n'était pas faite pour lui.

Fin de la discussion.

Ceci étant dit, Nathan s'étira et se dirigea vers son vestiaire pour se préparer à poursuivre leur séjour à deux.

— De quel côté est-elle partie ? demanda Nathan à Liam.

Le jeune homme pâlit en entendant le ton de sa voix. Il déglutit avec peine.

— Je lui ai parlé de la gloriette et je lui ai indiqué la direction. Elle m'a demandé ce qu'il y avait d'intéressant à voir dans la propriété.

La voix de l'adolescent dérailla plusieurs fois tant il était nerveux.

— Et tu l'as laissée partir seule ? C'est la première fois qu'elle vient ici. Ne t'est-il pas venu à l'idée qu'elle puisse se perdre ou qu'il puisse lui arriver quelque chose ?

Liam secoua la tête, incapable de répondre à cette tirade. Ses joues habituellement roses pâlirent sous cet éclat de colère. Il déglutit de nouveau, releva le menton et serra les dents pour prouver à Nathan qu'il était capable d'encaisser cette réprimande comme un homme.

— Je suis désolé, monsieur, dit-il en s'éclaircissant la voix. Elle est partie se promener, c'est tout. Je n'ai pensé à rien de tout cela.

— C'est très clair, convint Nathan.

— Mr Grant, l'interrompit Mrs Taggert.

Elle ne fléchit pas en croisant sa moue de mécontentement.

— Mrs Grant a dit qu'elle souhaitait marcher un peu et explorer la propriété toute seule. Liam n'a fait que répondre à son souhait.

— Les souhaits de ma femme ne priment pas sa sécurité, répliqua-t-il en laissant percer une pointe de colère. J'aurais au moins dû être informé. Je l'aurais accompagnée.

Un petit sourire fleurit sur les lèvres de Mrs Taggert.

— Elle a demandé que nous vous laissions dormir aussi longtemps que possible. Elle nous a dit que vous étiez un peu *souffrant* dernièrement, ajouta-t-elle en insistant sur le mot « souffrant », et que vous aviez besoin de sommeil.

— Hum, grogna Nathan. Depuis combien de temps est-elle partie ?

— Moins d'une heure, précisa Liam. Elle a dit qu'elle serait de retour pour le déjeuner.

Nathan hocha la tête et partit en direction de la gloriette. La mère et le fils le regardèrent s'éloigner d'un pas décidé, à peine entravé par l'usage de sa canne.

— Ne t'inquiète pas, dit-elle à Liam. Il faut simplement que Mr Grant s'habitue à son statut de jeune marié amoureux. Il n'y a pas de mal.

Liam se tortilla nerveusement.

— J'aurais dû…

— Ne t'en fais pas, l'interrompit sa mère. Pars aux écuries et finis ton travail. Ton père a besoin de ton aide.

Liam s'apprêtait à partir quand il s'immobilisa soudain.

— J'aime bien Mrs Grant. Elle est très gentille.

— Oui, c'est vrai, approuva Mrs Taggert en regardant son fils s'éloigner.

Si seulement ils avaient pu être vraiment mariés ! Elle n'avait aucun doute sur leurs sentiments, mais elle était prête à parier son chapeau que ces deux-là n'étaient pas passés devant l'autel. En songeant à l'homme qu'était devenu Mr Grant, elle secoua la tête. Puis elle retourna à la cuisine pour commencer à préparer le déjeuner. Ce n'était pas à elle de mettre en doute son maître — même si elle avait changé ses couches.

Sara le vit arriver de loin. Son pas irrégulier était reconnaissable entre tous. Mais même sans sa boiterie et sans sa canne, la façon dont tout son être répondait à sa vue ne lui laissait aucun doute.

Elle s'était réveillée au petit matin, enveloppée dans la

chaleur de son corps d'homme. Nathan s'était littéralement enroulé autour d'elle. Il avait collé le torse contre son dos et l'avait enlacée étroitement, un genou entre ses cuisses.

La sensation était merveilleuse et elle avait eu du mal à se dégager de son étreinte sans le réveiller. Si elle n'avait pas été poussée par un besoin pressant, elle aurait cédé à la tentation de rouler sur le côté pour le regarder dormir. Elle l'aurait peut-être même embrassé pour le réveiller, comme dans un conte de fées.

Il n'y avait qu'après être sortie du lit et après être revenue du cabinet de toilette que la réalité lui avait sauté aux yeux. En contemplant éblouie le torse nu de Nathan baigné par les premiers rayons du soleil, la gravité de la situation dans laquelle elle s'était embarquée l'avait rattrapée. Dans la voiture, alors qu'ils étaient en chemin pour Cloverfields, elle avait déjà été assaillie par le doute, mais le poids de ses actes l'avait heurtée de plein fouet lorsqu'elle avait aperçu la peau nue et virile de Nathan et son duvet clair.

Petite traînée ! Je t'avais pourtant prévenue, ma fille !

Elle vivait bien une aventure, mais qui s'apparentait plus à une folie. Ou même à une malédiction.

Elle s'était donc enfuie, ou plutôt, elle avait quitté le manoir pour une bonne marche revigorante. Liam lui avait indiqué la direction de la gloriette sous laquelle elle était assise à présent. Les branches des grands arbres tout autour venaient s'immiscer entre les colonnes de ces fausses ruines agencées avec art, sous l'ombre protectrice des murs du petit édifice.

Elle regarda la silhouette sombre de Nathan approcher d'un pas vif et décidé. Ce dernier ne portait même pas de chapeau et, l'espace d'un instant, elle souhaita jouir de la même liberté que lui.

Cette pensée ainsi que toutes celles qui lui occupaient l'esprit se dissipèrent à mesure qu'il approchait. Elle passa en revue le corps de Nathan, caché sous les vêtements. Sa peau se souvenait encore de son contact, et ses seins se durcirent au souvenir de sa bouche sur elle. Elle humecta ses lèvres sèches et serra les cuisses en sentant une gêne s'installer au creux de son ventre. Elle se surprit même à désirer sentir les hanches de Nathan se caler entre ses jambes. Sara ferma les yeux et se souvint de la sensation qu'elle avait eue à se réveiller entre ses bras puissants.

Le bruit de pas sourd se fit plus fort — puis soudain il faiblit et s'arrêta. Lorsqu'elle ouvrit les yeux, Sara croisa le regard bleu glacier de Nathan qu'elle connaissait bien à présent et qui ne l'effrayait plus. Il l'observa un long moment, les lèvres légèrement serrées, puis il prit la parole.

— Vous n'aviez plus sommeil ?

Elle secoua la tête.

— Non.

— J'ai d'abord cru que je vous avais réveillée.

— Non, ce n'est pas le cas.

Il resta debout, le bout de sa canne tapotant contre sa botte. Puis il détourna le regard vers le paysage alentour et le désigna d'un geste maladroit, ce qui la surprit.

— Vous aimez cette gloriette ? demanda-t-il.

Elle acquiesça.

— Oui. C'est un endroit propice à la réflexion. Il n'est pas sûr ? ajouta-t-elle.

— Si, bien sûr. La construction est très solide. Elle a été réalisée pour donner l'apparence d'une ruine, mais les ingénieurs se sont assurés de sa solidité. Vous n'avez pas eu de mal à la trouver ?

Elle secoua la tête.

— Les instructions de Liam étaient parfaites.

— Je suis soulagé de l'entendre.

La canne de Nathan cognait toujours contre sa botte et son regard était tourné vers elle. Ils gardèrent tous les deux le silence quelques instants. Puis il esquissa un sourire avant de s'avancer vers l'endroit où elle était assise et se pencha sur elle à travers l'ouverture. Sara s'humecta les lèvres et contempla sa bouche.

— Vous avez une certaine prédilection pour le silence, Mrs Grant.

Nathan s'empara de sa bouche, comme il brûlait de le faire depuis qu'il s'était réveillé ce matin. Il prit le visage de Sara en coupe et, du pouce, lui caressa la joue, tout en lui effleurant les lèvres du bout de la langue, comme pour leur demander la permission d'entrer. Sara répondit aussitôt — mais sans le même enthousiasme que la veille.

Il s'écarta mais laissa sa main s'attarder sur sa joue. Puis il la contempla un long moment. Elle avait les yeux baissés et les joues roses, comme si elle était gênée. Mais pourquoi cette absence de réponse, bien loin de la fougue qu'elle avait manifestée la veille ?

Peut-être était-elle gênée par ces manifestations de tendresse en plein jour, même s'il n'y avait personne alentour pour les voir et si la gloriette leur accordait suffisamment d'intimité.

Nathan se redressa avec une étrange sensation de frissons sur les épaules. Il lui fallut quelques instants pour mettre un nom sur ce qu'il éprouvait, car sa conscience ne l'avait plus harcelé depuis des années. Puis il s'agita pour essayer de chasser l'impression gênante que sa peau était couverte de piqûres d'orties.

Il lui offrit son bras.

— Pouvons-nous y aller ?

Sara se leva docilement et quitta la gloriette en acceptant son bras. Elle posa une main légère sur lui, comme l'aurait fait n'importe quelle autre dame, mais une tension inédite naquit de ce contact et obligea Nathan à se raidir encore plus. Son parfum lui taquinait les narines et lui rappelait comment il avait enfoui le nez dans son cou avant de s'endormir. Il déglutit avec peine, quelque peu submergé par cette expérience.

— Souhaitez-vous aller dans une direction précise ? demanda-t-il sur un ton cordial.

— Non, nous pouvons nous promener où vous voulez.

— Nous avons du temps avant le déjeuner, répondit-il. Si cela vous tente de découvrir un peu plus la propriété, il y a une colline qui offre une très jolie vue.

— Cela me paraît parfait.

Ils marchèrent en silence quelques instants. Il découvrait que sa compagne ne parlait pas beaucoup, surtout lorsqu'elle était bouleversée. Mais leur baiser ne pouvait pas l'avoir troublée à ce point.

Nathan se racla la gorge pour briser le silence.

— Je suis habitué à être entouré de personnes qui utilisent beaucoup de mots pour ne rien dire. Mais votre silence est éloquent.

Du coin de l'œil, il aperçut le chapeau de Sara s'incliner vers le sol.

— Je suis désolée, dit-elle d'une voix à peine audible.

Il émit un grognement d'impatience.

— Ne vous excusez pas de ne pas parler. Je ne vais

pas vous obliger à m'adresser la parole si vous ne le voulez pas. Toutefois, si quelque chose vous trouble, je préfère que vous me le disiez.

Le chapeau de Sara ne se releva pas mais elle secoua négativement la tête. Aux abords d'un bosquet, il l'entraîna sur un chemin sinueux. L'air était plus frais dans les sous-bois tandis qu'ils se dirigeaient vers le pied de la colline.

— Sara, insista-t-il en essayant de contenir son impatience. J'ai vraiment envie que vous vous sentiez suffisamment à l'aise pour me parler de ce qui vous préoccupe. Si nous devons passer cette semaine ensemble, nous devons nous efforcer d'être honnêtes l'un envers l'autre.

Elle ne répondit pas, se contentant de se concentrer sur leur marche. Nathan ne lui en voulait pas vraiment car la pente était suffisamment raide pour leur couper le souffle. De son côté, il pouvait s'aider de sa canne pour prendre appui et se hisser. Il prit alors la main de Sara et enlaça ses doigts pour l'entraîner avec lui.

Des étincelles de plaisir traversèrent la paume de celle-ci et lui remontèrent le long du bras, semant encore plus de confusion dans son esprit. Sara ne comprenait pas comment en son for intérieur elle pouvait être aussi partagée face à la situation. Lorsqu'elle était arrivée dans la gloriette un peu plus tôt, elle avait les idées claires et mesurait la gravité de la situation. Elle avait même pris la décision de demander à Nathan de mettre un terme à leur accord un peu plus tôt que prévu et de passer le reste de la semaine dans des chambres à coucher séparées.

Mais en le voyant approcher de la gloriette, si merveilleusement beau, avec cette étincelle brûlante et familière dans le regard, toutes ses incertitudes s'étaient évanouies. Elle ne songeait à rien d'autre qu'à son baiser. Il en avait été ainsi jusqu'à ce qu'il l'appelle « Mrs Grant », ce qui avait poussé son cerveau à se remettre à fonctionner correctement.

Et maintenant, avec sa main puissante enlacée avec la sienne, elle était bien proche de perdre de nouveau tout contrôle sur ses pensées.

Il l'entraînait à sa suite avec confiance, l'assurant par la fermeté de sa poigne qu'il la retiendrait si jamais elle trébuchait.

Ils approchèrent du sommet. Le vent jouait avec les liens de son chapeau. Sara leva sa main libre pour le tenir en place. Ils franchirent la crête de la colline et s'arrêtèrent à proximité d'un gros rocher. Nathan lui lâcha alors la main et l'escalada, nullement gêné par sa boiterie. Sara s'étonna brièvement de son agilité malgré son handicap.

Nathan la regarda avec un petit sourire et lui tendit la main pour l'encourager.

— Venez me rejoindre, Sara.

— Oh ! non, je ne peux pas faire cela, répondit-elle aussitôt en secouant la tête.

— Et pourquoi pas ?

— Cela ne serait pas correct.

— Était-il correct que vous fassiez irruption dans ma bibliothèque avec une robe mouillée pour me demander de passer cette semaine avec vous ?

Elle s'empourpra puis détourna le regard, incapable de parler.

— Je ne vous laisserai pas tomber, si c'est ce qui vous inquiète.

Sara secoua de nouveau la tête. Elle l'entendit pousser un long soupir, puis perçut le frottement de ses bottes sur le rocher, indiquant qu'il était en train de descendre.

Elle le sentit s'approcher. Cette présence magnétique aiguisait son excitation. Il la prit par le coude et l'obligea à lui faire face. Elle garda la tête baissée mais il lui leva le menton et elle ne put se dérober à son regard. Elle sentait son pouls battre à tout rompre et elle lutta de toutes ses forces pour contrôler sa respiration. Ses yeux se posèrent bien malgré elle sur la bouche de Nathan.

— Sara, dit-il d'une voix anormalement douce. Vous devez me faire confiance.

— Je suis confuse, murmura-t-elle.

Un éclair de soulagement traversa le visage de Nathan.

— Pourquoi cela ?

— À cause de ce que nous sommes en train de faire.

La main de Nathan quitta son menton et il recula d'un pas. Sara vit ses lèvres commencer à se serrer et, sur son visage, se peindre un mécontentement devenu familier. Quelques fourmillements montèrent dans sa gorge.

— S'il vous plaît, ne vous fâchez pas, l'implora-t-elle.

Elle ne voulait surtout pas faire une nouvelle crise devant lui.

— Laissez-moi plutôt vous expliquer, ajouta-t-elle.

— Je…, répondit Nathan en se raclant la gorge. Je ne suis pas fâché.

Ce n'était pas de la colère mais de la déception qu'il ressentait. Pas étonnant qu'il se soit réveillé seul ce matin. Sara avait finalement changé d'avis. À la lumière du jour, les personnes voyaient toujours les choses différemment que sous le voile de la nuit.

Elle parut soulagée.

— Merci.

Puis elle garda le silence quelques instants. Nathan comprit qu'elle était en train de rassembler ses pensées.

— Je pense que je suis en guerre contre moi-même, lâcha-t-elle.

— Vraiment ?

— Toute ma vie, j'ai entendu dire que c'était un péché qu'une femme connaisse un homme — au sens biblique du terme — avant le mariage. J'ai entendu beaucoup d'histoires de femmes déchues et des difficultés qu'elles avaient à vivre ensuite. Mon esprit sait tout cela.

— Mais ? la poussa doucement Nathan, voyant qu'elle gardait de nouveau le silence.

Il avait déjà entendu tout cela dans la bouche d'innombrables mères. Il avait cru que la soif d'aventure de Sara avait dépassé cette leçon, mais cela n'avait été que provisoire. La déception continua de se cristalliser au creux de son ventre.

Il n'avait pas compris avant cet instant à quel point il désirait lui-même vivre cette aventure.

— Mais lorsque je suis près de vous, lorsque je vous vois, ces pensées sont remplacées par d'autres. D'autres que je ne devrais pas avoir, sauf que je ne peux pas les arrêter. J'ignore même si je le désire.

Nathan sentit monter une bouffée d'espoir. Il invita Sara à poursuivre, pour se rassurer.

— Quelles sortes de pensées ?

Le visage de Sara, déjà rose sous l'effet du vent et probablement de sa confession, s'empourpra un peu plus.

— Des pensées comme… Comme celles que vous avez partagées avec moi le soir de la kermesse.

— Vraiment ?

Elle acquiesça. Sa voix n'était plus qu'un murmure. Nathan s'approcha plus près pour mieux l'entendre et pour empêcher le vent d'emporter ses paroles.

— J'ai envie que vous m'embrassiez, continua-t-elle. Avec la langue, encore et encore. J'ai envie que vous m'embrassiez comme vous l'avez fait la nuit dernière, mais encore plus longtemps et mieux, si cela est possible. Je sais l'effet que cela me fait, mais je ne peux pas m'en empêcher. Même à présent, et avec ce que je viens de vous dire, une partie de moi-même veut que vous me rameniez au manoir afin que nous puissions avoir un peu d'intimité, mais une autre me déteste pour cela. J'ai menti à mes amis, je me suis exposée au péché de chair, et ai dit plus de paroles audacieuses cette dernière semaine que dans toute ma vie. Je ne me reconnais plus.

Un immense désarroi se peignit sur les traits de son visage.

Nathan sentit de nouveau de longs frissons lui parcourir les épaules. Pendant une grande partie de sa carrière politique, il avait acquis la capacité à se débarrasser du sentiment de ne pas être quelqu'un de bien. Dans sa profession, ce n'était pas compatible. Il avait proféré trop de fausses promesses, déçu trop d'électeurs. Mais en voyant Sara déchirée de la sorte, il roula les épaules pour se débarrasser de ses désagréables picotements. En tant que politicien, il avait dû renoncer depuis longtemps à être un homme honorable et, même s'il l'avait fait par nécessité, cela le gênait à présent.

— Vous n'êtes pas obligée de tenir votre engagement jusqu'au bout.

Son moi primitif se cabra pour manifester sa colère mais Nathan continua :

— Je vous l'ai déjà dit : je n'ai nullement l'intention de séduire une femme non consentante.

— Mais c'est bien là le problème, répliqua Sara en

empêchant toujours son chapeau de s'envoler. Je ne suis pas certaine de ce que je veux ou non. Et mon aventure, alors ?

— Les aventures peuvent prendre plusieurs formes. Le sexe n'en fait pas forcément partie.

— Que voulez-vous dire ?

Nathan réfléchissait à toute vitesse. Il fallait qu'il élabore un plan pour la faire rester tout en apaisant sa conscience. Il la laisserait partir si c'était ce qu'elle voulait vraiment, mais il devait d'abord essayer de l'en empêcher.

— Nous pouvons passer cette semaine à faire des choses que vous n'avez encore jamais faites. Cela pourrait être considéré comme une aventure, non ?

Elle le regarda quelques instants.

— Oui, je suppose, répondit-elle d'une voix hésitante. Mais à quoi pensez-vous ?

Il haussa les épaules.

— C'est à vous de me le dire. Quelles sont les choses que vous avez toujours eu envie de faire et que vous n'avez encore jamais faites ?

Elle reporta son regard au loin, en direction de Cloverfields.

— Voyager, dit-elle après quelques secondes. J'ai toujours eu envie d'aller en Écosse.

Nathan esquissa un sourire.

— Eh bien, je ne peux pas vous emmener en Écosse et revenir en une semaine, mais vous avez voyagé en venant ici, et vous avez même fait une partie du trajet toute seule. Cela me paraît déjà un peu aventureux.

Un sourire éclaira le visage de Sara.

— Oui, j'ai fait cela, c'est vrai.

Il acquiesça.

— Et il n'y a rien de répréhensible à cela. Du moins, pas au regard de Dieu. Pour la société, les choses sont différentes, mais les conséquences sont moins… éternelles.

Elle rougit de nouveau en entendant son ton taquin. Il n'avait plus plaisanté depuis des années, pourtant, ce qui expliquait sa gaucherie.

— Quoi d'autre avez-vous toujours voulu faire ?

Elle resta de nouveau muette, mais Nathan commençait à respecter ses silences. Il savait qu'elle parlerait quand elle serait prête.

Lorsqu'elle s'exprima, son moi primitif faillit bondir.

— Partagerons-nous toujours le même lit ? Sans partager d'intimité ?

— Si c'est ce que vous voulez.

Elle acquiesça.

— J'ai beaucoup aimé dormir avec vous.

— Dans ce cas, nous continuerons. Quoi d'autre aimeriez-vous faire cette semaine ?

— Je ne vois rien d'autre qui en vaille la peine.

Nathan lui prit la main.

— Laissez-moi en juger. S'il existe quelque chose que vous n'avez encore jamais fait, alors cela en vaudra la peine.

— Vous allez me trouver stupide.

— Je jure sur la tombe de ma grand-mère que je n'en ferai rien.

Il posa son autre main sur son cœur pour souligner ses propos.

— La tombe de votre grand-mère ? Vous étiez proche d'elle ?

Nathan refusa de se laisser entraîner dans cette direction.

— Cette semaine, il est question de vous, Sara. Dites-moi tout.

Elle secoua la tête.

— Tout ce qui me vient à l'esprit, c'est voyager.

— Cela ne doit pas forcément être quelque chose d'important ou de monumental. Par exemple, avez-vous déjà dévalé une colline en roulant ?

— Dévalé une colline en roulant ? répéta-t-elle.

Il acquiesça.

— Oui, vous vous couchez sur le dos et vous vous laissez rouler.

— Non, je n'ai jamais fait cela.

Nathan cligna les yeux, incrédule. Il ne s'attendait pas à cette réponse.

— Vraiment ?

Elle secoua la tête.

— J'en déduis alors que vous n'avez jamais marché pieds nus dans l'herbe.

L'espace d'un instant, elle parut horrifiée puis elle déglutit avec peine et releva le menton.

— Non, jamais. Tout le monde m'observait à la loupe en quête de quelque chose à me reprocher. Il n'est pas correct de pousser les autres à commettre un péché.

— Dans ce cas, je pense que je suis condamné à la damnation éternelle. J'étais un politicien, après tout.

Il remua les sourcils en la regardant. Depuis quand n'avait-il pas regardé ainsi une femme ?

— Je suis donc la personne la mieux placée pour voir vos pieds nus, continua-t-il. Mon âme immortelle ne risque plus rien. Nous allons dévaler cette colline en roulant, puis nous marcherons pieds nus jusqu'à la demeure.

— Oh ! je ne pourrai jamais faire cela.

— Sara, nous allons dévaler cette colline même si je dois vous pousser. Ensuite, si vous n'ôtez pas vos chaussures et vos bas, je vous poursuivrai et les enlèverai moi-même. Est-ce bien clair ?

Ce jour-là, Sara prit son déjeuner avec la robe la plus sale qu'elle ait jamais portée. Mais son sourire ne quitta pas son visage.

Chapitre 19

— Nous allons donc rester couchés ?

— Et attendre que le plateau arrive.

Après avoir tiré la sonnette, Nathan était retourné au lit et s'était aussitôt serré contre le corps de Sara. Il n'avait fallu que quelques instants à celle-ci pour poser la tête sur son épaule et se lover contre lui. Il passa un bras autour de ses épaules et se mit à tracer des petits cercles sur sa main. Il sentait le souffle chaud de Sara sur sa peau, sa joue qui se tendait quand elle souriait.

— Un petit déjeuner au lit, répéta-t-elle. Je vais prendre le petit déjeuner *au lit*.

— Pourquoi ne l'avez-vous encore jamais fait ?

— Mon père était pasteur et il n'avait même pas les moyens de payer une personne pour s'occuper de notre linge. Ma mère et moi nous changions seules de toute la maison. Nous n'avions ni le temps, ni les domestiques pour ce genre de plaisirs.

— Vous avez pourtant vécu dans l'aristocratie.

— Oui, en tant que *gouvernante*. Les domestiques ne sont pas enclins à servir d'autres employés de maison, même si ces derniers sont au-dessus d'eux. Ils sont déjà bien trop occupés avec la famille. En outre, je mangeais principalement avec les enfants. Demander un plateau rien que pour moi était hors de question.

— Et à Ridgestone ?

Il la sentit hausser les épaules. La main de Sara vint se poser sur son ventre. Les muscles de Nathan se tendirent à ce contact et il maîtrisa au mieux sa réaction.

— Nous n'avons pas beaucoup de domestiques. Pour assurer notre sécurité financière, nous menons une vie frugale. Et j'ai pour habitude de me lever tôt et de manger dans le salon du petit déjeuner.

Il sourit en contemplant sa tête. Un trait de lumière filtrait à travers les rideaux du lit et illuminait ses boucles fauves.

— Je commence à très bien connaître les gouvernantes. Et au moins une, en particulier.

Elle leva les yeux vers lui.

— Vous parlez comme une personne qui a toujours été habituée à avoir des domestiques pour le servir. Tout le monde n'a pas eu autant de chance que vous.

— C'est vrai.

Elle bougea de telle sorte à le regarder plus directement.

— Parlez-moi de votre enfance.

— De mon enfance ?

— Oui.

— Il n'y a pas grand-chose à dire. J'étais jeune et j'ai grandi.

Elle fronça les sourcils en entendant sa réponse mais n'insista pas. Elle se contenta de reposer la tête sur son épaule et ne lui posa plus de questions.

Bon sang, les picotements sur ses épaules étaient de retour. Nathan grimaça puis soupira.

— J'ai hérité de Cloverfields par ma grand-mère. Mon

père n'a plus donné signe de vie après ma naissance. Il n'appréciait manifestement pas d'avoir une femme et un fils. Ma grand-mère m'a élevé lorsque ma mère est morte d'un accès de fièvre. J'avais cinq ans.

— Oh ! Nathan, je suis désolée, s'écria Sara.

Elle leva la tête vers lui. Son regard était rempli de chagrin et de compassion. Elle tendit ensuite la main pour lui caresser la joue et il sentit ses doigts doux glisser sur sa barbe naissante.

— Ce n'est rien, éluda-t-il. C'est arrivé il y a très longtemps et je n'ai manqué de rien. Ma grand-mère était une femme formidable.

Il fut sauvé par les petits coups frappés à la porte de la chambre.

— Entrez ! lança-t-il.

— Bonjour, monsieur, dit Liam de l'autre côté des rideaux du lit. Ma mère m'a demandé de vous monter ce plateau.

Nathan roula sur le côté et se leva, se servant des rideaux pour cacher Sara à la vue du garçon.

— Posez-le sur la table, ordonna-t-il en passant un peignoir.

Sara entendit Liam se déplacer, puis Nathan murmura quelques instructions et le jeune homme quitta la pièce. Une fois la porte fermée, Nathan tira les rideaux et le soleil inonda le lit de lumière. Sara cligna les yeux et leva la main pour se protéger des rayons aveuglants. Puis elle se redressa et rejeta ses cheveux en arrière avant de remonter les draps sur sa poitrine. Elle regarda Nathan soulever le plateau et le porter jusqu'au lit.

— Adossez-vous à la tête de lit, demanda-t-il.

Elle s'exécuta et il posa le plateau en travers de ses

jambes. Il était assez large pour être confortable et elle se cala de nouveau lorsque Nathan vint s'asseoir en face d'elle. D'un geste théâtral, il déplia les serviettes et en disposa une sur ses genoux avec un sourire enfantin. Sara sentit son estomac se serrer.

Elle contempla alors le plateau devant elle, qui croulait sous une pile de toasts, d'œufs, de jambon, de bacon, de fraises fraîchement cueillies, de beurre et de confiture. Une simple théière décorée avec des fleurs et des tasses assorties, ainsi que de la crème et du sucre, accompagnaient ce petit déjeuner. Elle écarquilla les yeux face à la quantité de nourriture qui leur était servie.

— Je ne peux pas manger tout ça, protesta-t-elle.

Il haussa un sourcil sarcastique.

— C'est heureux car j'ai bien l'intention de manger, moi aussi.

Gênée, elle baissa la tête en rougissant. Elle n'avait pas songé qu'il partagerait son plateau avec elle. Encore une autre aventure à rayer de sa liste.

— Par quoi aimeriez-vous commencer ? demanda-t-il.

— Un toast, s'il vous plaît, répondit-elle en tendant la main.

Il écarta gentiment son bras et prit un bout de pain.

— Beurre ou confiture ?

— Puis-je avoir les deux ?

— Vos désirs sont des ordres.

Sara le regarda d'un œil amusé tartiner du beurre et étaler de la confiture sur un toast avant de le lui tendre sur une assiette.

— Merci, dit-elle en prenant une bouchée.

Pendant qu'elle mangeait, il en prépara un autre avant de le poser sur son assiette, puis il prit une tranche de bacon et l'enfourna. Tout en la mâchant, il versa deux tasses de thé avec du lait et du sucre.

— Vous n'avez pas besoin de me préparer mon petit déjeuner, dit-elle.

Nathan l'ignora.

— Voulez-vous des œufs ? Du bacon ?

Elle hocha négativement la tête.

— Les toasts me suffiront.

Il fronça les sourcils.

— Il ne s'agit pas de vous contenter de ce qui vous suffit mais de prendre ce que vous voulez. Les œufs sont bons pour votre santé et Mrs Taggert a cuisiné ce bacon à la perfection. Prenez-en.

Sans attendre sa réponse, Nathan commença à la servir. Il ajouta aussi des fraises et une tranche de jambon dans son assiette.

— Je veux que vous mangiez tout cela, ordonna-t-il d'un air sévère. Certains enfants des bas-fonds ne voient pas autant de nourriture en une semaine.

Amusée par son attitude, Sara enfourna une pleine bouchée d'œuf. Nathan pouvait se montrer bourru et parfois même dur, cela ne faisait aucun doute, mais il y avait des moments comme celui-ci où il montrait de meilleures dispositions. Avant de les camoufler aussitôt pour une raison qu'elle ignorait.

— Les enfants des bas-fonds ? s'étonna-t-elle en sirotant un peu de thé. Vous êtes-vous déjà impliqué dans une quelconque cause pour les aider ?

— Il y a quelques années, nous avons proposé une loi pour accorder plus de fonds aux orphelins et aux centres d'apprentissage dans le district de Seven Dials, mais elle a été rejetée avant même de pouvoir être débattue.

— Pourquoi cela ?

Nathan haussa les épaules et mangea un peu de jambon, puis il s'essuya la bouche à l'aide de sa serviette.

— Des personnes influentes ne voyaient pas l'intérêt de financer un tel projet. Ils préfèrent que l'argent soit consacré aux causes qu'ils ont choisies. Goûtez-moi ces fraises.

Il prit un fruit dans son assiette et le porta aux lèvres de Sara. Elle ouvrit docilement la bouche et il y glissa la fraise en lui effleurant les lèvres. Sara croisa son regard et reconnut le brasier qui y brûlait. Elle mourait d'envie qu'il l'embrasse. Cette nuit, il l'avait tenue tout le temps dans ses bras, mais n'avait pas fait un seul geste pour lui imposer plus d'intimité.

Elle s'était sentie un peu déçue et maintenant, elle se surprenait à désirer qu'il n'y ait plus de plateau entre eux.

Nathan recula, résistant à l'envie de l'embrasser jusqu'à plus soif. Il ne voulait pas la troubler plus, à la grande déception de son moi primitif. Il fallait qu'il se souvienne que cette semaine était pour elle, et non pour lui, quel que soit son désir de prendre possession du corps de Sara.

— Mais vous vous êtes certainement battu pour l'adoption de cette loi, dit-elle.

Il croisa son regard, si sérieux dans sa naïveté. Elle ignorait tout de la politique. Autant que lui lorsqu'il avait embrassé cette carrière. Et lorsqu'il avait ouvert les yeux sur la réalité, il était déjà trop corrompu pour y remédier.

— Ne faites pas cela, prévint-il.

— Faire quoi ?

— Faire de moi un héros plein de noblesse, plaidant la cause des opprimés. Les choses ne sont pas comme elles paraissent être.

— Comment sont-elles, alors ?

Nathan soupira en se passant une main nerveuse dans les cheveux.

— Il vaut mieux que vous ne le sachiez pas.

— Mais j'ai envie de le savoir. Et j'espère que vous allez me le dire. Vous m'avez parlé comme personne d'autre avant vous. Vous ne cherchez pas à me cacher la vérité.

— C'est une remarque plutôt optimiste.

Sara secoua la tête, ce qui fit danser les boucles autour de son visage.

— Je ne crois pas.

Il soupira de nouveau.

— Vraiment, il vaut mieux que vous ne le sachiez pas.

Elle pinça les lèvres comme jamais il ne l'avait vue faire auparavant. D'ordinaire, elle était trop docile pour opposer la moindre résistance à un refus.

— Sachez que je déteste que l'on me fasse cette réponse, reprit-elle. Toute ma vie, j'ai écouté les autres décider de ce qui était bon pour moi, ou me dire ce que je devais faire, ou ce qui était correct, comment les vraies ladies devaient se comporter. Cela explique pourquoi il ne m'est jamais arrivé la moindre aventure, car ce n'est pas ce qu'est censé rechercher une jeune fille bien. J'en ai assez d'être protégée de la réalité.

Nathan la contempla un long moment. Cette détermination nouvelle qu'il lisait sur son visage lui allait bien.

— Comme vous voudrez. Dites-moi, que savez-vous des politiciens ?

— Rien en dehors de leurs principales fonctions. Un gentleman se porte candidat et les électeurs l'élisent. Puis le Parlement débat et vote ce qui deviendra plus tard des lois.

Nathan esquissa un sourire ironique.

— Oui, idéalement, ceci est la définition la plus basique du fonctionnement de la démocratie. Toutefois, elle ne correspond pas à la réalité. Cette loi sur les orphelinats et l'apprentissage a échoué par manque de soutiens. Les voix en sa défaveur ont été achetées. Entre les murs du Parlement, la loyauté se négocie et se monnaie. Les riches opposants à la loi ont payé pour avoir gain de cause. Il leur a suffi de quelques personnes bien placées, de membres influents du parti pour mettre un veto et inciter ceux qui la défendaient à revoir leur position. Ceux qui ont refusé ont perdu leurs sièges aux élections suivantes. Comme par hasard. Voyez-vous, la politique ne concerne pas le peuple, ne concerne pas le bien-être d'un pays, ne cherche pas à aider ses habitants. La politique est un univers de pouvoir, d'argent et d'avidité. Certaines personnes sont prêtes à tout pour obtenir ce qu'elles veulent et le garder.

— Oh ! Seigneur, fit Sara en ouvrant de grands yeux.

— Oui, vous l'avez dit.

Elle s'adossa à la tête de lit. Elle avait fini de manger et avait posé une main sur son estomac repu. Elle ne se souvenait pas avoir jamais autant satisfait son appétit. Nathan termina sa dernière bouchée et partit poser le plateau sur la table. Puis il se dirigea vers la fenêtre et contempla les vastes pelouses.

Elle lui posa la question tout en craignant de connaître la réponse.

— Faisiez-vous parti des défenseurs de cette loi ?

— Non.

Elle ne s'attendait pas à autant de franchise. S'il n'avait pas perdu son siège à cause de son refus de suivre les lignes de son parti, pourquoi donc avait-il abandonné la politique ? Elle anticipait non sans crainte sa réponse suivante.

— Faisiez-vous parti de ces élus bien placés ?

Il y eut un moment de silence.

— Oui.

Voyant qu'elle ne disait rien, il poussa un soupir d'autodérision.

— Je vous avais bien dit qu'il ne fallait pas faire de moi un héros plein de noblesse.

— Pourquoi l'avez-vous fait ?

— Le prix était correct.

— Et quel est le prix de vos valeurs et vos convictions ?

— Cela dépend. Parfois, il s'agit d'argent, d'autre fois, c'est la promesse d'un vote sur une autre loi pour laquelle je fais campagne… Parfois, il s'agit d'un lopin de terre. Une fois…

Il s'interrompit, incapable de se déchoir encore plus dans l'estime de Sara.

— Est-ce ainsi que vous avez acquis Windent Hall ?

Grâce à Dieu, elle n'avait pas relevé son hésitation.

— Non. Je l'ai acheté légalement. Chaque fois que j'ai reçu une propriété dans le cadre de pots-de-vin, je l'ai vendue pour en récupérer le bénéfice.

— Je vois. Mais vous ne faites donc plus de politique ? D'après Jacob, vous êtes parti assez brutalement.

— En effet.

— Vous essayez donc de vous racheter de vos erreurs passées et de devenir un homme meilleur ?

Il la regarda d'un air incrédule.

— Une fois encore, vous essayez de faire de moi une personne noble et honnête. N'oubliez pas comment je vous ai traitée, vous et les autres. J'ai choisi de m'enfuir à Windent Hall pour me mettre en marge de la société, et non pour devenir quelqu'un de meilleur.

— Vous parlez comme une personne hantée par un sombre secret.

Il décelait dans la voix de Sara comme une pointe d'amusement, et il aurait préféré ne pas avoir à réduire ce reste d'espoir à néant, mais il n'avait pas le choix. Il ne pouvait pas la laisser nourrir ce fantasme d'homme honorable et noble. Et elle lui avait dit qu'elle ne voulait pas être protégée de la réalité.

— J'ai effectivement un sombre secret, avoua-t-il en regardant par la fenêtre.

— Vraiment ? répondit-elle en riant. Et quel est-il ?

— Le dernier pot-de-vin que l'on m'a proposé était une femme.

Il y eut un moment de silence.

— Vous êtes donc fiancé ? demanda-t-elle d'une voix où se mêlaient la stupeur et la tristesse.

Il lui lança un regard par-dessus l'épaule avant de lui tourner complètement le dos.

— Vous ne me comprenez pas. Ce n'était pas une épouse que l'on m'offrait. Elle était *déjà* mariée — à l'homme qui voulait obtenir ma voix. Il me proposait de pouvoir… l'utiliser pendant une semaine si je calquais mon vote sur le sien.

Sara le regarda fixement, les yeux écarquillés. Elle s'était tue.

Il esquissa un sourire méprisant.

— Vous voyez, je ne suis pas l'homme héroïque que vous croyez.

Il se tourna de nouveau vers la fenêtre pour éviter de croiser son regard.

Il s'accablait déjà suffisamment tout seul sans avoir besoin du jugement des autres.

Nathan continua son histoire.

— J'ai été tenté d'accepter, pour tout vous avouer. C'était une belle femme, avec un corps et des manières capables de séduire un homme et de lui laisser entrevoir le plaisir qu'il aurait à coucher avec elle. Je me suis senti très attiré par cette proposition — jusqu'à ce que je croise son regard. Ce que j'y ai vu… Le seul mot qui me vienne à l'esprit est la mort. Ils ne contenaient rien, pas même de la résignation. J'ai alors compris que j'étais loin d'être le premier homme à qui elle était offerte en échange d'une voix. Lorsque son mari m'a vu hésiter, il lui a ordonné de se déshabiller. Elle a commencé à le faire mais à ce moment-là, j'ai retrouvé mes esprits et les ai chassés sans ménagement de chez moi. J'ai été plus doux avec sa femme, qui n'était qu'un pion dans son jeu, mais je ne lui ai pas proposé de l'aider et je me souciais bien peu de son sort. Vous voyez bien, vous qui êtes si bonne, que je suis loin d'être un honnête homme plein de noblesse. Tout ce que je voulais, c'était me sortir de ce bourbier. C'est ainsi que je suis arrivé à Windent Hall.

Le silence se prolongea. Nathan continua de regarder par la fenêtre sans même pouvoir dire si le soleil brillait ou non. Il n'avait jamais imaginé être un jour capable de prononcer ces paroles mais maintenant, il ne pouvait plus revenir en arrière.

Et il ne le désirait pas non plus. Sara devait savoir à quel homme abominable elle avait affaire. Et savoir qui il était vraiment l'empêcherait de se tromper sur son compte.

Elle rompit le silence la première.

— Je comprends, maintenant.

— Quoi donc ?

Ces paroles le tirèrent de sa stupeur. Il ne s'attendait pas du tout à cette réponse.

— Le jour où nous nous sommes rencontrés. Je comprends pourquoi vous avez réagi ainsi. Vous pensiez que le pasteur… était en train de m'offrir à vous, comme cet horrible homme l'avait fait avec sa femme. Mais même si je sais à présent pourquoi vous vous êtes comporté ainsi, cela ne vous excuse pas.

Nathan se tourna vers elle, incrédule et les pensées en ébullition.

— Pourquoi continuez-vous de me parler comme si rien n'avait changé ?

— Parce que rien n'a changé.

— N'avez-vous pas entendu ce que je viens de vous dire ?

Il n'en revenait toujours pas.

— Oui, chaque mot. Je suis navrée que vous ayez eu à vivre cela. Vous devez vous sentir terriblement mal.

— Mal ? s'étrangla-t-il.

Il fit un grand geste de la main.

— Mal est un piètre mot. J'ai bien failli accepter la femme d'un autre homme pour une question politique sans intérêt !

— Mais vous ne l'avez pas fait.

Elle s'était exprimée d'une voix détachée.

— Comment ?

— Vous n'avez pas accepté ce pot-de-vin. Vous avez failli le faire, mais vous ne l'avez pas fait. Cela a peut-être été le cas dans d'autres circonstances, mais pas dans celles-ci, et cela vous a changé. Votre détermination a fait de vous un homme plus fort et meilleur.

Nathan la contempla comme si elle était une bête de foire.

— Vous dites n'importe quoi.

Elle leva vers lui son regard clair et franc.

— Vous avez été tenté, Nathan.

— Oui.

— Même notre Sauveur l'a été. Pendant quarante jours, il a dû résister aux tentations du diable. Croyez-vous que vous soyez meilleur que lui, au point de ne jamais être tenté ?

Nathan était sidéré par sa réponse.

— Le péché n'est pas dans la tentation mais dans la manière dont nous y répondons. Si vous aviez accepté ce pot-de-vin, continua-t-elle en se gardant bien de citer la nature exacte de la « récompense », vous auriez alors péché. Mais vous ne l'avez pas fait. Aurait-il été préférable que vous proposiez votre aide à cette femme ? Sans aucun doute. Mais nous ne pouvons pas trop attendre d'un homme qui apprend tout juste à changer pour devenir meilleur.

— Mais je ne suis pas en train de changer en mieux, grogna-t-il sans pouvoir cacher son incrédulité.

Non, Sara ne pouvait pas être sérieuse ! Pourtant, elle lui sourit.

— C'est peut-être ce que vous croyez, mais certains faits prouvent le contraire.

— Lesquels ?

— Je ne vous ai plus vu ivre depuis cet après-midi dans votre bibliothèque. Vous avez fait l'effort de vous montrer cordial en ma présence, même si vous n'y arrivez pas toujours. Vous avez soigneusement organisé cette semaine en veillant à protéger ma réputation. Même ainsi, vous m'avez clairement signifié que je pouvais à tout moment mettre un terme à notre accord, sans honte ni représailles. Après notre première nuit, vous ne m'avez pas poursuivie d'attentions déplacées et avez respecté mes hésitations. Vous êtes un homme plus honorable que vous le croyez, monsieur.

Nathan s'avança d'un pas décidé vers le lit, les sourcils froncés, manifestement peu gêné par sa boiterie. Il fallait qu'il mette un terme à ces palabres, et que Sara voie clairement qui il était.

— Vous croyez que cela fait de moi un homme honorable et noble ? Cela ne fait que prouver que je ne fais les choses que dans mon propre intérêt. Pourquoi continuerais-je à m'enivrer si cela doit altérer mon jugement ? Me montrer cordial avec vous a été hautement bénéfique car je suis aujourd'hui seul dans une chambre à coucher avec une femme que je désire plus que tout. Ce n'est pas votre réputation que je souhaite protéger, mais mon propre célibat. Je n'ai nullement le désir de me marier. Et quant à vous permettre de mettre un terme à notre accord à tout moment et à ne pas vous poursuivre avec des attentions déplacées, cela signifie uniquement que je ne suis pas un violeur.

Il se trouvait à présent au pied du lit. Il saisit le couvre-lit, le tira d'un coup sec et découvrit le corps de Sara.

Il agrippa ses chevilles exposées devant lui et les tira. Sara poussa un petit cri de surprise et se retrouva allongée sur le dos. Sa chemise, coincée entre son dos et le lit, s'était légèrement soulevée. Nathan remonta ses mains chaudes et fermes le long de ses mollets, puis il s'agenouilla sur le lit et s'installa entre ses cuisses.

Lorsqu'il s'exprima, sa voix était rauque.

— Et je doute fortement que mes « attentions déplacées » soient non désirées.

Sur ces mots, il releva sa chemise jusqu'à sa taille. Avant qu'elle puisse réagir, il lui écarta les genoux avec ses épaules et embrassa son intimité. Sara poussa un cri étouffé, se redressa et essaya de se dégager, mais Nathan lui enlaça la taille et la plaqua contre le lit.

— Nathan, dit-elle d'une voix étranglée.

La sensation de sa langue sur son intimité se heurtait à sa stupeur de le voir poser la *bouche* à cet endroit.

La seule réponse de Nathan fut un grognement qui déclencha en elle une série de vibrations. Elles remontèrent de son sexe et se propagèrent dans ses veines. Sara battit des paupières et s'allongea de nouveau sur le lit, accédant à ses désirs. La langue de Nathan montait et descendait avant de se concentrer sur cet endroit d'une extrême sensibilité. De petits grognements de plaisir faisaient écho aux siens et déclenchaient des petits frissons le long de son dos. Instinctivement, elle écarta encore plus les cuisses puis ferma les yeux pour mieux se perdre dans le flot de sensations provoqué par ses baisers si intimes. Elle n'avait jamais imaginé une telle chose et ne s'était jamais sentie aussi merveilleusement bien, et désirée.

Elle posa une main sur le sommet de la tête de Nathan puis, veillant à ne pas le déranger, passa les doigts dans ses cheveux, maintenant doucement sa tête entre ses cuisses. Ce geste sembla l'encourager car il augmenta encore plus l'intensité de ses attentions. Sans cesser de la caresser de sa langue, il fit remonter vers sa poitrine la main qui la maintenait pour lui caresser le sein. L'autre disparut sous son corps et bientôt, elle sentit une légère pression à l'entrée de sa féminité. Nathan introduisit doucement un doigt en elle.

La sensation était si forte qu'elle s'arc-bouta.

La tension qu'elle avait éprouvée l'autre nuit était revenue de plus belle, et Nathan la contrôlait avec une grande habileté. Un coup de langue ou une caresse de son doigt la propulsait au-dessus de l'abîme, puis il changeait de position et elle revenait en arrière. Il la soumettait à une douce torture et il le savait, elle en était sûre.

— Nathan, s'il vous plaît..., haleta-t-elle tandis qu'il l'empêchait de nouveau d'atteindre l'orgasme.

Il s'écarta et la regarda droit dans les yeux, frémissant en découvrant la passion qu'ils abritaient. Il introduisit un deuxième doigt en elle et posa le pouce à l'endroit que sa bouche venait de délaisser.

— Que voulez-vous ? demanda-t-il d'une voix rauque.

Elle secoua la tête contre l'oreiller, incapable de formuler ses désirs à voix haute.

— Dites-le, Sara. Ne désirez-vous pas mes attentions ?

— Si.

— Aimez-vous quand je vous fais ceci ?

Il décrivit de petits cercles rapides avec son pouce.

Elle se cambra de nouveau.

— Oui.

— Et ceci ?

Il fit glisser rapidement les doigts dans son sexe sans cesser de jouer avec son pouce.

— Oui, dit-elle d'une voix gutturale.

La respiration de Nathan commençait à devenir saccadée.

— Que voulez-vous de plus ?

— Sentir vos lèvres.

— Où ? Sur votre bouche ?

Elle secoua la tête.

— Dites-le, Sara.

— Plus bas.

Nathan s'exécuta, avide de la goûter de nouveau. Il la lécha, s'enivrant de ses effluves et de sa saveur acidulée qui lui excitaient les sens.

— Bon sang, Sara, grogna-t-il tout contre elle. Vous avez si bon goût. Comme des fraises fraîchement cueillies.

Elle le saisit de nouveau par les cheveux et serra la tête de Nathan contre elle, étouffant ses paroles. La langue et les doigts de ce dernier opéraient leur magie et la tension qui montait jaillit enfin, propageant les pulsations qu'elle attendait tant dans ses veines, envahissant tout son corps. Elle cria à chaque soubresaut jusqu'à ce que son corps repose enfin sur le lit, repu.

Nathan ôta ses doigts tout en continuant de la caresser doucement avec sa bouche pour apaiser sa chair à vif. Puis il s'écarta et embrassa l'intérieur de ses cuisses avant de remonter le long de son corps et de s'emparer de ses lèvres. Il prit son temps et l'embrassa longuement. Il se tenait au-dessus d'elle, veillant à ne pas la toucher, ce qui mit sa détermination à rude épreuve. Sara lui caressa le visage pendant qu'ils s'embrassaient.

Elle s'écarta légèrement et lui sourit.

— Vous pouvez vous coucher sur moi de nouveau, proposa-t-elle.

— Je ne crois pas que cela soit une bonne idée…

Son érection était encore trop dure et douloureuse pour qu'il songe à se frotter contre son pubis.

— Cela m'est égal. J'ai beaucoup aimé que vous le fassiez la dernière fois.

Elle lui appuya alors sur les épaules, l'encourageant à faire ce qu'elle lui demandait.

Incapable de résister plus longtemps, Nathan se cala sur elle et posa son front au creux de son cou. Elle bougea pour mieux l'accueillir entre ses cuisses et replia les jambes. Bientôt, Nathan sentit les doigts de Sara jouer avec le tissu de son peignoir.

Son sexe en jaillit, beaucoup trop proche de l'objet de son désir. Tout son corps se tendit comme un arc. Il s'écarta du cou de Sara et vit la question qui planait dans son regard.

— J'ai envie de vous, Sara Collins, dit-il avec une terrible franchise.

Il ne voyait pas de raison de tergiverser.

— Je vous désire au sens le plus primitif du terme. J'ai envie de remplir votre corps avec mon sexe et de sentir vos chairs chaudes se serrer autour de moi. Le fait de vous voir, de vous sentir, de penser à vous, m'excite et me donne envie de vous posséder. Je n'en ai pas honte.

Les doutes dans le regard de Sara s'apaisèrent, remplacés par une lueur qu'il ne connaissait pas. Un léger sourire lui étira les lèvres et elle acquiesça.

Il fronça les sourcils.

— Que signifie ce hochement de la tête ?

Elle se redressa et l'embrassa à pleine bouche en passant les mains sur ses épaules.

— Cela veut dire que vos attentions ne sont pas déplacées.

Il prit un air étonné, ignorant s'il comprenait bien ses propos.

— Je vous demande pardon ?

Sara le regarda fixement de ses yeux toujours brillants, mais son regard s'était fait grave.

— Cela veut dire que j'ai envie de vous, Nathan. Je vous désire et je veux que vous m'offriez plus que ce que vous m'avez donné jusque-là. Je veux tout. Et je n'en ai pas honte non plus.

Nathan ôta à la hâte ses vêtements et aida Sara à retirer sa chemise avant qu'elle change d'avis. C'était la première fois qu'il la voyait complètement nue à la lumière du jour. Elle était de toute beauté. Sa peau pâle et ses courbes douces l'invitaient à la caresser, et ses mains brûlaient de le faire. Le sexe de celle-ci, dont il venait de prendre si intimement connaissance, luisait de désir. Il se lécha les lèvres où subsistait encore son parfum.

Ses yeux remontèrent vers le visage de Sara, et il s'aperçut qu'elle le regardait de la même manière. Il lut sur ses traits une certaine hésitation lorsqu'elle prit conscience de la puissance de son désir pour elle, et Nathan ressentit un moment de panique tant il craignait qu'elle change d'avis. Il se coucha sur elle et la plaqua contre le matelas en prenant son visage en coupe.

— Non, chut, tout va bien.

— Nathan…, dit-elle d'une petite voix.

— Chut, souffla-t-il pour l'apaiser.

Puis il l'embrassa.

— Vous êtes si belle, continua-t-il. C'est tout ce que ça veut dire. C'est un compliment à votre beauté. Je vous désire tellement que j'en souffre.

Il paraissait si sincère que Sara s'efforça de songer à l'une des leçons de sa mère : les hommes disaient des choses qu'ils ne pensaient pas pour amener les femmes à s'offrir à eux. Et elle avait beau avoir envie de croire que Nathan était sincère, mieux valait qu'elle garde la tête froide.

Même si ce genre de déclarations ne faisait pas partie de leur arrangement.

Nathan se pencha sur elle et l'embrassa de nouveau, prenant sa bouche avec délicatesse. Sara lui répondit et écarta les lèvres pour mieux l'accueillir. Il approfondit alors son baiser et elle prit de nouveau son visage entre ses mains, savourant son contact rugueux contre ses paumes. Nathan explora sa bouche et joua avec elle. Et bientôt, les inquiétudes de Sara disparurent.

Nathan se coucha complètement sur elle et fut pris de vertige à ce premier contact peau contre peau. Il abandonna la bouche de Sara et l'embrassa à la base du cou, là où son pouls battait si fort. Il fit glisser une main sur le flanc de celle-ci puis sous son corps pour lui caresser et lui pétrir les fesses, si douces, si rondes, et qui lui emplissaient si bien la main. Délaissant le cou de Sara, il enfouit le visage entre ses seins et sentit les deux globes généreux contre ses joues. Il tourna la tête pour se saisir de leur pointe et les prendre tour à tour dans sa bouche.

Sara gémit. Elle posa les mains sur ses épaules pour le serrer contre elle. Tandis qu'il utilisait ses lèvres et sa langue pour lui taquiner le sein, elle lui caressa le dos, allant même jusqu'à le griffer doucement sous l'intensité du plaisir.

Nathan partit alors à l'assaut de sa féminité déjà humide devant lequel vibrait son sexe. Il introduisit deux doigts dans son intimité. Sara se cambra contre sa main et enfonça les doigts de Nathan plus profond dans sa chair en sentant de nouveau le désir monter.

Nathan se cala entre ses cuisses et se redressa pour s'emparer de nouveau de sa bouche avant de murmurer :

— Sara, dites-moi d'arrêter. Si vous le désirez, je le ferai.

Elle secoua la tête.

— Non, ne vous arrêtez pas.

Il l'embrassa de nouveau pour la rassurer. Puis, d'un coup de reins rapide, il la pénétra. Le sexe de Sara se contracta autour de lui et il resta immobile, lui laissant le temps de s'habituer à lui. La chaleur de son corps l'enveloppa totalement, et son moi primitif hurla de bonheur.

Nathan cessa d'embrasser Sara et vit la grimace qui lui déformait les traits.

— Comment vous sentez-vous ? demanda-t-il.

Elle fit de nouveau la grimace.

— Un peu bizarre. Remplie. Cela me fait un peu mal mais je vais bien.

Un frisson de soulagement le parcourut. Nathan prit de nouveau ses lèvres et commença à bouger les hanches, se retirant légèrement avant de la pénétrer une nouvelle fois. Il la sentit grimacer et s'immobilisa de nouveau. Dès qu'elle se détendit, il reprit son mouvement de va-et-vient, en rythme avec son baiser, toujours attentif à ses réactions. Il veilla à ce que ses chairs se détendent autour de lui.

Bientôt, le souffle de Sara devint plus saccadé. Il se retira et contempla son visage tandis qu'elle découvrait les joies du sexe. Ses lèvres étaient entrouvertes et son regard se brouillait un peu plus chaque fois qu'il la pénétrait. De petites gouttes de sueur lui couvrirent le corps et se mêlèrent aux siennes. Elle enroula autour de lui ses bras et ses jambes et le serra très fort contre elle.

Il sentait ses seins contre son torse, leurs pointes dures

qui frottaient contre ses poils. Sara plaqua la bouche contre son épaule pour étouffer un gémissement.

Nathan accéléra la cadence pour atteindre plus vite l'orgasme. Il se retint pour ne pas la pénétrer trop fort.

— Ma nymphe, grogna-t-il en la serrant contre lui tandis que sa semence jaillissait dans le corps de celle-ci.

Le plaisir fusa dans ses veines et le gagna tout entier. Nathan se laissa emporter. Puis, il ralentit ses mouvements jusqu'à rester complètement immobile et il posa le front sur l'épaule de Sara. Comme précédemment, son corps enveloppait le sien. En lui passant la main dans le dos, elle lui apporta une sorte de contentement dont il ignorait jusqu'à présent l'existence.

Ils restèrent allongés ainsi un petit moment puis, sans bouger ni ouvrir les yeux, Nathan lui demanda :

— Vous allez bien ?

Il la vit acquiescer en guise de réponse et elle poussa un soupir de femme comblée. Nathan sentit un sourire arrogant lui monter aux lèvres.

C'était sa première fois et elle soupirait déjà ainsi. Il était loin d'être inexpérimenté, mais lui-même n'avait encore jamais ressenti un plaisir aussi profond que celui qui l'envahissait à présent. Pas étonnant qu'elle soupire ainsi, et ce, grâce à lui.

Soudain, il sentit le corps de Sara trembler sous lui. Il lui déposa une pluie de baisers sur l'épaule pour s'excuser de l'avoir écrasée si longtemps. Le tremblement augmenta et il leva la tête pour s'écarter et voir ce qui se passait.

Sara avait les yeux fermés et ses lèvres tremblaient. Était-elle sur le point de pleurer ? Pourtant, elle lui avait dit qu'elle allait bien. Avait-il mal compris sa réponse ?

— Sara ?

Il l'embrassa sur le front, ce qui ne fit que la faire trembler encore plus. Bientôt, elle se mit une main devant la bouche.

— Ma nymphe ? Que se passe-t-il ? Vous ai-je fait mal ?

Elle secoua la tête et ouvrit les yeux… en poussant un petit gloussement amusé.

— Oh ! je suis désolée, dit-elle en riant. Vraiment, je ne voulais pas me mettre à rire.

Nathan la regarda fixement. Jamais il n'avait fait rire une femme dans son lit auparavant. C'était assez… perturbant. Dire qu'elle se moquait de lui alors qu'il s'émerveillait de la rareté de l'expérience qu'ils venaient de vivre !

— Vous aimez m'embrasser, continua-t-elle avec ses yeux gris pétillants de malice.

— Je ne vois pas ce qu'il y a de risible, répliqua-t-il sèchement en se redressant pour de bon.

— Oh ! non, ça ne l'est pas, protesta-t-elle en le suivant et en passant les mains derrière sa nuque. Je me demandais juste quelle était la personne qui avait imaginé que c'était une bonne idée.

— Je ne vous suis pas, dit-il d'une voix sévère et distante.

Elle gloussa de nouveau.

— Réfléchissez un peu à toutes les choses que vous faites avec votre bouche, à tout ce que l'on peut y mettre. Nous mangeons, nous rions, nous avons le hoquet, les hommes rotent et crachent. Il nous arrive de vomir. C'est un orifice assez dégoûtant, quand on y réfléchit bien. Quelle est donc la première personne à avoir imaginé que c'était une bonne idée de presser sa bouche sur celle d'une femme ?

Nathan la regarda fixement. Une lueur amusée continuait d'éclairer le regard de Sara. S'il comprenait bien, quelques instants après avoir perdu sa virginité, ce qui lui occupait l'esprit était de savoir *qui avait inventé le baiser* ?

Il ne s'attendait pas à cela de la part de la douce et discrète Sara Collins. Il l'imaginait plutôt silencieuse, demandant à se faire câliner comme il se devait, s'inquiétant de savoir s'il était satisfait. Voilà ce qui correspondait mieux à son caractère. Mais pas cette nymphe radieuse avec ce sourire espiègle et ce rire qui s'échappait de ses lèvres.

La Sara Collins qu'il connaissait était désirable. Celle qui se trouvait devant lui était dangereuse, et douée d'un pouvoir de séduction capable de mettre son cœur en péril.

Tandis qu'il la regardait, le rire de celle-ci s'évanouit et la lueur dans son regard s'estompa. Il vit la transformation avoir lieu. L'incertitude gagna ses traits avant qu'elle ne la dissimule derrière une acceptation sereine mêlée à une légère appréhension. Il avait l'impression qu'elle se recroquevillait sous ses yeux. S'écartant de lui, elle se leva, enfila rapidement sa chemise et noua son peignoir si serré qu'elle se trouva couverte de la tête aux pieds.

— Pardonnez-moi, dit-elle d'une voix douce, les yeux baissés. Je ne voulais pas vous offenser.

Stupéfait par ce dont il venait d'être témoin, Nathan resta bouche bée.

— Merci pour ce petit déjeuner au lit, continua Sara. Je rangerai tout dès que je serai habillée.

Avant qu'il retrouve l'usage de la parole, elle avait disparu dans le vestiaire.

Enfer et damnation.

Chapitre 20

Lorsque Sara se réveilla cette nuit-là, un mince rayon de lune filtrait par les rideaux du lit. Elle se redressa d'un bond en sentant les fourmillements dans sa gorge. À côté d'elle, Nathan continuait de dormir sur le dos et ronflait doucement. Il avait le bras déplié et son épaule lui offrait un coussin où elle avait posé la tête.

Veillant à ne pas le déranger, elle descendit du lit et enfila un peignoir. Il lui avait ôté sa chemise avant qu'ils se couchent et ne lui avait pas laissé l'occasion de la repasser après l'avoir contentée encore et encore, conformément à la liste de ses envies. Une fois sa nudité cachée, elle s'enfuit dans son vestiaire et se dirigea vers la salle de bains.

Le carrelage refléta la lumière de la bougie dès qu'elle eut allumé le petit bougeoir de ses mains tremblantes. Les fourmillements étaient de plus en plus forts, ils lui comprimaient la gorge et l'oppressaient. Deux merveilleuses journées s'étaient passées sans aucun incident mais à présent, le nœud était revenu avec un enthousiasme cruel.

Elle se maudit de réagir ainsi, tout en comptant dans sa tête et en haletant pour retrouver son souffle.

Le rêve qu'elle avait fait lui revenait par bribes. Sa mère

lui criait des paroles aussi corrosives que du vitriol, la traitait de traînée et la condamnait à l'enfer. Son visage était vert de rage, elle refusait d'écouter les excuses ou les explications de Sara, ne lui accordait ni pardon ni compréhension. Garce ! Traînée ! Putain du diable ! Chaque insulte la flagellait. Son père lui tournait le dos, incapable de l'aider.

— Non, croassa Sara.

Le manque d'oxygène lui donnait des vertiges. *Inspire, deux, trois, quatre. Expire, deux, trois, quatre.*

Elle vacilla et s'écroula au sol, puis elle s'agenouilla sur le carrelage froid.

— Je ne suis pas comme cela.

Elle se pencha en avant et, ainsi recroquevillée, elle enroula les bras autour de son corps tout en essayant de respirer. Elle refusait d'avoir honte pour les merveilleux moments passés à Cloverfields. Elle ne s'était jamais sentie aussi bien. Nathan, loin de la ridiculiser, l'encourageait à explorer la vie. Les souvenirs affluaient en masse. Elle, accrochée de toutes ses forces à Ares — nom bien abusif pour un cheval aussi calme — et tout juste capable d'avancer au pas. Nathan, qui s'était tenu à côté d'elle sans cesser de la rassurer. Liam, qui s'était montré tout aussi patient et avait tenu la bride de sa monture lorsqu'elle avait paniqué.

Plus tard, allongé sur une couverture au milieu des champs pour regarder les étoiles, Nathan l'avait abreuvée d'histoires sur les constellations, lui donnant un aperçu des talents d'orateur qui avaient dû lui servir au Parlement.

Qu'y avait-il de mal à cela ? Savoir monter à cheval était pratique. Et les histoires des constellations ? Sara n'avait aucun mal à comprendre qu'il s'agissait de mythes utilisés par leurs ancêtres pour expliquer l'existence des étoiles.

Comment oses-tu contredire ta mère !

Inspire, deux, trois, quatre. Le nœud ne s'en allait pas.

Et il ne partira jamais si tu continues à te conduire comme un suppôt du démon.

Non, ce n'était pas vrai. Il finirait par se relâcher. Comme il le faisait toujours.

Pas cette fois, ma fille. Il va faire son travail et tu brûleras en enfer pour l'éternité. Inutile de pleurer et de m'appeler à l'aide. C'est toi qui l'as voulu.

Oh ! Seigneur. Était-ce la vérité ? Méritait-elle ce châtiment ? *Inspire, deux, trois, quatre. Expire, deux, trois, quatre.* Son comportement était-il vraiment à l'origine de son malheur ? L'espace d'un instant, elle envisagea d'appeler Nathan à l'aide, mais décida de ne pas le faire. Elle ne voulait pas qu'il la voie de nouveau dans cet état.

Tout en se débattant pour retrouver son souffle, Sara se redressa, toujours à genoux. *Inspire, deux, trois, quatre. Expire, deux, trois, quatre.* Joignant les mains et inclinant la tête, elle commença à réciter des psaumes entre deux tentatives pour respirer.

Inspire, deux, trois, quatre. Expire, deux, trois, quatre.

Lentement, sa respiration s'apaisa.

Nathan se réveilla de nouveau seul dans son lit. Il espérait sincèrement que Sara ne prendrait pas ce genre d'habitudes et qu'elle préférerait la manière dont ils s'étaient réveillés la veille. Ouvrant un œil, il vit que les rideaux du lit et des fenêtres étaient ouverts. Le soleil pointait à peine derrière la cime des arbres, signe d'une aube nouvelle. Dans cette faible clarté, il aperçut Sara assise sur l'un des canapés près de la baie vitrée.

Le sourire aux lèvres, il descendit du lit et se dirigea vers elle, nu comme un ver.

Il arriva derrière elle et lui pressa doucement les épaules avant de lui déposer un baiser dans le cou.

— Bonjour, murmura-t-il.

— Bonjour, répondit-elle d'une manière presque mécanique.

— Venez vous recoucher. Il est beaucoup trop tôt pour se lever.

— Si cela ne vous dérange pas, je préfère rester ici.

Nathan se redressa et fronça les sourcils. Ce n'était plus la Sara de la veille, mais plutôt celle qu'il avait rencontrée quelques semaines plus tôt.

— Avez-vous froid ? demanda-t-il, sachant qu'avec son peignoir si étroitement serré autour d'elle, cela ne pouvait pas être le cas.

— Non.

Il contourna le canapé pour venir s'asseoir à côté d'elle. Elle le regarda furtivement et écarquilla les yeux face à sa nudité, avant de les tourner de nouveau vers la fenêtre. Il s'attendait à la voir rougir mais à la place, elle pâlit.

— S'il vous plaît, murmura-t-elle, pourriez-vous vous couvrir ?

— Non, répliqua-t-il. Il n'y a rien de mal à la nudité. Nous sommes faits ainsi.

Elle pencha la tête et contempla ses mains serrées sur ses genoux. Nathan observa ses boucles rousses, encore plus désordonnées après une nuit de sommeil, ainsi que les cernes sous ses yeux, la façon dont elle se mordillait les lèvres et se tordait les mains. Aucun doute, quelque chose la contrariait.

— Depuis combien de temps êtes-vous réveillée ?

— Une heure ou deux, je pense.

— Vous n'avez pas bien dormi ?

Elle secoua négativement la tête. Nathan posa une main sur les siennes.

— Revenez vous coucher. Je vais vous aider à vous rendormir.

Elle secoua de nouveau la tête pour signifier son refus et dégagea sa main.

Nathan fronça les sourcils. Il ne comprenait pas pourquoi elle s'évertuait à refuser son aide.

— Qu'est-ce qui ne va pas, ma nymphe ?

— Rien, répondit-elle en secouant encore la tête.

— Je ne partage pas cet avis, dit-il d'une voix un peu sèche.

— S'il vous plaît, ne vous mettez pas en colère, murmura-t-elle.

— Sara, commença-t-il, d'une voix où perçait toujours une pointe d'irritation.

Il prit une inspiration et se passa la main dans les cheveux. Puis il s'agenouilla devant elle.

— Sara, dit-il de nouveau en lui prenant les mains.

Son bras écarta les pans du peignoir de celle-ci et révéla ses genoux. Un frisson parcourut les veines de Nathan à l'idée qu'elle soit nue, mais tout désir disparut aussitôt qu'il aperçut les bleus qui les teintaient.

Il toucha un genou.

— Que s'est-il passé ? demanda-t-il, tandis que l'inquiétude balayait tous ses autres sentiments.

Elle écarta sa main et se couvrit les jambes.

— Rien, répondit-elle sans oser le regarder.

— Vous êtes-vous fait cela hier, en montant à cheval ? Je ne vous ai pas vue tomber ni vous cogner.

— Ce n'est rien, répéta-t-elle.

— Serait-ce moi qui vous ai fait mal sans m'en apercevoir ?

— Non.

— Comment vous êtes-vous fait ces bleus, alors ?

— Ce n'est rien. S'il vous plaît.

— Sara, dit-il en s'efforçant de garder son calme. Parlez-moi.

Elle garda le silence mais elle fronça les sourcils et pinça les lèvres, comme si elle réfléchissait. Puis elle prit une profonde inspiration.

— Je me suis fait ces bleus sur le carrelage de la salle de bains.

— Vous êtes tombée ?

— C'est à peu près cela.

— Vos blessures sont-elles plus graves ? Je pourrais appeler le médecin.

Elle secoua la tête.

— Non, cela ne sera pas nécessaire. Je vais bien.

Il la contempla, à court de patience.

— Comment vous êtes-vous fait ces bleus ? demanda-t-il de nouveau.

— Je me… suis agenouillée par terre. Pour prier.

— Quoi ? Vous avez dû prier longtemps pour avoir de telles marques.

— Oui.

Sa voix était à peine un murmure.

— Pourquoi avez-vous prié si longtemps ?

— Hum… C'était… nécessaire.

— À cause de ce que nous avons fait.

Elle hocha la tête.

Nathan fit une moue désapprobatrice.

— Mais était-ce vraiment nécessaire de vous faire du mal ?

— La pénitence requiert des sacrifices.

— Allant jusqu'aux blessures physiques ? Cela ne me semble pas du tout en accord avec un dieu d'amour et de pardon.

— La pénitence requiert des sacrifices, répéta-t-elle plus doucement.

Il ignorait comment elle pouvait parler d'une voix aussi basse.

Il fronça les sourcils.

— Qui vous a dit cela ? Était-ce votre père ? demanda-t-il.

Elle secoua la tête.

— Un autre pasteur ? Ou un évêque ?

Une nouvelle appréhension s'empara de lui. Il commençait à entrevoir des implications plus profondes dans le comportement de Sara et cela le rendait malade. Il était inimaginable que quelqu'un ait pu prendre le dessus sur elle au point qu'elle en souffre encore. Si jamais il mettait la main sur l'homme qui…

— Ma mère, dit-elle enfin.

Nathan s'assit sur les talons.

— Je vous demande pardon ?

— C'est ma mère qui m'a dit cela. Elle s'inquiétait beaucoup du salut de mon âme.

— C'est elle qui vous a imposé de vous faire cela ? Fréquemment ?

— Dès que je commettais un péché. C'était l'une des pénitences qu'elle nous demandait de faire.

— *L'une* des pénitences ? Non, je ne veux pas en entendre plus ! Dites-moi plutôt exactement pendant combien de temps vous avez prié cette nuit ?

— S'il vous plaît, pouvez-vous vous couvrir ? demanda-t-elle, les yeux toujours baissés.

— Non. Combien de temps ? répéta-t-il d'une voix ferme.

— Eh bien, deux heures, je pense. Peut-être plus.

— Seigneur, Sara…

Il se passa une main nerveuse dans les cheveux puis contempla les cernes noirs sous les yeux de Sara et son teint pâle.

— Vous devez être épuisée.

— Je vais bien.

— *Non*, vous n'allez pas bien.

Nathan lui saisit la main et l'entraîna vers le lit. Il entreprit de dénouer son peignoir.

— Venez, nous allons dormir. Nous parlerons de tout cela plus tard.

— Non, protesta-t-elle en serrant le peignoir sur sa poitrine.

— Vous ne pouvez pas dormir avec ça. Vous risqueriez de vous étrangler.

Il repoussa le vêtement et aida Sara à s'installer dans le lit. Puis il remonta les couvertures sur elle et ferma les rideaux avant d'aller se coucher à ses côtés.

— S'il vous plaît…, protesta-t-elle doucement.

— Tout ce que je vais faire, ma nymphe, dit-il en se lovant de tout son long contre elle, c'est de vous tenir dans mes bras. Cela nous fera du bien à tous les deux.

Sa voix était douce.

— Je peux demander à Mrs Taggert une poudre pour dormir, si vous voulez.

— Non, merci.

Sara se tint très raide quelques minutes, puis Nathan sentit qu'elle se détendait. Elle succomba enfin au réconfort de ses bras et finit par s'endormir. Il lui embrassa l'épaule et tint sa promesse en la gardant tout contre lui, dans ses bras.

— Mrs Taggert doit me prendre pour une paresseuse, dit Sara en sirotant le thé que Nathan lui avait préparé.

Les jambes croisées, elle s'adossa à la tête de lit. Lui se tenait au pied.

— Elle n'est pas payée pour vous juger.

— Je n'ai rien fait de productif de la semaine. Je n'ai même pas demandé à inspecter la maison, comme je l'aurais fait si j'étais votre épouse.

Nathan haussa les épaules.

— Nous sommes en voyage de noces. Nous avons d'autres choses en tête.

Le regard qu'il lui lança laissait peu de doute sur la nature des choses auxquelles il faisait allusion. Il enroula les doigts autour de la cheville de Sara.

— Comment vont vos genoux ?

Elle contempla les compresses froides qui s'étaient depuis longtemps réchauffées au contact de sa peau.

— Ils vont bien. J'allais déjà bien avant, vous savez.

— C'est à moi d'en décider.

Elle fronça les sourcils.

— Comment pouvez-vous juger de l'état de mon corps ?

Un sourire lascif fleurit sur les lèvres de Nathan.

— Croyez-moi, je sais très bien juger de votre corps.

Sara rougit légèrement.

— Vous faites exprès de ne pas me comprendre.

— Exact, dit-il en vidant sa tasse de thé.

Sara cligna les yeux. Cet homme avait vraiment le don de se montrer d'une franchise brutale. Et étrangement, elle appréciait ce trait de caractère, qu'elle trouvait même charmant. Il ne fallait pas compter sur lui pour lui épargner des pensées et autres idées que la bonne société aurait jugées inacceptables.

— Pourquoi cela ?

Il contempla son pouce qui décrivait des cercles autour de la cheville de Sara.

— Je croyais que vous préféreriez éviter le sujet.

Elle baissa les yeux sur sa tasse, incapable de lui répondre.

— Voulez-vous que je demande à Liam de seller Ares ? proposa-t-il.

Sara secoua la tête. Il manifestait plus de sollicitude que d'habitude et cela la mettait mal à l'aise. Elle s'était habituée à ses manières sèches et à son franc-parler. Cela l'aidait à ne pas perdre de vue leur accord et garder les pieds sur terre.

— Où en êtes-vous de votre liste d'aventures à vivre ? Nous pourrions réfléchir à ce que nous allons faire aujourd'hui.

Nathan se leva.

— Elle est restée en bas, dans le salon.

— Je vais aller la chercher.

— Mais vous êtes encore en peignoir ! protesta-t-elle tandis qu'il se dirigeait vers la porte.

Il s'arrêta, la main sur la poignée.

— Je suis chez moi, Sara. J'ai le droit de me promener dans ma maison comme je veux. Ne bougez pas.

Incrédule, elle le regarda quitter la pièce. Elle tendit l'oreille, à l'écoute d'une quelconque exclamation de surprise de la part des domestiques. Rien. Peut-être n'avait-il simplement pas croisé les Taggert ou son valet. Maintenant qu'elle y pensait, elle n'avait plus revu ce dernier depuis leur arrivée. Nathan l'avait-il renvoyé ? En réalité, les seules personnes qu'elle ait vues étaient Liam et Mrs Taggert. Nathan n'avait pas pu renvoyer aussi Mr Taggert, son majordome ?

La porte s'ouvrit de nouveau sur Nathan. Il referma derrière lui et vint s'asseoir sur le lit à côté d'elle.

Sara se pencha en avant pour enlever les compresses devenues inutiles et les poser au sol.

— Où sont Sawyer et Mr Taggert ? demanda-t-elle.

— Hum ?

Nathan ne leva pas les yeux de la feuille qu'il lisait.

— J'ai envoyé Sawyer à Windent Hall pour donner l'impression que j'étais toujours là-bas, expliqua-t-il. Quant à Mr Taggert, il doit être quelque part sur le domaine. Il n'est pas souvent dans la demeure. Vous avez besoin de lui ?

Il leva les yeux vers elle.

Sara se rassit. Ainsi, il avait renvoyé son valet à Taft pour donner l'illusion qu'il était toujours chez lui ? Décidément, l'homme savait tromper son monde.

— Non, simple curiosité.

Nathan brandit la liste entre eux.

— Si je peux faire une proposition relative à notre emploi du temps aujourd'hui, ce serait une belle journée pour aller nager. Mrs Taggert pourrait nous préparer un panier-repas et nous pourrions partir pour l'après-midi.

Sara lui sourit tristement.

— Je n'ai pas assez de robes pour pouvoir en utiliser une pour nager.

— Il est très dangereux de se baigner avec une robe si vous ne savez pas nager. Elle pourrait vous entraîner par le fond. Le lac n'est pas profond mais je ne suis pas prêt à mettre en péril votre sécurité. Vous nagerez en chemise.

— Comment ? Vous me demandez de me déshabiller à l'extérieur et de me mettre en sous-vêtements, à la vue de n'importe qui ?

Il esquissa ce sourire qui la faisait toujours fondre.

— Je nagerai en caleçon, et vous en chemise. Sauf si vous préférez nager complètement nue, ajouta-t-il en haussant les sourcils à plusieurs reprises.

— Pas du tout !

— Quel dommage.

Elle secoua la tête.

— Ce n'est pas une bonne idée d'apprendre à nager. Pouvons-nous le rayer de la liste ?

Il fit semblant d'y réfléchir.

— Non, conclut-il.

— S'il vous plaît ! l'implora-t-elle.

— Pourquoi voudriez-vous le supprimer de la liste ?

— Ce que vous me proposez est très incorrect.

— Je suis certain qu'il existe une multitude de femmes qui nagent en chemise.

— Je n'en fais pas partie. Me déshabiller en public serait une façon de tenter les hommes. Je ne veux pas amener un homme à pécher à cause de moi !

— Ma nymphe, vous n'avez pas besoin d'être nue pour tenter un homme. Il vous suffit d'être vous-même.

Cette déclaration lui arracha un frisson de plaisir qu'elle réprima vivement.

— Je ne conduirai pas intentionnellement un homme à sa perte, insista-t-elle.

— Répondez à ma question : pourquoi vouliez-vous apprendre à nager ? Vous m'avez dit que c'était ce qui vous tenait le plus à cœur.

— Je… Je l'ignore.

— Non, vous connaissez la réponse. Dites-la-moi.

Nathan pouvait lire sur le visage de Sara le combat intérieur qu'elle se livrait. Une petite ride apparut entre ses sourcils lorsqu'elle les fronça et elle se mordilla les lèvres. Allait-elle se décider à lui parler ou non ?

— Adam était très rebelle, dit-elle enfin.

— Votre frère qui est dans la marine ?

Elle acquiesça.

— Je n'ai qu'un seul frère. Il y avait une rivière qui traversait notre ville. Nous n'avions pas le droit de nous y baigner. Ma mère prétendait que c'était aussi dangereux qu'indécent de dénuder nos corps en public. Elle ne voulait pas non plus que nous jouions plus que nécessaire avec les enfants du village. Elle pensait que nous devions incarner les parfaits petits chrétiens à leurs yeux, et non être leurs amis.

Nathan sentit de nouveau monter une bouffée de colère à l'égard de cette femme.

— Mais cela n'arrêtait pas Adam. Il a eu de terribles disputes avec notre mère jusqu'à ce qu'il soit assez grand pour ne plus avoir à l'écouter.

— Que faisait votre père ?

— Il écrivait des sermons et visitait les paroissiens. Il laissait ma mère décider des questions domestiques. Il était souvent appelé à l'extérieur au pied levé.

— Adam partait nager ?

— Entre autres. Je me souviens qu'un jour, par un chaud après-midi d'été, il est revenu tout mouillé de la rivière. Je désespérais de pouvoir faire de même, mais je savais que c'était impossible. Ma mère ne voulait pas que sa fille prenne de risques. Elle prétendait avoir déjà perdu son fils et ne voulait pas me perdre à mon tour.

— Hum. Pour moi, nager ne peut être dangereux que si vous ne savez *pas* nager. Votre mère ne vous a pas rendu service et en réalité, elle vous a fait prendre encore plus de risques par rapport à l'eau.

Sara le regarda fixement.

— Ce n'est pas vrai.

Il soutint son regard.

— Je maintiens ce que je dis. Que se serait-il passé si vous aviez dû un jour monter sur un bateau et qu'un accident s'était produit ? Si vous ne savez pas nager, vous risquez de vous noyer. Savoir nager ne vous sauvera pas forcément, mais augmentera vos chances de survie.

— Oh ! mais je n'aurai jamais aucune raison de monter sur un bateau.

— Pourquoi cela ?

— Eh bien… Parce que.

Nathan pouffa doucement.

— Et vous voulez devenir une aventurière ! Comment espérez-vous trouver l'aventure si vous ne montez même pas sur un bateau ?

Sara se hérissa.

— Je ne pense pas que l'on puisse qualifier d'aventure

le fait de monter sur un bateau. Comme vous l'avez si bien dit, l'aventure peut prendre de nombreuses formes. Comme essayer de faire de nouvelles choses.

Nathan se pencha vers elle.

— Et est-ce que nager puis monter à bord d'un bateau ne sont pas de nouvelles choses ?

Sara ne sut quoi répondre à cette réplique.

— Nous allons donc nager, cet après-midi ? conclut-il.

Sara le regarda fixement tandis qu'il affichait son irrésistible air espiègle et enfantin.

Sara fit deux pas et recula aussitôt.

— Oh ! Seigneur, qu'elle est froide !

Nathan lui prit le poignet et l'entraîna avec lui.

— La meilleure façon d'entrer dans l'eau, c'est de s'y plonger d'un seul coup.

Elle tenta de résister.

— Non, je ne peux pas, elle est trop froide.

— Ce n'est pas le moment de vous défiler, ma nymphe.

Il la prit dans ses bras et s'avança dans l'eau. Elle enroula les bras autour de sa nuque.

— Non, Nathan, ne faites pas cela ! cria-t-elle.

Il ne répondit pas et se contenta d'avancer jusqu'à avoir de l'eau à la taille. Sara se raidit dans ses bras, essayant à la fois de se hisser hors de l'eau et d'éviter qu'il la lâche.

— Ne faites pas cela, Nathan. S'il vous plaît, Nathan, arrêtez, ne me lâchez pas !

— Fermez la bouche, maintenant, ordonna-t-il d'une voix ferme.

— Que…

Nathan se laissa tomber en arrière et l'eau les submergea tous les deux, étouffant le cri de Sara. Il tint fermement son corps qui se tortillait dans ses bras, tandis qu'elle battait instinctivement des pieds tout en le tenant par le cou, si fort qu'elle aurait pu le lui briser. Ses cheveux roux flottèrent autour de son visage, obscurcissant la vue de Nathan dans un tourbillon sensuel. L'eau froide était revigorante et s'il avait été seul, il y serait resté plus longtemps. Plantant les pieds dans le sol sablonneux, il se hissa pour refaire surface.

Sara prit une bouffée d'air et s'étrangla à cause de l'eau qui s'était infiltrée dans sa bouche. Elle toussa en essayant de cracher l'eau de ses poumons. Puis son corps s'apaisa enfin. Le soleil de juin embrassait sa peau et la réchauffait. Elle balaya ses cheveux humides et emmêlés de son visage.

— Vous êtes un homme horrible, l'accusa-t-elle en claquant des dents.

Nathan pouffa.

— Je croyais que c'était un fait établi.

— J'aurais pu me noyer.

— Il n'y a pas la moindre possibilité que cela vous arrive. Je vous ai tenue dans mes bras tout le temps. Croyez-vous vraiment que je serais capable de vous mettre en danger ?

Sara ne répondit pas. Elle savait qu'il avait raison. Elle enleva d'autres mèches de son visage.

— Je vais vous poser, maintenant, dit-il. Vous allez toucher le sol. Le lac n'est pas profond.

— Comment est le sol ? demanda-t-elle, pleine d'appréhension.

Il sourit.

— C'est un lac artificiel. Vous n'avez rien à craindre.

Elle acquiesça et oublia leur conversation dès qu'elle

aperçut son torse nu. Elle l'avait déjà vu auparavant, évidemment. Et elle avait déjà admiré ses muscles finement dessinés sous son duvet blond qui formait un coussin plus que moelleux. Mais maintenant, avec l'eau scintillante qui lui ruisselait sur la peau et mettait en valeur ses formes dures, Sara éprouva l'envie irrésistible de le lécher. Hypnotisée par ce spectacle, elle frémit — de désir cette fois.

Nathan l'attira vers lui et elle posa la joue contre son torse avant de fermer les yeux et de humer son parfum. Il lui frotta le dos et les bras pour la réchauffer. Elle avait une conscience aiguë de sa chemise plaquée contre sa peau qui ne cachait rien de ses formes. Ses seins, dressés par le froid et le désir, pointaient vers Nathan.

Elle était sur le point de tourner la tête pour passer la langue sur son torse lorsqu'il s'écarta. Il lui adressa un doux sourire et les coins de sa bouche se relevèrent, la faisant fondre de tendresse.

— Vous vous sentez mieux ? demanda-t-il.

Elle acquiesça, la gorge sèche de déception. Elle ne comprenait pas comment son esprit et son corps pouvaient vouloir des choses aussi différentes. Et elle se sentait déstabilisée de constater qu'elle écoutait plus l'un que l'autre.

— Parfait. Tout d'abord, vous devez apprendre à flotter. Lorsque vous aurez appris, vous pourrez faire n'importe quoi dans l'eau. Mais même si vous vous en contentez, vous serez en sécurité. Si un jour vous vous trouvez sur un bateau qui chavire, flottez et attendez que l'on vienne vous sauver.

— *Si* je monte un jour sur un bateau.

Il lui lança un regard sarcastique.

— Je croyais que nous en avions déjà parlé. L'aventure, ma nymphe.

— Pourquoi m'appelez-vous toujours ainsi ?

— Vous n'aimez pas ?

— Simple curiosité.

Nathan garda le silence quelques instants puis haussa les épaules.

— Ce jour-là, dans cette maudite forêt. Lorsque je vous ai vue adossée à cet arbre, j'ai trouvé que vous ressembliez à une nymphe. Le nom vous est resté.

— Mais je n'ai rien d'une nymphe ! protesta-t-elle. Les nymphes sont agiles et gracieuses. Il serait plus convenable de m'appeler « mon ange », « ma chérie » ou « ma chère ».

— Plus convenable — et beaucoup plus conventionnel. Avez-vous déjà vu une nymphe ?

— Bien sûr que non. Ce sont des créatures mythiques.

— Dans ce cas, comment savez-vous à quoi elles ressemblent ? Si ce sont des créatures mythiques, ne puis-je pas me faire ma propre idée de leur apparence ?

Elle prit le temps de réfléchir à cette remarque.

— Si, je suppose, dit-elle, un peu hésitante. Mais pourquoi voudriez-vous que je leur ressemble ?

Nathan sentit son sang se mettre à bouillonner de colère contre la mère de Sara et tous ceux qu'elle avait croisés et qui ne l'avaient pas jugée digne d'intérêt.

— Tous les hommes ont leurs préférences, dit-il d'une voix calme. Il se trouve que vous êtes le type de femme que je préfère. J'aime l'idée que vous soyez plus qu'un cliché.

Il vit sa peau, blanche de froid, virer au rouge. Elle évita son regard et braqua les yeux vers son torse.

— Bien, dit-il en se raclant la gorge. Il est temps de

flotter. Mettez-vous sur le dos et ne vous inquiétez pas, je vais vous aider. Je garderai mes mains sous vous jusqu'à ce que vous soyez prête.

Sara prit une profonde inspiration et leva les yeux vers lui. Elle s'humecta les lèvres et hocha la tête en signe d'assentiment.

— Parfait, dit-il.

Il posa les mains le long de son dos.

— Allongez-vous.

Sara se coucha sur ses mains, le corps crispé et les yeux écarquillés. En la contemplant, avec ses cheveux qui flottaient autour de sa tête, Nathan sentit les commissures de ses lèvres s'étirer.

— Détendez-vous, ma nymphe.

Elle leva la tête.

— Comment ?

Puis elle s'agita et perdit l'équilibre.

Nathan la rattrapa aisément et l'aida à se redresser.

— C'est très bien.

— Qu'avez-vous dit ? Je ne vous entends pas.

— Je vous ai demandé de vous détendre. Vous ne pouvez pas flotter si vous êtes tendue.

— Oh. Je ne vous entendais pas. Tous les bruits sont étouffés.

— L'eau interagit avec l'air dans vos oreilles pour créer un coussin. Vous entendrez les bruits qui se produisent sous l'eau mais pas ceux venant de l'extérieur.

— Vraiment ?

Il acquiesça.

— Allongez-vous, ma nymphe. Et cette fois, détendez-vous. Faites-moi confiance et faites-vous confiance.

Il positionna ses mains une nouvelle fois et Sara

s'allongea sur l'eau. Elle décolla les pieds et sentit Nathan qui la soutenait. L'eau lui entoura de nouveau la tête et étouffa les bruits, comme avant. Elle vit la bouche de Nathan bouger et se souvint de ses instructions. Prenant une profonde inspiration, elle se concentra sur son corps et s'aperçut à quel point elle était tendue jusqu'à la pointe des pieds. Prenant une nouvelle inspiration, elle ferma les yeux et essaya de se relaxer.

Elle se concentra sur chacun de ses membres et tandis qu'ils se détendaient, elle sentit comme une petite bulle monter sous elle et lui soulever légèrement le corps. Les mains de Nathan la suivaient, la soutenaient, puis elle le sentit s'éloigner avant de revenir peu de temps après, jusqu'à ce qu'elle s'aperçoive qu'il ne la tenait plus du tout.

Elle ouvrit les yeux en grand. Nathan se tenait au-dessus d'elle, les bras croisés sur son torse. Il arborait son petit sourire espiègle et enfantin qu'elle aimait tant.

— Oh ! Seigneur !

Elle s'agita de nouveau — et coula.

Aussitôt, Nathan la rattrapa et l'aida à refaire surface. Sara retrouva l'équilibre et essuya l'eau qui lui coulait sur le visage.

— Pourquoi m'avez-vous lâchée ? demanda-t-elle en crachant.

Nathan haussa les épaules.

— Vous n'aviez plus besoin de moi. Vous flottiez.

— Je flottais ! s'écria Sara, incrédule.

Elle tapa dans ses mains et poussa de nouveau un cri de joie en sautant sur place. Nathan rit avec elle, ce qui augmenta encore plus son plaisir. Elle sauta de nouveau, cette fois vers lui. Nathan ouvrit les bras, l'enlaça et la serra tout contre lui.

— Oh ! Nathan, merci, dit-elle en prenant son visage en coupe.

Elle l'attira vers elle et l'embrassa en plaquant ses lèvres ouvertes sur les siennes. Il lui répondit mais leur baiser fut bref et elle le rompit, tout à son excitation.

— J'ai envie de recommencer, dit-elle.

Nathan s'exécuta et la guida de nouveau avec ses mains. Elle flotta seule sans trop de peine. Sara leva alors les yeux vers lui et il lui sourit pour l'encourager. Ses yeux très bleus étaient assortis à l'eau par leur couleur, mais non par leur chaleur. Son regard était doux, rempli d'un sentiment qu'elle ne connaissait pas mais auquel elle répondit instinctivement. Elle lui rendit son sourire en songeant qu'elle aurait aimé qu'il continue de la regarder ainsi pour le restant de sa vie.

Le choc que lui inspira cette pensée fut tel qu'elle se raidit complètement et coula aussitôt. Comme précédemment, les mains de Nathan la rattrapèrent et il l'aida à se stabiliser. Elle resta à flotter, cette fois, les yeux dans les siens. À la chaleur de son regard s'ajoutait à présent une pointe d'inquiétude qui disparut en voyant qu'elle allait bien. Il ôta alors les mains.

Oh ! Seigneur, elle était amoureuse de lui.

Et pour elle, cela n'avait rien d'anormal. Elle avait confiance en lui, elle s'était ouverte à lui comme jamais elle ne l'avait fait avant, pas même avec Claire, Louisa et Bonnie. Sa confiance était telle qu'elle avait accepté cet arrangement et était allée vers lui dans un moment de détresse. Elle savait qu'il saurait se montrer correct par rapport à ce qu'ils avaient vécu ensemble. Il nierait le fait d'être un homme honorable mais au fond de son cœur, Sara savait qu'il avait tort.

Nathan Grant la traitait comme personne ne l'avait jamais fait. Il lisait en elle et voyait bien plus en elle qu'une jeune fille mièvre, docile et facilement manipulable. Il s'adressait à elle comme à un être sensé, et ne lui cachait jamais la vérité. Il l'aidait à réaliser ses rêves, même s'ils étaient aussi simples qu'un petit déjeuner au lit ou apprendre à flotter. Il la désirait, prétendait qu'elle était le type de femme qu'il préférait. Oh ! oui, elle était amoureuse de lui. Et ce sentiment venait tout gâcher.

Chapitre 21

Nathan fronça les sourcils. Quelque chose ne tournait pas rond et ce depuis plusieurs jours, sans qu'il puisse comprendre pourquoi.

Oh ! bien sûr, Sara lui souriait, répondait à ses plaisanteries et lui offrait spontanément ses marques d'affection. Elle avait fait beaucoup de progrès en natation, ainsi qu'en équitation. Ils avaient rayé la plupart de ses souhaits sur la liste des aventures qu'elle avait envie de vivre.

Mais non, décidément, quelque chose ne tournait pas rond.

Dans tout ce qu'ils faisaient, il avait l'impression qu'un élément insaisissable n'était plus là. Que leur relation était différente, sans qu'il puisse définir en quoi.

Il la parcourut du regard dans sa robe de voyage grise et il fit la moue. Sa tenue était vieille et usée, démodée, fidèle en tout point à celle d'une pauvre gouvernante. Fidèle à ce que portait Sara d'habitude.

Et il n'aimait pas cela. Elle méritait d'être habillée à la dernière mode de Londres, comme une lady.

— Vous êtes fâché ? demanda-t-elle d'une voix douce, timide même.

Nathan sentit sa gorge se serrer en constatant à quel

point elle se figeait à l'idée qu'il puisse se mettre en colère et qu'ils soient en conflit.

Il s'assura de lui répondre d'une voix neutre.

— Qu'est-ce qui vous faire dire cela ?

— Vous me regardez méchamment.

— Pas du tout.

— Désolé, c'est ce que je croyais.

— Si je vous ai donné cette impression, ce n'était pas dans mes intentions. C'est surtout votre robe que je regardais d'un œil mauvais, pas vous.

Elle baissa les yeux vers sa tenue.

— Qu'a donc ma robe ? Elle est très pratique.

— C'est justement ce qui ne va pas.

— Je ne vous comprends pas.

— Vous ne devriez pas avoir à porter des robes juste « pratiques ».

— Je ne peux pas me permettre autre chose.

— Votre futur mari devrait pouvoir vous offrir bien plus. Assurez-vous qu'il le fasse.

Sara s'empourpra légèrement.

— La femme d'un pasteur ne porte pas de beaux vêtements, Nathan. Elle a d'autres priorités, plus importantes. La vanité figure parmi les péchés mortels. Donc, même si j'avais de l'argent pour ce genre de choses, cela ne serait pas correct.

— Je croyais que vous aviez dépassé ce type de raisonnements, dit-il d'une voix plus sèche.

— S'il vous plaît, je n'ai pas envie que nous nous disputions, murmura-t-elle. Il nous reste si peu de temps.

Nathan soupira et se passa une main dans les cheveux en regardant par la vitre du véhicule. Sara avait raison.

Ils approchaient bientôt de la ville où elle devait prendre la diligence de la poste.

— Laissez-moi vous ramener à Ridgestone, dit-il en se tournant vers elle.

Elle haussa les sourcils.

— Je vous demande pardon ?

Il déglutit non sans peine pour chasser son désespoir. Le besoin de prolonger le temps passé ensemble s'accrut.

— Laissez-moi vous ramener à Ridgestone, répéta-t-il. Nous pourrions dire que je passais par là et que je vous ai vue. Il n'est pas anormal qu'un gentleman propose à une lady de partager sa voiture. Je ne peux pas vous laisser vivre les affres de la diligence l'esprit tranquille.

Sara pouffa tout bas.

— Les affres de la diligence ?

— Oui. Vous ne savez pas ce qui peut se passer. Il est possible qu'un passager ait le mal des transports, ou qu'un enfant mal élevé vous vrille les tympans. Votre malle peut être mal attachée et tomber à tout moment. Je n'ai pas envie que vous enduriez de tels aléas.

Elle lui sourit, mais sa réponse n'apaisa en rien le désespoir de Nathan.

— C'est très aimable à vous, mais il vaut mieux que nous suivions notre plan d'origine. Vous vous êtes donné tant de mal pour assurer notre discrétion. Je n'ai pas envie de tout gâcher.

Évidemment. Cela risquait de ruiner ses chances d'épouser ce maudit pasteur. Contrarié, Nathan pinça très fort les lèvres. Qu'il en soit ainsi. Il la laisserait partir. Il savait que son temps avec elle était compté. Pourquoi essayer de négocier plus ? Il était clair que Sara était prête à mettre un terme à leur aventure.

Soit. Mais pas avant que lui aussi soit prêt. Il leur restait au moins trente minutes avant d'atteindre leur destination et il avait bien l'intention d'en profiter.

Soudain, il se pencha vers elle et l'attrapa par la taille. Elle ouvrit la bouche pour protester mais elle n'eut pas le temps de réagir. La seconde d'après, elle était assise sur ses genoux.

— Nathan…

— Taisez-vous, ordonna-t-il en lui retirant son chapeau.

Sara avait emprisonné ses magnifiques boucles rousses dans un chignon étroitement serré, mais il réussit à y glisser les doigts. Les épingles tombèrent au sol.

— Nathan…, essaya-t-elle de nouveau.

— Je vous ai demandé de vous taire.

Cette fois, il la musela par un baiser.

Ses lèvres effleurèrent celles de Sara et il s'empara de sa bouche. Elle lui répondit avec fougue tout en lui caressant la nuque. Il approfondit son baiser autant qu'il le put. Sara, qui y était habituée à présent, se lança avec lui dans une danse qui embrasa les sens de Nathan. Elle passa les bras autour de son cou pour se presser tout contre lui.

Il sentait ses seins ronds et fermes contre son torse en dépit des couches de tissu qui les séparaient. Il en prit un en coupe et tenta de le caresser. Non, les barrières qui les séparaient étaient trop nombreuses, lui souffla son moi primitif. Sans hésiter, Nathan défit les liens de la robe qui s'ouvrit, lui offrant pleinement accès à sa chair.

Elle s'arracha enfin à son baiser et lui donna ainsi l'occasion de parsemer de baisers son cou et sa gorge. Ses intentions étaient claires.

— Nathan.

Il entendit son acceptation dans son soupir. Il remonta

sa robe et dévoila sa chemise. Il se débattit quelques instants avec le tissu mais une seconde plus tard, il prenait la pointe rose de son sein dans sa bouche. Sara renversa la tête en arrière et il dut la soutenir avec son bras pour la tenir contre lui, à portée de ses attentions.

Elle gémit et soupira tout le temps qu'il lui taquina le sein du bout de la langue. Ses chairs se dressèrent, s'épanouirent et s'offrirent à lui.

Nathan passa à l'autre globe laiteux pour l'adorer de la même façon. Sara plongea les doigts dans ses cheveux pour le maintenir contre lui. De sa main libre, Nathan retroussa ses jupes, libéra les jambes de Sara et la positionna à califourchon sur ses genoux.

Elle prit son visage en coupe et cette fois, ce fut elle qui s'empara de ses lèvres pour mieux contrôler leur baiser. Elle le titilla doucement du bout de la langue, par petites touches rapides, avant d'explorer profondément sa bouche. En même temps, elle se frottait contre son sexe dur qui venait cogner contre son intimité. En cet instant, elle était complètement maîtresse de leur plaisir.

Oh ! Seigneur. C'était la Sara qu'il avait attendu de voir toute cette semaine.

Elle s'écarta de quelques millimètres de sa bouche et susurra :

— Touchez-moi. Vous savez où j'ai envie que vous me caressiez.

Puis elle l'embrassa de nouveau, lentement et délicatement.

Nathan n'avait aucune raison de lui résister. Elle incarnait si bien la nymphe dont il avait rêvé pendant toutes ces semaines. Sa main disparut sous la robe grise de Sara, vers le haut de ses cuisses, et ses doigts cherchèrent ses chairs humides et brûlantes. Ils trouvèrent la fente de sa culotte ainsi que l'endroit si sensible qu'elle adorait.

Elle gémit contre ses lèvres lorsqu'il commença à la caresser par petits mouvements circulaires, puis s'écarta de lui avant de poser son front contre le sien. Elle avait les yeux fermés et affichait un air très concentré, comme si elle cherchait à tirer tout le plaisir qu'elle pouvait de sa main. Nathan introduisit alors deux doigts en elle et elle émit de nouveau un gémissement qui s'apparentait plus à un grognement.

Elle ouvrit alors les yeux et le regarda fixement. Elle remplissait tout son champ de vision et la passion qu'il lisait dans ses prunelles le cloua sur place. Il aimait ce regard et la façon dont elle lui répondait. Comment allait-il vivre s'il ne pouvait plus contempler ce spectacle ?

S'il ne pouvait plus l'aimer.

Nathan recula un peu et sa tête vint heurter la paroi de la voiture.

Il l'aimait. Elle, sa nymphe.

Sara ferma de nouveau les yeux, la tête en arrière, et lui offrit son cou. Il se pencha sur elle pour l'honorer et l'embrassa, aspirant son pouls qui battait si fort.

— Nathan, haleta-t-elle.

Il augmenta la pression de sa main pour mieux la guider vers le plaisir. Elle se déhancha autour de ses doigts, l'invitant à l'explorer encore plus loin et à l'amener vers l'extase, jusqu'à ce que ses muscles se contractent autour de lui. Les petits cris témoins de la jouissance qui venait d'envahir son corps remplirent la voiture.

Nathan attendit patiemment que les spasmes de Sara s'apaisent avant de retirer ses doigts et d'effleurer doucement ses chairs à vif. Sara lui caressa la joue du dos de la main et lui embrassa tendrement les lèvres.

Soudain, un tiraillement au niveau du pantalon de Nathan attira son attention.

— Non, ma nymphe, dit-il tout contre elle. Ce n'est pas nécessaire.

— Chut. J'en ai envie.

— Mais…

— Taisez-vous, Nathan, et faites ce que je vous dis.

Ses paroles lui arrachèrent un sourire que Sara lui retourna avant de l'embrasser de nouveau tout en ouvrant son pantalon. Une fois son sexe libéré, elle décrivit un cercle du bout du pouce sur son extrémité avant de le caresser. Un grognement guttural s'échappa de la gorge de Nathan. Sara enroula alors les doigts autour de lui comme il le lui avait appris et le serra fermement.

Nathan rompit leur baiser et commença à respirer plus fort tandis que la main de Sara accélérait son mouvement. Elle le regardait, un sourire sensuel aux lèvres, tandis qu'elle lui prouvait le pouvoir qu'elle avait sur lui. Se sentant proche de l'orgasme, il sortit à la hâte un mouchoir de sa poche et tenta de se couvrir le sexe avec, mais Sara le lui prit et le fit à sa place, ajoutant une deuxième main à ses caresses.

Nathan s'arc-bouta tandis que le plaisir explosait en lui. Sa semence jaillit. Avec n'importe quelle autre femme, il se serait senti gêné par sa réponse si rapide à ses attentions. Mais Sara était sa nymphe. Son amour.

Elle s'assit, toujours à califourchon sur lui, une lueur d'incertitude dans le regard. Nathan lui caressa les bras et l'attira vers lui pour la serrer contre son torse. Elle se lova aussitôt dans sa position favorite, la tête enfouie au crèux de son cou. Nathan l'enlaça et lui caressa doucement le dos.

Ils restèrent ainsi plusieurs minutes, jusqu'à ce qu'ils s'aperçoivent qu'ils venaient de changer de route. Les pavés avaient remplacé les chemins de terre.

— Nathan…, murmura-t-elle.

— Chut.

— Il faut que je parte.

— Je le sais.

Nathan sentait à quel point il lui était douloureux de desserrer son étreinte, mais Sara s'écarta et partit s'asseoir sur sa banquette. Elle remit de l'ordre dans ses vêtements, laça sa robe et lui offrit une dernière fois le spectacle de ses fesses, spectacle qu'il ne reverrait jamais, en toute certitude. Pendant ce temps, il attacha les pans de son pantalon.

La voiture ralentit et s'arrêta devant une auberge. Aucun d'eux ne bougea.

— Restez ici jusqu'à ce que sonne la corne de la diligence, dit-il enfin.

Elle acquiesça.

— Avez-vous faim ? Ou soif ?

Elle secoua la tête. Il voyait les larmes qui commençaient à lui remplir les yeux.

— Je vous suivrai de près. Si jamais il se passe quelque chose, je serai là pour vous aider.

Elle lui sourit faiblement, les yeux brillants.

— Il n'arrivera rien.

— On ne sait jamais.

La corne retentit. Bon sang. Ils n'avaient pas eu beaucoup de temps. Il aurait eu besoin de bien plus. Voyant qu'il ne bougeait pas, elle répéta :

— Il faut que je parte.

Les lèvres pincées, il ouvrit la porte et l'aida à descendre. Sawyer avait déjà attrapé sa malle et la portait au cocher. La main de Sara était douce dans la sienne lorsqu'il la conduisit vers la diligence.

Ils s'arrêtèrent et elle se tourna vers lui. Il parla le premier.

— Nous allons nous revoir mais rien ne doit nous trahir. Nous devons nous comporter l'un envers l'autre comme avant.

— Je le sais.

— Les choses en sont là.

— Je le sais aussi.

Il se tenait gauchement devant elle, essayant de mémoriser les traits de son visage avant la séparation.

— Les choses en sont là, répéta-t-il.

Son sourire disait tout. Elle posa une main sur son bras.

— Merci pour toutes ces aventures, Nathan.

Elle s'était exprimée d'une toute petite voix, à peine audible.

Il n'eut pas le temps de lui répondre. Le dernier hurlement de corne retentit. Nathan ne put que l'aider à s'installer dans la voiture. Sara le salua doucement de la main par la vitre et il s'éloigna. La voiture se mit en branle et sortit de la cour de l'auberge avant de disparaître au détour d'un virage.

Il resta seul, pestant et jurant tout son soûl.

Chapitre 22

Sara huma à plein nez son odeur. Elle aimait son parfum, la façon dont il l'enveloppait et la consumait de l'intérieur. Elle aimait la façon dont ses effluves musqués se mélangeaient à leur sueur lorsqu'ils faisaient l'amour. Lorsque Nathan allait dans la salle de bains, elle pressait le visage contre l'oreiller simplement pour respirer son odeur.

Les mains de Nathan caressèrent son corps. Elle aimait ses mains, la façon dont elles passaient sur elle, mettant ses nerfs à vif tout en prenant le contrôle sur elle pour la guider vers le plaisir.

Et ses lèvres. Comme elle aimait la façon dont il l'embrassait, dont il vénérait son corps et dont il la goûtait. Il n'y avait rien de comparable au monde.

Ma nymphe.

Il se tenait au-dessus d'elle et l'embrassait profondément tout en la pénétrant. Il la possédait sans l'ombre d'une hésitation, pleinement et complètement. Il la pénétra plus fort, presque durement, et atténua l'effet de surprise par un doux baiser. Il la pénétra de nouveau et la tête de lit heurta le mur. Un autre coup de reins, un autre coup contre le mur. Nathan accéléra la cadence.

Sara leva la tête et ouvrit les yeux.

— Miss Collins ?

Elle cligna les paupières le temps de s'habituer à l'obscurité. Un trait de lumière perçait à travers les rideaux. Elle venait de rêver et son corps souffrait de désir inassouvi.

— Miss Collins ?

Elle se redressa.

— Oui, Anna.

La porte de sa chambre s'ouvrit et la jeune bonne entra dans la pièce.

— Vous m'avez demandé de vous réveiller à l'heure du thé.

— Oui, je vous remercie.

Sara resta assise quelques instants et regarda Anna vaquer dans son austère chambre à coucher. Celle-ci ouvrit l'armoire et choisit une tenue. Sara contempla sa maigre garde-robe ainsi que ses six robes perdues dans tout ce vide, malgré la taille restreinte du meuble.

Vous ne devriez pas avoir à porter des robes juste « pratiques ».

La porte de l'armoire se ferma avec fracas et le bruit la fit sursauter. Sara baissa les yeux vers le sol où un tapis usé jusqu'à la corde dévoilait par endroits le parquet qu'il peinait à couvrir. Son cœur se serra au souvenir des tapis moelleux de Cloverfields.

— Mrs Knightly m'a demandé de vous dire de ne pas trop traîner aujourd'hui. Elle attend de la visite.

De la visite ? L'espace d'un bref instant, Sara eut l'espoir que Nathan allait venir à Ridgestone. Mais il n'avait aucune raison de le faire. Il lui avait dit que tout devait être comme avant, comme si rien de ce qu'ils avaient vécu à Cloverfields n'avait existé.

Il ne viendrait pas la voir.

Elle se leva péniblement, saisit sa brosse à cheveux et la passa dans ses boucles en désordre.

— Qui est attendu ?

— Le pasteur Pomeroy.

Elle suspendit son geste. Cela faisait des jours qu'elle n'avait plus pensé à lui, depuis qu'elle avait avoué à Nathan qu'elle n'aimait pas son métier de gouvernante.

Anna lui décocha un sourire complice.

— Il est venu souvent depuis votre départ et m'a même demandé pour quand était prévu votre retour.

Sara déglutit avec peine, la gorge sèche.

— George dit qu'il se ridiculise, mais je le trouve charmant.

Sara continua de se brosser les cheveux.

— Miss Hurst n'est pas très heureuse de ses visites. Mrs Knightly, elle, est d'accord avec moi.

Sara esquissa un sourire lorsqu'elle se tourna pour saisir sa robe jaune.

— Cela vous ira à ravir, murmura Anna.

— Merci.

C'était la robe qu'elle portait la première fois que Nathan l'avait embrassée.

Elle la glissa par-dessus sa tête en silence mais les souvenirs étaient assourdissants.

— Le jaune va bien avec vos cheveux, continua Anna. Il faut que vous soyez aussi jolie que possible lorsque le pasteur vous posera *la question*.

Oh ! Seigneur. En un éclair, elle ressentit ce que

décrivaient les poètes. Elle avait l'impression que son cœur venait de se briser.

Pourtant, c'était ce qu'elle voulait et ce qu'elle attendait depuis des mois. Épouser le pasteur lui épargnerait de continuer à enseigner. Elle pourrait passer ses journées à faire ce qu'elle aimait, à visiter les malades, à s'occuper de l'église et du presbytère. Et un jour ou l'autre, elle deviendrait mère. C'était vraiment ce qu'elle désirait.

Alors pourquoi éprouvait-elle autant de réticences ? Pourquoi l'idée de se réveiller à Cloverfields lui paraissait-elle bien plus attrayante ? Était-ce à cause de ce lit luxueux ? De la manière dont le soleil coulait à flots par les fenêtres ? Des bras de Nathan lorsqu'il la serrait contre lui ? De son odeur qui agissait sur elle comme une drogue ?

Sara s'efforça de reprendre le fil de leur conversation.

— Je doute que la question à laquelle vous faites allusion viendra aujourd'hui.

Elle espérait — elle *priait* — pour que ce ne soit pas le cas. Elle avait besoin de mettre de l'ordre dans ses idées avant d'être contrainte de prendre une décision. Deux semaines plus tôt, il n'y aurait eu aucun problème mais aujourd'hui, tout était différent.

Ou plutôt, c'était *elle* qui avait changé. C'était indéniable. Et tout cela à cause de Nathan Grant.

Anna gloussa en serrant très fort les lacets au dos de la robe de Sara.

— On ne sait jamais. Ma mère dit toujours qu'il faut être préparé à tout — c'est pourquoi vous devez toujours porter des sous-vêtements propres.

— Anna ! s'écria Sara.

La petite bonne baissa la tête — toute honteuse.

— Toutes mes excuses, Miss Collins. Je… me suis laissée aller.

Sara prit une courte inspiration pour se calmer.

— Soyez plus vigilante à l'avenir, je vous prie.

— Oui, miss.

Elle lissa sa robe sur sa taille et ses hanches, et se tourna vers la porte. Elle hésita une seconde et contempla son minuscule lit avec son fin matelas et ses couvertures aux couleurs indéfinissables. Pourtant, elle aurait de loin préféré être assise là, à prendre le thé avec Nathan et son sourire espiègle, qu'en bas dans le salon avec ses amis. Et le pasteur, peut-être bien aussi.

Soyez maudit, Nathan Grant.

Sara se rappela de prier après le thé.

Comment était-ce arrivé ? Un verre de whisky à la main, Nathan contemplait le feu à travers le liquide ambré. Même un poète aurait pu être fier de voir ce que sa vie était devenue. Les lamentations abondaient dans son esprit. Ses bras se languissaient d'elle, ses yeux brûlaient de la voir, et ses lèvres de l'embrasser.

C'était répugnant.

Le whisky disparut au fond de sa gorge et il fit la grimace. Il n'avait plus bu d'alcool depuis la kermesse de mai et sa bouche avait besoin de se réhabituer à la puissance de son vice favori.

Sara voulait ce maudit pasteur. C'était plus que clair. Et même si ce n'était pas le cas, elle n'envisageait pas de continuer une relation plus régulière avec lui. Elle avait aimé Cloverfields, c'était certain, mais il n'y avait rien de plus.

Mais que pouvait-il lui proposer ? Il préférait être maudit

que l'emmener à Londres avec lui et faire d'elle la femme d'un politicien. Il ne pourrait qu'assister impuissant à la perte de l'innocence et de la sincérité qu'il aimait tant chez elle. Il savait d'instinct qu'elle ne pourrait pas se contenter d'un mari oisif, mais la politique était tout ce qu'il savait faire. Bien sûr, il avait Cloverfields et maintenant, Windent Hall, mais il n'avait aucune expérience de la vie que menait un gentleman-farmer.

Autrefois, Cloverfields avait été un domaine qui se suffisait à lui-même. C'était de là que venait l'argent de sa famille, mais il n'y avait eu personne pour reprendre les rênes de la propriété depuis le décès de sa grand-mère, des années en arrière. Encore moins lorsqu'il avait brigué le poste de Premier ministre. En serait-il capable aujourd'hui ? Pour ce faire, il lui faudrait se reposer sur Taggert, mais quelle ne serait pas sa fierté d'avoir Sara dans sa vie et d'être suivi par des versions miniatures d'elle et lui ?

Nathan renifla bruyamment de mécontentement et vida un autre verre de whisky avant de se servir à nouveau. Voilà ce qui arrivait lorsqu'un homme laissait une femme avoir une telle emprise sur lui. Il se mettait à rêver de choses impossibles.

Sara n'avait plus besoin de lui. Et ne voulait pas de lui. Il ne lui restait plus qu'à s'assurer qu'elle épouserait son maudit pasteur. Au moins, l'un d'eux méritait d'avoir une vie heureuse.

Soyez maudite, Sara Collins.

Chapitre 23

Sara se servit un verre de limonade et grimaça en sentant la boisson tiède et acide lui racler la gorge. Il ne fallait pas s'attendre à trouver des boissons fraîches en ce début d'été, mais cela n'empêcha pas la grande majorité des habitants de Taft d'assister à cette soirée. Sara observa les danseurs se mettre en rang pour la danse et son regard se posa sur le pasteur, debout en face d'une très jeune fille qui faisait ses débuts dans la société. Il sourit à Sara, qui lui sourit en retour. Depuis son retour de Cloverfields plus d'une semaine plus tôt, il était venu lui rendre visite tous les jours à Ridgestone. Il ne lui avait pas encore posé *la* question que tout le monde attendait — sauf elle. Sara connaissait à présent tous les membres de la famille du pasteur ainsi que tous les détails de son enfance…

Elle n'avait pourtant pris aucune décision sur le dilemme qui la déchirait. Elle savait qu'elle devait y remédier. Mais ce conflit intérieur était difficile à régler. Si elle considérait les choses à froid, elle savait que Charles Pomeroy était un homme bon et qu'il ferait un bon époux. Néanmoins, de telles considérations étaient bien loin d'elle lorsqu'il n'était pas à ses côtés. En sa présence, elle s'efforçait de ne pas comparer ce qu'il disait avec les propos plus francs et directs d'un certain politicien aux yeux clairs. Elle avait même des moments de rébellion où elle osait penser que si le pasteur l'embrassait, peut-être cela lui permettrait-il de prendre plus facilement une décision.

Mais bien évidemment, il n'en avait rien fait. Il la respectait beaucoup trop et se contentait de l'accompagner en lui offrant son bras. Parfois, elle avait cru voir briller dans son regard des étincelles de désirs virils, mais elles étaient fugaces, furtives, et remettaient en doute l'assurance qu'elle avait gagnée à Cloverfields.

Là-bas, elle n'avait eu aucun doute sur ses charmes, aucun doute sur le désir de Nathan pour elle. Et réciproquement. *Vous êtes le type de femmes que je préfère, ma nymphe. Vous êtes pour moi bien plus qu'un cliché.*

Sara chassa la voix de sa tête en vidant d'un trait son verre de limonade. Elle le remplit de nouveau puis observa attentivement les danseurs qui virevoltaient dans la salle, inconscients de ce qui se passait dans sa tête. Jacob se moquait bien des convenances et dansait avec Claire pour la quatrième fois consécutive, Louisa avec un père de famille entre deux âges et le pasteur avec cette jeune débutante. La limonade tiède glissa de nouveau dans sa gorge et Sara alla se servir un petit pâté au homard.

Soudain, quelque chose lui effleura les jupes. Baissant les yeux, elle aperçut un petit bras maigre qui sortait de sous la nappe, la main tordue pour chercher à tâtons sur la table. Les petits doigts saisirent une poignée de biscuits et disparurent de nouveau dans leur cachette.

Sara fronça les sourcils de curiosité, s'agenouilla et souleva la nappe. Elle découvrit alors Robert et Daniel Simpson, les deux fils aînés d'une femme qui se battait pour élever seule ses cinq enfants. Sara se souvenait d'elle.

Cette famille appartenait à leur paroisse et le pasteur allait leur rendre visite chaque semaine.

— Bonjour, vous, dit-elle d'une voix douce.

Les garçons la regardèrent fixement. Daniel serrait dans sa main la poignée d'un panier dans lequel Sara entraperçut un peu de nourriture. Elle les interrogea du regard et lut dans leurs yeux la faim mêlée à la peur.

— Vous n'avez pas besoin de vous cacher là-dessous, continua-t-elle sans hausser le ton. Je serai heureuse de vous aider à remplir votre panier. Venez avec moi.

Elle souleva un peu plus haut la nappe et tendit la main à Robert pour l'encourager à sortir avec son frère.

Il la regarda d'un air incertain, tenaillé entre ce qu'il savait d'elle et les conseils de sa mère de ne pas se faire prendre. Sara tendit donc patiemment la main sans détourner son regard de celui du petit garçon. Lorsqu'il la prit enfin, elle lui sourit et l'aida avec son frère à sortir de leur cachette.

— Maintenant, dit Sara, la main sur leurs frêles épaules, montrez-moi ce qui vous ferait plaisir et je le mettrai dans votre panier. Votre mère sera fière de vous voir rapporter autant de nourriture.

Après une seconde d'hésitation, Robert désigna les pâtés au homard. Sara sourit, en prit quelques-uns et les déposa dans le panier. Prenant le pas sur son frère, Daniel montra des petits friands qui vinrent s'ajouter à leur pile croissante d'aliments. Les garçons gagnèrent en confiance dès qu'ils comprirent que Sara était sincère.

Le panier était presque plein quand une voix glaçante leur parvint depuis l'autre bout de la table réservée aux rafraîchissements.

— Miss Collins, cessez cela immédiatement !

Ils sursautèrent tous les trois et se tournèrent vers Mrs Glendoe qui se ruait vers eux, l'air furieux.

— Ces petits voyous ne devraient pas être ici, continua-t-elle, et encore moins pour voler de la nourriture. Et vous, vous les aidez et vous vous faites leur complice ?

Les fourmillements se bousculèrent dans la gorge de Sara, se faisant plus vicieux à mesure que Mrs Glendoe approchait. Elle inspira autant d'air qu'elle put en priant pour que ce soit suffisant et qu'elle puisse répondre à cette attaque. Les garçons frémirent de peur et pressèrent leurs petits corps tremblants contre elle. Sara leur enlaça les épaules en espérant qu'ils ne prennent pas leurs jambes à leur cou, au risque d'attirer l'attention sur eux.

— Vous n'avez pas honte ! rugit Mrs Glendoe. Dire que vous les encouragez à de tels comportements. Les enfants n'ont rien à faire le soir ici. Leur mère n'est même pas présente. Quelle négligence de la part de cette femme. Pas étonnant qu'ils se préparent à une vie de crime.

Sara déglutit non sans peine pour essayer de chasser les fourmillements.

— Ils ont…, couina-t-elle.

— Que dites-vous ?

Les yeux de fouine de Mrs Glendoe s'étrécirent encore plus.

Sara se racla la gorge et recommença :

— Ils ont simplement faim.

— Ce n'est pas une raison pour voler, rétorqua la matrone d'une voix glaciale. Vous devriez connaître les commandements de la Bible, vous qui êtes fille de pasteur. Il est interdit de voler. J'ai bien envie d'appeler la police.

Sara prit une profonde inspiration et sentit la colère enfler dans sa poitrine. C'était une chose d'endurer les attaques de cette femme, et une autre de la laisser s'en prendre à d'innocents petits enfants affamés. La colère lui brûla la gorge et détruisit tous les fourmillements sur son passage.

— Et nous sommes invités à aimer notre prochain comme nous-mêmes, Mrs Glendoe, et à le traiter comme nous aimerions l'être. N'aimeriez-vous pas que quelqu'un vous donne de la nourriture si vous aviez faim ?

La vieille femme cligna les yeux, surprise par cette réponse inattendue.

— Cela n'amoindrit en rien la gravité de la situation.

Sara la regarda d'un air étonné.

— La gravité de la situation ? Oui, je dois reconnaître que je suis d'accord avec vous. Il est grave et honteux que cette ville compte des habitants qui vivent de manière plus qu'aisée et qui pourtant font si peu pour aider ceux qui n'ont pas cette chance. De surcroît, ils condamnent ces malheureux qui s'efforcent chaque jour de survivre. S'il est vrai que voler est un péché, le plus grand de tous touche ceux qui ont les moyens de les aider et qui ne le font pas.

— Mais… Que… vous…, bafouilla Mrs Glendoe.

Sara continua.

— Ces enfants ne sont pas en train de voler. Ils sont mes invités et je leur offre de quoi manger, au même titre que vous êtes invitée ici. Si vous jugez leur compagnie intolérable, vous avez le droit de vous en aller.

Sara se tourna vers les enfants et ignora Mrs Glendoe qui les contemplait, bouchée bée.

— Venez, messieurs, pouvons-nous continuer ? Vous n'avez pas encore choisi vos desserts.

Les petits garçons la suivirent en continuant de

s'accrocher à ses jupes. Sara veilla à détourner le regard de la mégère, qui pesta avant de s'en aller à grands pas dans un bruissement de tissu.

Bonté divine. Où était-elle allée chercher tout cela ? Sara avait les oreilles qui bourdonnaient. Elle remarqua à peine les enfants qui continuaient leur quête. Était-ce vraiment *elle* qui avait dit de telles choses ? Les fourmillements avaient disparu si vite lorsque sa colère était montée ! Elle n'avait pas l'habitude de parler aux autres de cette manière, et encore moins à ses aînés. Jusqu'à présent, il n'y avait que Nathan qui avait provoqué en elle de telles réactions.

Elle balaya la foule du regard. Quelqu'un avait-il été le témoin de leur échange et l'avait-il vue manquer de respect à Mrs Glendoe ? Non, tout le monde dansait, riait et bavardait. Personne ne semblait agir comme si quelque chose n'allait pas. Personne n'avait vu l'horrible miracle qui venait de se produire. Elle prit une profonde inspiration, vivement soulagée par ce constat.

— Très impressionnant, ma nymphe.

La voix grave derrière elle la fit sursauter de nouveau. Sara regarda par-dessus son épaule et croisa le regard bleu glacier qui brillait d'admiration. Il venait certainement d'arriver car elle ne l'avait pas vu avant.

— Une vraie Walkyrie, prête à prendre la défense de sa progéniture et attaquant la Gorgone.

— Je pense que vous mélangez les histoires mythologiques, dit Sara en déglutissant avec peine. Les Walkyries sont scandinaves, tandis que la Gorgone est grecque.

Il haussa les épaules.

— Quelle importance ? répondit-il sans détourner les yeux.

Son regard brillait toujours d'admiration.

— Et cette allusion est très irrespectueuse envers Mrs Glendoe, ajouta-t-elle.

— Bien dit de la part de celle qui vient tout juste d'accuser la Gorgone en question d'égoïsme et de négligence. Très drôle, siffla Nathan.

Il était de mauvaise humeur, constata Sara. Elle se tourna alors vers les enfants dont le panier était maintenant plein.

— Avez-vous besoin d'autre chose, messieurs ? demanda-t-elle. Je ne voudrais pas que votre panier soit trop plein, au point que vous ne puissiez pas le rapporter chez vous.

— Danny et moi sommes très forts, m'dame, dit Robert d'un air très sérieux.

Son frère hocha la tête en signe d'assentiment.

— Cela ne fait aucun doute, mais il serait dommage que de la nourriture se renverse par terre, se salisse et soit gâchée, alors que vous avez déployé autant d'efforts pour l'obtenir.

Les garçons échangèrent un regard.

— Je pense que nous pouvons partir, maintenant, dit Robert timidement.

Sara leur sourit.

— Si votre mère veut plus de nourriture, venez me trouver. Je ferai en sorte que vous en ayez autant que vous voudrez ce soir.

— Merci, miss.

Les garçons tournèrent les talons et partirent en tenant le panier chacun d'une main. Une fois devant la porte, Daniel se retourna et lui décocha un large sourire qu'elle lui rendit.

— C'est très généreux de votre part, lui glissa Nathan à l'oreille.

— Inutile d'en parler. Ce n'est que de la nourriture.

— Je doute que les autres personnes réunies dans cette salle en auraient fait autant.

Sara soupira et se tourna vers lui. Il était si beau dans son habituel costume sombre, tandis qu'il prenait appui sur sa canne d'un air nonchalant.

— Récemment, l'idée d'en faire plus pour eux m'a traversé l'esprit, dit-elle. Il faudrait que j'en parle à mes amis du Club des gouvernantes et que je leur demande si nous ne pourrions pas les accueillir comme élèves à titre gracieux.

Nathan haussa un sourcil.

— Je croyais que vous aviez du mal à boucler les fins de mois ?

— Louisa est une très bonne gestionnaire. Elle doit pouvoir rendre le projet possible. Plus tard, cela pourrait les aider d'être allés à l'école.

— Je vois que vous avez recommencé à enseigner, malgré vos réticences à le faire.

C'était une affirmation et non une question.

— J'ai des obligations envers mes amies, contra Sara.

Nathan la contempla un long moment sans la quitter du regard. Sara se sentait de plus en plus mal à l'aise et des frissons lui parcoururent la peau. Dire que cet homme connaissait la moindre parcelle de son corps nu…

Soudain, l'envie de s'approcher un peu plus de lui la saisit, l'envie de sentir sa chaleur, sa langue dans sa bouche, et ses mains sur des endroits qu'il avait été le seul à toucher. Elle chancela littéralement vers lui. Chaque fibre de son être rêvait de fusionner avec Nathan.

Lorsqu'elle se rappela l'endroit où ils se trouvaient, Sara se ressaisit et déglutit avec peine.

— Le pasteur Pomeroy me fait la cour, dit-elle soudain.

L'admiration dans le regard de Nathan disparut, au profit d'une certaine froideur.

— C'est ce que j'ai entendu dire, lâcha-t-il d'une voix traînante.

— Il a déjà dansé avec moi deux fois ce soir.

— Vous avez beaucoup de chance.

— Il est bon et aimable.

— Comme la plupart des pasteurs. Il semblerait que ce soit un prérequis pour cette vocation.

Quiconque les regarderait n'aurait vu que deux personnes ayant une conversation anodine, mais Sara n'était pas dupe. Elle sentait les morceaux de glace se dresser entre eux, aussi aiguisés que des couteaux.

Mais elle ne pouvait plus s'arrêter. Tout avait été remis en question depuis son retour à Ridgestone, tellement qu'elle avait failli devenir folle. Elle n'avait pas pu tout imaginer, n'est-ce pas ?

— Vous n'avez rien à redire ? demanda-t-elle en l'implorant du regard de répondre à ses espoirs.

— Félicitations pour votre mariage à venir, Miss Collins.

Il s'inclina légèrement devant elle. Son visage était impénétrable.

Sara lui lança un regard étonné.

— Est-ce vraiment tout ce que vous avez à me dire ?

— Que pourrais-je vous dire d'autre ?

Sa voix était posée, dépourvue de toute émotion.

— Je croyais… Je croyais qu'après cette semaine…

— Quelle semaine ?

Sa voix resta tout aussi neutre, mais elle crut y déceler une certaine sécheresse.

— Celle qui n'existe pas ? continua-t-il. Ne vous leurrez pas, Miss Collins.

— Cela n'a vraiment rien signifié pour vous ? murmura-t-elle.

Il haussa les épaules en regardant les danseurs qui se mettaient en place pour une autre danse.

— C'était une petite aventure, rien de plus.

— Mais, je croyais que…

Il braqua les yeux sur elle. Ses prunelles étaient plus froides que jamais.

— Que croyez-vous ? Que je vais vous jeter sur mon épaule et vous enlever pour partir avec vous en Écosse ? Ou interrompre votre cérémonie de mariage et déclarer haut et fort que vous ne pouvez pas l'épouser ? Vous promettre que nous allons vivre heureux jusqu'à la fin de nos jours ? Arrêtez de rêver. Je ne suis pas ce genre d'homme. Nous avons eu tous les deux ce que nous voulions : vous, un goût d'aventure et moi, la possibilité de coucher avec vous sans avoir à me marier. Il n'y a rien de plus.

Sara le regarda fixement, glacée de l'intérieur. Ce n'était plus l'homme qu'elle avait connu à Cloverfields. Était-ce une illusion ? Ou bien ne lui avait-il manifesté quelques bribes de compassion et de compréhension que pour l'amadouer et la mettre dans son lit ?

Seigneur. Sara sentit ses jambes se dérober sous elle tandis que la réalité de ce qu'elle avait fait s'insinuait en elle. Cette dernière semaine, elle avait été assez stupide pour nourrir en secret l'espoir que son amour pour lui était réciproque. Elle était tombée amoureuse d'un homme qui la voyait seulement comme une conquête de plus.

Il passait certainement ses soirées à se moquer d'elle et à remercier sa bonne étoile qu'ils n'aient pas été surpris.

Sara fut prise d'une violente nausée. Sa vue se brouilla et elle chancela. Elle tendit la main pour se retenir à la table.

— Miss Collins ?

Elle leva les yeux et reconnut la silhouette noire qui s'avançait vers elle. Mais ce n'était pas Nathan qui lui parlait.

— Miss Collins, quelque chose ne va pas ?

— Pasteur Pomeroy, croassa-t-elle. Je pense que je ne me sens pas bien.

— Voulez-vous que j'aille chercher Mr et Mrs Knightly ?

Il parcourut l'assemblée du regard à la recherche de ses amis.

— Non merci, j'ai juste besoin de prendre l'air, c'est tout.

— Bien sûr.

Sara sentit les mains du pasteur sur ses épaules et se laissa guider à l'extérieur de la salle, dans une petite cour à l'arrière du bâtiment. Il l'aida à s'asseoir sur un banc et elle prit place, les mains sur le visage. Une grande baie vitrée s'étendait derrière eux. Des flots de lumière éclairaient l'endroit où ils se tenaient.

Comment avait-elle pu se tromper à ce point sur Nathan Grant ? Il l'avait mise en garde contre lui, pourtant, et lui avait demandé de ne pas le prendre pour un honnête homme. Elle comprenait maintenant que ses conseils étaient justifiés. Il n'avait fait que jouer avec elle et l'utiliser pour arriver égoïstement à ses fins.

Bonté divine, elle avait l'impression que son ventre allait se déchirer de l'intérieur. Elle gémit doucement.

— Miss Collins ?

L'espace d'un instant, Sara avait même oublié la présence du pasteur.

— Êtes-vous sûre que vous ne voulez pas que j'aille chercher les Knightly ? Ou peut-être Miss Hurst ?

Sara s'efforça de se redresser et inspira profondément. Elle ôta les mains de son visage et reprit une contenance.

— Je vais bien, monsieur le pasteur. L'air frais m'a fait du bien. Merci pour votre sollicitude.

Il la contempla longuement avec un mélange d'inquiétude et d'incertitude.

— Si vous en êtes sûre. Je n'aime pas vous voir en souffrance.

Elle lui décocha un petit sourire, aussi convaincant qu'elle put, dans l'espoir d'apaiser ses craintes.

— Ce n'est qu'un petit malaise passager.

— Dites-moi la vérité. Quelqu'un vous a dit quelque chose qui vous a contrariée ? Je vous ai vue parler avec Mrs Glendoe puis avec Mr Grant pendant la dernière danse. Je sais que ces deux personnes peuvent être éprouvantes.

— Non, il ne s'est rien passé de particulier, le rassura-t-elle. Je penche plutôt pour les pâtés au homard.

Le pasteur fronça les sourcils, l'air peu convaincu.

— Mrs Glendoe peut se montrer pénible, surtout à votre égard. Elle me paraît plutôt vindicative.

Sara baissa les yeux sur ses mains sagement posées sur ses genoux, l'image même de la sérénité. Elle reprit la parole d'une voix calme :

— Ce n'est pas très charitable de votre part.

Et pourtant, c'était la vérité.

Le pasteur prit une profonde inspiration.

— Vous avez raison, pardonnez-moi. Non pour ce

que je viens de dire mais pour mon absence de regrets lorsqu'il s'agit de vous défendre.

Sara leva vivement les yeux vers lui. Il était plus sérieux que jamais, avec sa mâchoire aussi ferme que de la pierre.

— Je vous demande pardon ?

Les muscles du visage du pasteur tressautèrent.

— Je ne pense pas que cela soit encore un secret pour vous depuis ces derniers jours, Miss Collins, mais j'éprouve pour vous des sentiments supérieurs à ceux que m'inspirent mes autres paroissiens. Cela me met mal à l'aise de penser qu'il existe deux personnes qui cherchent à vous causer du chagrin. Je crains que cela ne révèle les côtés les moins nobles de ma personne. Je veux vous protéger de ces personnes, si cela est en mon pouvoir.

Oh ! bonté divine, le moment était arrivé. Pourquoi *maintenant* ?

Il continua de parler.

— J'aurais aimé montrer plus de réserve mais… L'indignation que je ressens face à ce que je viens de voir me pousse à vous parler sans tarder.

Plus d'échappatoire possible.

Le pasteur se passa une main dans les cheveux.

— Je ne m'attendais pas à être aussi nerveux.

— Nerveux ?

La voix de Sara dérailla.

— Vous devinez certainement ce que je vais vous demander.

— Vraiment ?

Elle balaya désespérément la cour du regard à la recherche d'un moyen de s'esquiver, de prolonger son supplice avant de prendre cette impossible décision. Non, pas maintenant, songea-t-elle, elle n'était pas capable d'affronter cette épreuve *maintenant*.

Elle essaya de se lever mais le pasteur posa une main sur son épaule et l'obligea par une douce pression à rester assise sur le banc.

— Miss Collins, le temps que nous avons passé séparés a été pour moi révélateur et j'ai l'impression de m'être réveillé d'un profond sommeil en ce qui vous concerne. Même à présent, en vous voyant tous les jours, je compte les heures avant de vous retrouver et je me demande ce que vous faites lorsque nous ne sommes pas ensemble.

— Pasteur…

Certaines personnes avaient remarqué leur présence dans la cour. Des visages curieux apparaissaient aux fenêtres. Sara voyait leurs lèvres et leurs mains bouger.

Il rit nerveusement.

— Le discours que j'avais préparé vient de m'abandonner complètement. Quelle ironie ! Dire que je suis capable de parler depuis un pupitre sans nervosité aucune. Mais cette conversation a plus d'importance pour ma vie personnelle que tous les sermons que je peux prêcher. Je pense que le mieux est de le dire, tout simplement.

Le pasteur s'agenouilla devant elle et prit sa main dans la sienne. Il leva vers elle ses prunelles chocolat si graves et déglutit avec peine.

— Miss Collins — Sara, si je puis me permettre —, voudriez-vous me faire le grand honneur de devenir ma femme ?

La foule aux fenêtres avait grossi. La nouvelle que le pasteur était à genoux devant elle semblait avoir attiré les commères les plus empressées et toutes les personnes à proximité. Les visages étaient à présent collés aux carreaux. Certains, dans leur impatience, avaient même le nez aplati contre la vitre !

Oh ! bonté divine. Sara avait déjà assez de mal à garder les idées claires mais en plus, elle avait tout un public pour témoin. Les fourmillements commencèrent à lui envahir la gorge.

Elle se tourna vers le pasteur qui attendait, patiemment, l'air grave. Il lui avait dit qu'il n'avait pas prévu de lui faire ainsi sa demande, et elle le croyait. Il lui manifestait plus de considération que Nathan Grant l'aurait fait dans les mêmes circonstances. Ce dernier lui avait promis de se montrer discret sur leur semaine mais depuis, il lui avait révélé son vrai visage.

Le pasteur était à l'opposé de Nathan. Il était aimable, attentionné et calme, des traits de caractère dont Nathan ignorait jusqu'à l'existence. Épouser un pasteur assurerait son avenir, lui offrirait une vie de sécurité, lui donnerait un but. Peu importait qu'elle ne soit plus captivée par la couleur de ses prunelles, que sa main lui paraisse molle, que ses lèvres ne lui promettent pas des moments infinis de plaisir, ni que son corps ne lui inspire pas l'envie d'une journée complète passée dans un lit.

C'était un homme bon et il ferait un parfait époux. Il lui offrirait toute l'affection dont elle avait besoin et lui serait fidèle. Elle passerait ses journées à s'occuper du presbytère et de l'église, à visiter les malades, à aider les nécessiteux, à être une épouse attentive, à élever leurs enfants, dès qu'ils auraient la chance d'en avoir. Sa vie s'écoulerait sans surprises.

Ni aventure en vue.

Mais le mariage n'était-il pas une aventure en soi ?

Et ce n'était pas la faute du pasteur si chaque fois qu'elle pensait au mot « aventure », elle revoyait ce jour où elle avait dévalé une colline en roulant, pris le petit déjeuner au lit et appris à nager. Le tout avec un misanthrope aux yeux bleus qui l'avait séduite avec sa franchise brutale et ses fausses flatteries.

Même si à ce moment-là, elle n'avait pas voulu voir qu'elles étaient fausses.

Vous êtes plus qu'un cliché.

Nathan était rompu aux habiles tromperies, comme en témoignait la confiance qu'elle avait mise en lui et ses histoires sur la politique. Il lui avait offert la tentation sur un plateau en argent et elle n'avait pas hésité à la goûter.

— Miss Collins ?

Sara fut brutalement ramenée à leur conversation.

— Oui ?

De quoi parlaient-ils, déjà ?

Un large sourire fendit le visage du pasteur qui se leva, l'entraînant avec lui.

— Vous venez de faire de moi le plus heureux des hommes.

Elle écarquilla les yeux. Venait-elle vraiment d'accepter sa demande en mariage ? Elle regarda à la dérobée le public amassé aux fenêtres et leurs visages radieux. Claire lui souriait chaleureusement, avec Jacob derrière elle, tandis que Louisa affichait un air impénétrable.

— Nous pouvons publier les bans cette semaine, continua-t-il. Je demanderai à un autre pasteur d'officier, mais cela ne devrait pas poser de problème.

Seigneur, c'était arrivé. Elle venait d'accepter de l'épouser, même si c'était par inadvertance. Et avec toute la ville pour témoin. Il n'y avait pas d'échappatoire. Elle ne pouvait pas le mettre dans l'embarras devant tout le monde, devant ses paroissiens. Il ne pouvait pas perdre la face alors qu'il leur tenait lieu de guide spirituel.

Et lui qui croyait qu'elle venait d'accepter avec joie de devenir sa femme !

— Vraiment ? dit-elle.

Il secoua la tête.

— Non, je suis certain que les Knightly ainsi que Miss Hurst vous aideront à tout organiser. Tout ce que vous voudrez, ma chérie.

Ma chérie ? Quel cliché. Sara entendit la voix de Nathan résonner dans sa tête. *Vous êtes plus qu'un cliché.*

Le pasteur la contempla, plein d'espoir.

— Si vous me permettez, je pourrais vous embrasser maintenant. Pour sceller nos fiançailles par un baiser.

Il sourit.

Que de banalités…

Il prit son silence pour un accord et se pencha sur elle avant de poser les lèvres… sur sa joue. Elles étaient chaudes et douces, sèches — et quelconques. Aucun frisson d'excitation ne parcourut la peau de Sara, aucune sensation de chaleur ne lui envahit le corps.

Rien.

Comme ce que Nathan ressentait pour elle.

Chapitre 24

Les embrassades et les serrages de mains durèrent plusieurs minutes. Les quatre amies, enfin réunies, n'arrêtaient pas de parler, empêchant Bonnie d'aider ses garçons à enlever leurs manteaux. Cela faisait plusieurs mois qu'elle n'était pas venue leur rendre visite. La dernière fois qu'elles s'étaient vues, c'était à l'occasion du mariage de Bonnie avec Sir Stephen Montgomery. Ce dernier avait été nommé tuteur de leurs deux pupilles après la mort soudaine de leurs parents. Ils étaient tombés amoureux pendant qu'ils se battaient pour aider les enfants à surmonter ce traumatisme. Ils vivaient toujours à Darrowgate, qui appartenait au vicomte Henry Darrow, âgé de huit ans, l'aîné des deux garçons.

— Stephen, pouvez-vous les emmener dans leur chambre, s'il vous plaît ? demanda-t-elle à son mari avec un sourire.

— Avec grand plaisir, répondit-il. Depuis le début de ce voyage, je ne rêve que d'une chose, c'est de les enfermer à double tour dans la nursery.

— Vous redevenez sarcastique, oncle Stephen. Tante Bonnie dit que c'est très impoli, intervint Henry en le fusillant du regard.

— Les femmes disent des choses que vous apprendrez à ignorer, répliqua-t-il.

— *Stephen*, le réprimanda Bonnie.

— Mais n'ignorez jamais ce que vous dit votre tante, dit-il pour se rattraper.

Henry sourit.

— Viens donc avec moi, mon petit Arthur.

Le garçonnet de quatre ans lui prit la main, fuyant timidement du regard toutes ces personnes qu'il ne connaissait pas.

— Je vous attends dans mon bureau quand vous serez prêt, lança Jacob à Stephen.

— Si vous avez une potion de jouvence, j'en prendrai bien un verre, rétorqua ce dernier par-dessus son épaule.

Claire accompagna les dames dans son salon privé après avoir commandé du thé.

— Bonnie, dit-elle sur le ton de la réprimande. Pourquoi ne nous as-tu rien dit ? Nous t'écrivons souvent, pourtant. Tu voulais nous faire une surprise ?

Bonnie s'installa confortablement sur le canapé.

— Ma grossesse n'est pas si avancée que cela. Cela ne fait que quinze jours que mon ventre a pris la taille d'un éléphant.

Elle caressa tendrement son flanc rebondi.

— Quand dois-tu accoucher ? demanda Sara.

— À la fin du mois d'octobre, d'après mes calculs. Ce n'est pas de sitôt. Stephen me rend folle avec ses attentions.

Louisa lui tendit une tasse de thé.

— Il ne m'apparaît pas comme un mari très attentionné.

Bonnie leva les yeux au ciel.

— Je ne le croyais pas moi-même jusqu'à ce que je comprenne qu'il était sérieux. S'il ne tenait qu'à lui, je serais allongée toute la journée dans mon lit entourée de coussins pour éviter de me blesser.

Sara sourit en imaginant la scène.

— Il tient simplement à toi, dit-elle.

— On pourrait croire que je suis la première femme au monde à être enceinte ! répliqua Bonnie. Je n'arrête pas de lui dire que l'espèce humaine se perpétue depuis la nuit des temps et qu'il ne faut pas s'inquiéter. Mais les hommes n'écoutent jamais rien…

— Je suis complètement d'accord avec toi, dit Claire.

Trois paires d'yeux se tournèrent vers elle et elle sourit en posant une main sur son ventre.

— Nous ne voulions rien dire jusqu'au mariage, mais je n'en peux plus de garder cela pour moi. Jacob et moi attendons également un heureux événement pour l'année prochaine.

Les minutes suivantes furent remplies de toasts et de petits cris de joie. Elles parlèrent de bébés jusqu'à ce que Claire leur rappelle :

— Mesdames, nous avons moins de deux semaines pour organiser le mariage de Sara avec le pasteur Pomeroy. Nous avons beaucoup de travail en perspective.

— Attendez.

Les trois têtes se tournèrent vers Sara. Elle ne voulait pas parler à voix haute et n'était même pas certaine de ce qu'elle allait dire.

Claire la dévisagea.

— Tu veux ajouter quelque chose, Sara ?

Celle-ci ouvrit la bouche mais rien ne sortit. Il fallait qu'elle leur dise que ses fiançailles étaient une erreur, qu'elle n'avait pas vraiment accepté la proposition de

Charles, mais les fourmillements se mirent à grouiller, l'empêchant de prononcer le moindre mot.

L'idée de ce qui pouvait se produire si la vérité éclatait la frappa de plein fouet. Non, elle n'avait pas le droit de prendre un tel risque, de faire quelque chose d'aussi grave. Charles serait humilié et sa réputation à elle serait ruinée.

Les fourmillements s'apaisèrent très vite.

Bonnie lui sourit et lui tapota la main.

— Il n'y a rien de mal à te sentir nerveuse, Sara. C'est une réaction parfaitement normale face à un changement d'une telle ampleur dans ta vie. Mais ne t'inquiète pas. Ce sera ton jour à toi et nous ne ferons rien que tu ne souhaites pas. En revanche, le temps passe vite et nous devons commencer les préparatifs sans tarder !

Sara ravala ses appréhensions.

Soufflant et ahanant sans grande élégance, Sara se hissa vers le sommet en suivant le chemin étroit et rocailleux. Les branches des arbres formaient une cape au-dessus de sa tête, la protégeant des rayons du soleil tout en rafraîchissant l'air, ce qui donnait un air sinistre et inquiétant à cet endroit d'ordinaire sûr.

Elle n'avait pris ce chemin qu'une seule fois. Il s'agissait d'une longue boucle qui montait et sinuait au milieu d'une faille rocheuse avant de redevenir plus facile d'accès. Le seul mérite de ce sentier résidait dans l'intimité qu'il réservait au promeneur et dans la vue sur un magnifique petit étang surmonté d'une cascade à proximité du sommet. La pente était raide et le chemin un peu plus difficile que ceux auxquels elle était habituée mais aujourd'hui, elle appréciait ces efforts. Aujourd'hui, la douleur dans ses muscles et la façon dont elle devait se concentrer sur sa respiration l'empêchaient de penser. Dernièrement, peu après ses fiançailles avec le pasteur, elle avait été prise dans un cercle vicieux de pensées.

Combien de fois devrait-elle se le répéter ? Charles était un homme bon. Il ferait un bon mari. Il était aimable et calme. Il lui offrirait la sécurité et donnerait à sa vie le sens qu'elle désirait. Elle avait été fille de pasteur, elle ferait une bonne épouse de pasteur. Même Charles le disait. La passion et le désir n'étaient pas la base d'une relation durable, comme le prouvait son aventure avec ce menteur aux yeux bleus.

Vous êtes le type de femme que je préfère, ma nymphe. Sara ferma les yeux pour lutter contre cette voix. Il n'avait plus rien à faire dans sa vie. Il avait rempli sa part de leur contrat et lui avait clairement fait comprendre qu'elle ne devait rien en attendre de plus.

Sara s'arrêta le temps de reprendre son souffle et posa la main sur son flanc où un point de côté commençait à se faire sentir. Elle regarda autour d'elle et constata qu'elle avait atteint un point de vue qui dominait le paysage et les arbres en contrebas.

Vers l'est, Ridgestone se dressait fièrement au milieu d'un océan de verdure.

Le cœur lourd, Sara ravala sa tristesse. Elle n'avait jamais eu l'intention de s'en aller de manière aussi dramatique, mais toutes ces conversations autour de son mariage avaient eu raison d'elle. Bonnie lui avait parlé de sa future coiffure de mariée comme si c'était déjà chose faite. Sara savait d'avance que ses cheveux n'obéiraient à aucune des contraintes que ses amies avaient prévu de leur faire subir. Mais pas une seule d'entre elles ne l'avait écoutée.

Mais avant de parler de ses cheveux, elles avaient

évoqué sa robe de mariage, ainsi que ses chaussures. Et ses gants. Sara n'en avait jamais possédé qu'une seule paire dans sa vie. Pourquoi donc en parler comme si elle avait le choix ?

Le sujet de ses cheveux avait occupé la troisième heure de discussion. Comment pouvait-on parler d'un seul et même sujet aussi longtemps ? Et comment Claire et Louisa pouvaient-elles gaspiller autant de temps au lieu de préparer leurs leçons ? Le Club de gouvernantes continuait de fonctionner et les parents espéraient trouver chez elles le même niveau d'exigence qu'avant. En réalité, Sara ne savait pas très bien pourquoi Louisa leur permettait de se concentrer autant sur son futur mariage. Des trois, elle était celle qui insistait le plus souvent pour qu'elles se dédient corps et âme à leur projet.

Sa respiration s'apaisa et le point de côté disparut. Sara continua son ascension. Le soleil tapait plus fort à cet endroit, de même que le vent qui lui fouettait le visage et séchait les gouttes de sueur sur son front. Elle avait presque gravi la moitié du chemin et comptait les minutes avant de devoir faire demi-tour et revenir à Ridgestone.

Sara savait exactement pourquoi elle se sentait ainsi. C'était la faute de Nathan Grant. C'était lui qui lui avait dévoilé la femme qu'elle pouvait être et ce qu'elle aurait pu avoir — avant de l'abandonner. Et qui s'était effectivement débrouillé pour coucher avec elle sans l'épouser, pour reprendre ses termes. Comment avait-elle pu se tromper à ce point à son sujet ? Certes, elle l'avait vu se montrer dur par le passé, mais jamais cruel comme quelques jours plus tôt.

Qu'est-ce qui l'avait amenée à penser que leur relation était plus qu'une aventure, à espérer qu'il éprouvait de l'affection pour elle alors qu'il lui avait clairement signifié depuis le début qu'elle ne devait rien attendre de plus de cette semaine ?

Ce n'était pas ce qu'il avait dit, mais plutôt *comment* il l'avait dit qui l'avait bouleversée. Nathan avait ressenti le besoin de la ridiculiser et de l'humilier.

Elle avait eu envie de le gifler. Et si jamais elle le voyait de nouveau, elle n'était pas certaine de pouvoir se retenir. Après Mrs Glendoe, elle ne manquerait pas de remettre Nathan Grant à sa place.

En arrivant à destination, Sara prit place sur un gros rocher pour se reposer. Cette promenade était effectivement plus rude que celles auxquelles elle était habituée. Elle se massa les jambes, contempla le petit étang et prit une profonde inspiration pour humer le parfum de l'eau. La cascade de petite taille — à peine un filet d'eau, en réalité — coulait d'une grande cavité sur la façade rocheuse et venait heurter doucement la surface de l'eau en provoquant de petites éclaboussures.

Sara prêta l'oreille à ces petits bruits avant de humer l'air à pleins poumons, consciente de la transpiration qui envahissait sa peau. Cette moiteur était inconfortable et l'étang miroitait doucement. Il la tentait par sa fraîcheur et la tranquillité qu'il promettait. Sara contempla sa surface un long moment. Elle n'avait nagé que dans l'intimité de Cloverfields. Cet endroit n'était pas une propriété privée mais après tout, elle n'avait vu personne. Elle regarda par-dessus son épaule et scruta le chemin juste pour s'assurer qu'il était bien désert.

Sara se mordilla les lèvres en contemplant de nouveau l'eau. Puis, sans réfléchir, elle se leva et entreprit de se déshabiller, en commençant par son chapeau. Bientôt, tous ses vêtements furent soigneusement pliés et empilés sur l'herbe et elle entra dans l'étang, savourant sa clarté et sa fraîcheur sur sa peau. Sa chemise flottait doucement autour de ses genoux. Une fois qu'elle eut de l'eau jusqu'à la taille, elle se tourna et s'allongea sur le dos avant d'étendre les bras et de se mettre à flotter, comme Nathan le lui avait appris. Ses cheveux détachés s'enroulaient en volutes autour de sa tête.

L'eau lui couvrait les oreilles et tamisait tous les bruits. Elle inspira profondément, les paupières mi-closes, tous ses sens concentrés sur l'eau qui l'entourait. De petites gouttes en provenance de la cascade l'éclaboussaient de temps en temps, nullement menaçantes. Elle remua lentement les mains pour garder l'équilibre. Son souffle, comme amplifié par l'eau, ralentit lorsqu'elle ouvrit les yeux pour contempler le ciel bleu parsemé de petits nuages blancs. Un sentiment de paix l'envahit et elle sentit son corps et son esprit se détendre. Elle ferma les yeux et se reput du soulagement qui l'enveloppait tout entière.

Elle garda cette position plusieurs minutes avant de sentir de petits frissons sur sa peau, comme si quelqu'un l'observait. Elle ouvrit les yeux, leva la tête et se tourna vers la berge.

Il n'y avait personne.

Elle se redressa dans l'étang et s'accroupit pudiquement de manière à avoir de l'eau jusqu'aux épaules. Puis elle balaya les alentours du regard en essayant de scruter le chemin aussi loin que possible dans toutes les directions.

Personne.

Sara fronça les sourcils, s'allongea sur le dos de nouveau mais le sentiment de paix qu'elle avait connu ne revint pas immédiatement. Elle était *certaine* que quelqu'un la regardait. Non, cela ne devait être que le fruit de son imagination… Il était plutôt inhabituel que des promeneurs empruntent ce chemin. Elle n'avait pas croisé âme qui vive et même dans la forêt, il était rare de rencontrer des habitants du village. Elle avait dû mal interpréter ses frissons et croire que quelqu'un l'observait alors qu'ils devaient simplement être dus à la fraîcheur de l'eau.

Elle prit une autre inspiration et ferma les yeux en essayant de retrouver son état de sérénité.

Les frissons furent bientôt de retour. Non, ils n'étaient pas dus à la fraîcheur de l'eau. Quelqu'un la regardait, elle en était sûre.

Sara leva brusquement la tête et aperçut une grande silhouette debout sur la rive, à l'endroit où elle-même était entrée dans l'étang. Paré de son habituel costume sombre, sa canne dans la main, Nathan la regardait. Surprise de le voir, et même de voir quelqu'un tout court, Sara sursauta — et coula. Sa tête s'enfonça juste au moment où elle essayait de reprendre son souffle. Sa bouche et ses poumons se remplirent d'eau.

Elle se débattit tandis que son corps protestait face à l'invasion de cet élément étranger. Sa gorge se serra automatiquement, provoquant un sursaut de panique. Elle toucha avec ses pieds le fond de l'étang et parvint à retrouver son équilibre. Sa panique s'éloigna. Elle était sur le point de sortir la tête de l'eau pour respirer l'air précieux quand des mains puissantes la saisirent pour la redresser.

Sara cracha et toussa, serrée contre le torse de Nathan. Il garda les mains autour de ses coudes. Son étreinte était ferme et pleine d'assurance. Elle toussa de nouveau et expulsa l'eau de sa gorge et de ses poumons en tremblant de tous ses membres.

Sara se calma et essuya l'eau de son visage avant de repousser les mèches de cheveux collées sur ses joues. D'une main, Nathan l'aida dans sa tâche.

Bonté divine. Sara ferma les yeux tandis que les doigts chauds de Nathan ravivaient des souvenirs troublants. Tous ses sens vibraient tant il était proche d'elle. Ils étaient presque collés l'un à l'autre, et il leur aurait suffi de très peu pour que l'espace qui les séparait n'existe plus. Sara n'était que trop consciente de cette proximité avec l'homme qui se tenait face à elle.

Mais elle ne voulait pas le regarder. C'était au-dessus de ses forces. Pas après ce qu'il lui avait dit, pas après l'avoir humiliée comme il l'avait fait. Pourquoi avait-il eu besoin d'agir ainsi ? Où était passée la courtoisie qu'il lui avait témoignée à Cloverfields ? Avant leur semaine ensemble, il s'était montré parfois rude et brutal avec elle, mais il ne l'avait jamais blessée volontairement.

Nathan prit son visage en coupe et l'obligea à lever la tête. Elle savait qu'il voulait qu'elle le regarde, et une partie d'elle-même ne désirait pas lui donner cette satisfaction. Mais elle était incapable de résister.

Elle ouvrit les yeux et découvrit qu'il l'étudiait, les sourcils froncés. Les muscles de sa mâchoire tressautèrent, comme s'il voulait dire quelque chose, mais le silence resta aussi dense, uniquement perturbé par le bruit de la maigre cascade.

Du bout du pouce, il lui caressa le menton, puis la lèvre inférieure. Son regard s'adoucit mais ne s'agrémenta pas de cette chaleur qui accompagnait d'ordinaire son désir. Elle y lut à la place une douce lueur qu'elle ne connaissait pas. La partie la plus folle de son être lui chuchota que c'était un regard plein d'amour, mais elle chassa vivement cette pensée. Nathan Grant n'aimait personne d'autre que lui-même. Il avait été assez clair sur le sujet.

Alors pourquoi la flamme qu'elle lisait dans ses prunelles lui murmurait-elle le contraire ?

Nathan se baissa vers sa bouche que son pouce caressait toujours. Il prit une profonde inspiration et s'humecta les lèvres. Ses doigts s'enfoncèrent dans les cheveux emmêlés de Sara et il se pencha vers elle. Ses intentions étaient claires.

L'espace d'un instant, elle resta immobile et se laissa faire. Puis elle vit sa tête s'approcher d'elle. Les yeux de Nathan se fermèrent et ses lèvres s'ouvrirent. Elle fronça les sourcils. Mais pourquoi avait-elle cette impression que tout s'enchaînait si lentement ? Elle ne comprenait pas sa soudaine envie de l'embrasser, alors qu'il l'avait si brutalement rejetée quelques jours plus tôt. Était-ce à cause de cette semaine passée ensemble ? Croyait-il à présent qu'il pouvait prendre des privautés avec elle et qu'il était en droit d'attendre certaines choses ? Ou était-ce parce qu'elle était à moitié nue, toute mouillée et en pleine nature, et qu'il cédait à ses instincts les plus primaires ?

Et pourtant, il y avait cette chaleur dans son regard, si troublante…

Au moment où leurs lèvres allaient se rejoindre, Sara se détourna et recula d'un pas, s'écartant du corps chaud tout en muscles de Nathan.

Les doigts de ce dernier s'arrachèrent à ses cheveux et sa main resta suspendue en l'air. Il la contempla d'un air surpris mais Sara détourna le regard et déglutit avec peine. Son message muet était très clair.

Ils restèrent ainsi de longues minutes. Les bras ballants, Nathan ne bougea pas. Sara sentait son regard peser sur elle mais elle ne leva pas les yeux vers lui. Les fourmillements commencèrent à lui envahir la gorge lorsqu'elle songea à la confrontation imminente qui ne manquerait pas de suivre. Mais elle refusait de se soumettre à cet homme qui lui avait appris à être forte uniquement pour lui retirer toutes ses forces ensuite et détruire le peu de confiance en elle qu'elle avait gagné.

Sara n'était plus ignorante ou naïve. Elle savait qu'elle avait été l'instigatrice de leur liaison et cette idée, ou ce regret, la suivrait partout. En revanche, les tourments qu'elle avait subis ces derniers jours étaient la faute de Nathan. Quelle que ce soit leur histoire, et même si grâce à lui elle avait découvert pendant une semaine un large éventail de plaisirs sensuels, elle ne méritait pas d'être traitée d'une manière aussi inhumaine.

Et pourtant, encore aujourd'hui, lorsqu'elle se perdait dans son regard…

Nathan finit par se tourner pour regagner la rive. Sa boiterie était plus prononcée que d'habitude, remarqua Sara. Elle l'observa du coin de l'œil. Une fois hors de l'eau, il se pencha et ramassa sa canne et son chapeau posés au sol. Il posa ce dernier sur sa tête sans un regard vers elle. Il enfila ensuite son manteau et secoua l'eau qui imbibait son pantalon avant de s'en aller. Il avait l'air ridicule avec la moitié inférieure de son corps dégoulinante et l'autre moitié sèche.

Mais Sara n'esquissa pas un geste pour le retenir, pour lui faire rebrousser chemin.

Chapitre 25

Sara se regarda dans le miroir pendant qu'Anna enroulait les dernières mèches de cheveux pour réaliser la coiffure élaborée qu'elle avait choisie. La robe en mousseline très pâle, qui appartenait autrefois à Louisa, avait été retouchée. La couleur accentuait les reflets cuivrés de sa chevelure et la blancheur de sa peau. Son visage était paré de fards qu'elle avait rarement utilisés et Sara avait du mal à réconcilier son reflet dans le miroir avec la personne qu'elle voyait tous les jours.

Heureusement, la poudre de riz masquait les cernes sous ses yeux dus au manque de sommeil qu'elle accumulait ces derniers jours. Lorsqu'elle dormait, elle était assaillie par des rêves dans lesquels deux hommes différents l'incitaient à choisir entre eux deux. Elle rêvait d'un homme qui lui avait appris à nager et qui entrait dans un étang pour l'aider tout en la couvant de son regard brûlant. Mais son second prétendant représentait tout ce pour quoi elle s'était battue et lui promettait une vie de sécurité. D'un côté un homme synonyme d'aventure et de l'autre un qui assurerait son avenir.

Pas étonnant qu'elle ait du mal à dormir.

Ses amies bavardaient autour d'elle en finissant

d'emballer ses effets personnels. Cela n'avait pas été long car Sara n'en possédait pas beaucoup.

Votre futur mari devrait pouvoir vous offrir bien plus. Assurez-vous qu'il le fasse.

— Tout va bien, Sara ? demanda Louisa en l'arrachant à ses rêveries.

— Oui, je vais bien, répondit-elle en clignant les yeux.

— Tu m'as l'air distraite.

L'inquiétude ne quittait pas le visage ou la voix de son amie.

Sara s'efforça de lui sourire.

— C'est à cause de toute cette excitation, je pense. J'ai du mal à croire que c'est en train d'arriver.

— Je me souviens que je pensais la même chose, dit Claire en souriant à son tour. Jacob m'a fait perdre la tête si rapidement qu'une semaine après notre mariage, j'en avais encore des vertiges.

— Stephen n'était pas moins empressé, malgré sa nature réservée, intervint Bonnie. Le pasteur Pomeroy sait la chance qu'il a que tu aies accepté de l'épouser.

— C'est vrai, continua Claire. Et nous nous sommes tous cotisés pour te préparer quelque chose de spécial. Nous tous, y compris Jacob et Stephen.

Anna mit la dernière mèche de cheveux en place et Sara se tourna vers ses amies.

— Vous n'aviez pas besoin de faire quoi que ce soit pour moi. Vraiment.

— Oh ! ça suffit, gronda Louisa. Tu es censée pousser des petits cris et nous remercier.

Claire sortit un étui allongé en bois sombre et le tendit à Sara.

— C'est de notre part à tous. Tu mérites quelque chose de spécial.

— Et de brillant, ajouta Bonnie, assise sur le lit.

Sara ouvrit la boîte et découvrit un jeu d'épingles à cheveux. Chacune était surmontée de petits diamants censés accrocher la lumière quand on les portait. Sara se plaqua une main sur la bouche, stupéfaite par la grande générosité de ses amies.

— Oh ! je ne peux pas accepter… Non, vraiment, je ne peux pas. Je ne mérite pas cela.

— Bien sûr que si, dit Claire d'une voix ferme en lui prenant la boîte des mains et en commençant à enfoncer les épingles dans son chignon. Tu nous as tellement donné.

Louisa vint se joindre à elle pour l'aider dans sa tâche.

— Et tu as pris si peu pour toi-même. Regarde cette chambre. Je ne sais pas comment tu fais pour vivre avec si peu de confort. Ne nous en veux pas si nous te gâtons un peu.

Sara sentit les larmes lui monter aux yeux. Elle savait que ses amies avaient de l'affection pour elle, mais en avoir la preuve était différent.

Et pourtant, la connaissaient-elles vraiment ? Comme Louisa l'avait dit, elles ignoraient pourquoi elle se refusait certains conforts, ignoraient tout de ses désirs d'aventure et ne la voyaient pas comme la femme qu'elle pouvait être. Jamais il ne leur serait venu à l'esprit qu'elle soit capable de proposer à un homme d'avoir une liaison avec elle ou de leur mentir en prétextant une hypothétique tante dans le seul but de couvrir cette aventure. Elles ne savaient même pas qu'elle avait tenu tête à Mrs Glendoe.

Il n'y avait qu'un seul homme qui la connaissait vraiment. Et qui la préférait aux autres femmes.

Un seul homme pour mettre sa langue dans sa bouche encore et encore.

Et elle désirait cet homme.

— Voilà, dit fièrement Claire en enfonçant la dernière épingle. Regarde-toi.

Sara tourna la tête pour se regarder dans la glace. Les diamants accrochaient la lumière et faisaient briller ses cheveux, comme Bonnie l'avait prédit. L'effet était à couper le souffle et elle ne put s'empêcher de penser qu'elle ressemblait à une nymphe.

Ne puis-je pas me faire ma propre idée de l'apparence d'une nymphe ? lui avait-il dit.

Si, il le pouvait. Et c'était ce qu'il avait fait. Elle était *sa* nymphe, et il l'avait couvée de son regard brûlant près de la cascade.

La poitrine de Sara se desserra d'un coup du fait de la décision qu'elle venait de prendre. Elle était la nymphe de Nathan. Charles Pomeroy était un homme bon mais il ne la rendrait pas heureuse, et elle ne serait pas une bonne épouse pour lui non plus. C'était aussi simple que cela.

Un sourire fendit son visage. Nathan allait venir la chercher. Il allait interrompre le mariage. Oh ! bien sûr, il lui avait dit à l'occasion de cette soirée qu'il n'était pas ce genre d'homme, mais elle connaissait la vérité. Le vrai Nathan était celui qu'elle avait vu à Cloverfields, celui qui manifestait de la bonté, de la compassion et de l'affection dans tout ce qu'il faisait. Il n'était pas parfait et elle n'attendait pas cela de lui. Elle l'aimait comme il était, maintenant et plus tard.

Tout ce qu'il avait à faire était d'arrêter ce mariage. Et il le ferait. Elle le savait.

— Parfait, dit Bonnie en tapant dans ses mains. Il est l'heure d'aller à l'église.

Sara se leva et sourit.

— Alors allons-y.

— Qu'il parle maintenant ou qu'il se taise à jamais.

La voix du pasteur Warren résonna sur les murs de pierre de l'église et flotta vers l'assemblée, rassemblée pour assister à la cérémonie du mariage.

Les yeux de Charles étaient posés sur elle, ses lèvres retenant un sourire de bonheur. Ses prunelles chocolat scintillaient de mille feux. Il avait l'air d'un enfant ayant du mal à garder un secret. En voyant sa joie, Sara sentit son cœur se serrer.

Le silence dans l'église devint oppressant. Mal à l'aise, Sara balaya du regard les paroissiens. Tous avaient les yeux levés vers l'autel et affichaient des airs pleins d'attente ou heureux. Ses amies étaient assises au premier rang. Claire lui souriait, Bonnie s'essuyait les yeux avec un mouchoir de Sir Stephen. Louisa était placée sur le côté pour permettre à ce dernier et Jacob de s'asseoir près de leurs femmes. Lorsqu'elle croisa le regard de Sara, elle lui adressa un petit sourire et un hochement de tête pour l'encourager.

Le regard de Sara glissa ensuite sur le reste de la petite assemblée à la recherche de quelqu'un en particulier.

Mais elle ne la vit pas.

Son cœur se brisa. Il n'était pas là. Aucun bruit de sabots galopant à l'extérieur, aucun fracas de portes qui claquent en s'ouvrant, aucun homme paniqué faisant de grandes déclarations et vacillant dans l'allée en s'avançant vers elle. Il n'allait pas interrompre le mariage. Elle était tombée amoureuse d'un homme qui se fichait qu'elle en épouse un autre.

La douleur ricocha dans sa poitrine tandis que son cœur se brisait de nouveau.

Elle avait placé en lui tous ses espoirs d'être libérée de cette horrible erreur et il n'était pas venu pour l'emmener, tel un chevalier en armure blanche.

Avait-elle besoin d'autres preuves de son absence de sentiments pour elle ?

Sara tourna son regard vers Charles, qui la dévisageait d'un air interrogateur, une petite ride d'inquiétude entre les sourcils.

Elle lui décocha un faible sourire, essayant de contenir la douleur qui grandissait en elle.

Comment avait-elle pu être aussi stupide ? Nathan avait toujours été honnête avec elle. Il lui avait dit qu'il ne voulait pas l'épouser et l'avait même encouragée à s'engager auprès de l'homme qui se tenait juste devant elle.

Il lui avait donné un bref avant-goût d'aventure et c'était tout. Mais malgré cela, quelles chances avaient-ils de se retrouver « fortuitement », la dernière fois dans la forêt, près de l'étang, où il s'était montré si tendre et attentionné avec elle ? Elle était certaine que ce n'était ni le fruit de son imagination ni celui du hasard. Plus tard ce soir-là, le souvenir de la main de Nathan sur sa joue s'était attardé.

Ils ne s'étaient pas embrassés mais elle en avait eu envie et lui aussi. Et elle savait que les mots durs qu'il lui avait assenés lors de cette fameuse soirée étaient sa façon à lui de cacher sa douleur et de s'assurer qu'elle ferait le bon choix.

Le pasteur Warren se remit à parler et un bourdonnement

sinistre envahit les oreilles de Sara, venant se joindre à sa douleur. Elle avait de plus en plus de mal à cacher ce qu'elle ressentait et elle vit l'inquiétude grandir dans le regard de son fiancé.

Elle regarda fixement Charles. Ses yeux chocolat l'avaient tellement fascinée autrefois. Elle ressentait alors une douce chaleur l'envahir quand il croisait son regard et maintenant... Quoi ? Ses yeux n'avaient plus aucun effet sur elle. Elle aspirait surtout au brasier qui s'allumait dans les prunelles de Nathan, d'un bleu de glace et pourtant plus brûlantes que la lave.

Et l'avenir qu'elle avait imaginé ? Elle deviendrait la femme d'un pasteur, ferait tous les jours la même chose : rendre visite aux pauvres et aux malades, arranger les fleurs à l'église, accueillir les visiteurs à toutes les heures de la nuit, faire régner le silence absolu pendant que Charles rédigerait ses sermons. Des jours et des jours peuplés des mêmes choses. En contemplant son fiancé, Sara voyait aisément la vie qu'elle mènerait dans cinq, dix ou vingt ans. Et tout serait pareil.

Sans risque aucun. Prévisible. Ennuyeux.

Dépourvu d'aventure.

Elle vit les lèvres de Charles remuer. Les bourdonnements dans les oreilles de Sara l'empêchaient d'entendre distinctement ce qu'il disait. *Ses vœux*, songea-t-elle tristement, il devait prononcer ses vœux. Et ensuite, ce serait son tour.

À quand remontait la dernière fois où elle avait été heureuse ? Cloverfields. Ce n'était pas difficile à dire. Le plus choquant était de comprendre que pendant toutes ces années, elle n'avait pas été heureuse *du tout*. Les gens autour d'elle croyaient qu'elle l'était — y compris elle-même. Mais sa mère l'avait éduquée pour dégager une image de paix et de sérénité. Même lorsqu'elle exerçait son métier de gouvernante, tout le monde pensait qu'elle aimait enseigner, surtout en devenant membre du club fondé par ses amies. Or c'était faux. Elle détestait avoir affaire à des Henry Copeland tous les jours. Simplement, elle ne l'avait jamais dit pour ne pas provoquer un scandale.

Sara réfléchit encore. Cloverfields était l'endroit où elle avait été heureuse. Et pourquoi cela ? Était-ce à cause de Nathan ? Il devait certainement y être pour quelque chose, mais il n'était sans doute pas la seule raison. Nathan l'avait encouragée à être elle-même, à prendre ce qu'elle voulait et à ne pas s'en excuser. *Vous avez envie de vous resservir à table ? Allez-y. Vous voulez un deuxième scone ? Servez-vous. Vous voulez nager, dormir, veiller tard et boire de l'alcool ? Faites tout cela et ne vous sentez pas coupable.*

Cloverfields était le seul endroit où elle n'avait pas eu honte de dire haut et fort ce qu'elle désirait, et quelle aventure !

Cette idée la pétrifia.

Ne pas avoir honte. Dire haut et fort ce qu'elle désirait. L'aventure.

Elle cligna les yeux tout en comprenant la portée de cette réflexion. Non, elle n'avait pas reculé cette fois. Son frère faisait de même depuis longtemps et vivait une vie pleine d'aventures. Dans les récits d'Hakluyt, tous les explorateurs faisaient preuve de ce même culot.

Les aventures ne venaient pas aux gens : c'était eux qui partaient les trouver.

Elle cligna de nouveau tandis que tout devenait de plus en plus clair dans son esprit. Elle avait été heureuse à Cloverfields grâce à Nathan, parce qu'il l'avait laissée faire des choses qu'elle n'avait jamais faites auparavant.

Faire enfin ce qu'elle voulait, voilà ce qui la rendait heureuse !

Sara leva les yeux vers Charles qui attendait avec impatience. Le pasteur Warren se racla la gorge.

— Si vous voulez bien répéter après moi, dit-il sur un ton qui lui fit comprendre qu'il allait reprendre depuis le début.

Elle se tourna vers lui puis de nouveau vers Charles. Un sourire fendit son visage tandis qu'elle prenait de l'assurance.

Elle poussa alors un soupir libérateur puis prit la main de Charles et la pressa brièvement.

— Je suis désolée, Charles, mais je ne peux pas vous épouser.

Un unique cri brisa le silence de l'église. Sara regarda l'assemblée. Tous paraissaient stupéfaits. Claire avait haussé les sourcils et Bonnie semblait s'être décrochée la mâchoire. Jacob et Stephen étaient tous les deux très mal à l'aise.

Sara se tourna de nouveau vers Charles, qui avait pâli. Il ouvrit la bouche pour parler mais Sara l'interrompit.

— Vous êtes un homme bon et attentionné, Charles, mais je ne vous aime pas comme vous le méritez. Nous ne nous rendrons pas heureux et même si nous essayions, cela ne ferait que nous rendre encore plus malheureux. Non seulement je ne peux pas vous épouser, mais je ne *veux pas* le faire car je suis amoureuse d'un autre homme. Et vous ne méritez pas d'épouser une femme qui ne se donnera pas pleinement à vous.

Elle retira la bague de la mère de Charles, celle qu'il

lui avait donnée pour leurs fiançailles, et la posa dans le creux de sa main.

— Je vous souhaite tout ce qu'il y a de mieux dans votre vie.

Sara tourna les talons et remonta seule l'allée de l'église. Dans un état second, elle sourit à l'assemblée réduite au silence par le choc et sortit au grand jour. Elle s'avança alors vers la voiture où Rogers l'attendait.

— À Windent Hall, s'il vous plaît, et aussi vite que vous le pourrez.

Rogers l'aida à monter dans la voiture. En mettant le pied sur la marche, elle demanda avec un large sourire :

— Puis-je conduire ?

— Avez-vous déjà conduit auparavant, miss ?

— Non.

— Dans ce cas, si vous désirez aller vite, il vaut mieux que je tienne les rênes.

Rogers lui adressa un sourire édenté en retour et elle se cala confortablement sur la banquette réservée aux passagers.

— Tenez bien votre chapeau, miss, dit-il en mettant le véhicule en branle.

Le sien était fermement noué sous son menton.

Ils prirent de la vitesse au moment où ils abordaient le dernier virage pour quitter la ville. Sara posa sagement une main sur sa coiffe pour la maintenir sur sa tête. La voiture vibrait bruyamment, comme si ses pièces allaient se détacher. Sara fronça les sourcils et regarda le couvre-chef de Rogers qui battait sous le vent.

Pourquoi s'inquiétait-elle pour son propre chapeau ? Elle en avait un autre ! Une lueur brilla dans ses yeux. Un sourire rebelle aux lèvres, elle ôta la main qui le retenait et défit le ruban. Aussitôt, le vent s'engouffra et l'arracha de ses mains. Elle se tourna pour suivre sa trajectoire derrière le véhicule tout en jubilant. Elle offrit ensuite son visage au soleil et sentit le vent qui commençait à défaire sa coiffure. Rapidement, elle ôta ses belles épingles en diamants et les rangea dans son réticule pour ne pas les perdre.

En tournant dans l'allée qui menait à Windent Hall, Sara se rembrunit. Qu'allait-elle dire à Nathan, lui qui n'était pas venu à son mariage pour l'enlever ? Évidemment, avec le recul, elle n'avait pas besoin d'être sauvée, mais là n'était pas la question. Que pouvait-elle dire à un homme qui lui avait fait comprendre si clairement qu'il ne voulait rien avoir à faire avec elle ? Allait-elle de nouveau être humiliée et avoir le cœur brisé ?

Rogers tira sur les rênes à une certaine distance de la demeure, passa au trot puis à la marche. Sara se pencha vers lui et lui donna une petite tape dans le dos.

— Pourquoi ralentissez-vous ? demanda-t-elle.

— Il y a un cavalier dans l'allée, devant nous, miss, répondit-il par-dessus son épaule.

Sara se pencha sur le côté et aperçut en effet un cavalier qui approchait au galop. L'allée n'était pas assez large pour qu'ils puissent se croiser. L'homme allait devoir modérer son allure s'il voulait arriver à passer.

Rogers immobilisa la voiture pour de bon.

— Il ne semble pas décidé à ralentir, constata-t-il. Cela ne présage rien de bon.

Sara se mordilla nerveusement les lèvres. C'était plutôt aventureux, dangereux même, de la part de ce cavalier. Elle ne voulait pas que quelqu'un soit blessé, que ce soit elle, Rogers ou les chevaux, et encore moins l'homme qui approchait. Pourquoi chevauchait-il à une allure aussi folle sur un étroit chemin de campagne ?

— Ne pouvez-vous pas vous écarter ? demanda-t-elle.

— Non, miss. Nous risquons de rester coincés dans les buissons.

— Que pouvons-nous faire ?

— Je pense qu'il va finalement ralentir.

Sara observa de nouveau le cavalier. Tandis qu'il approchait, sa silhouette commença à lui être vaguement familière — quand soudain elle le reconnut. Elle avait rarement vu Nathan à cheval, ce qui expliquait pourquoi elle n'avait pas compris tout de suite que c'était lui.

Il tira sur les rênes pour s'arrêter et sa monture dut décrire des cercles face au brutal changement de vitesse.

— Que s'est-il passé ? demanda-t-il. Quelqu'un vous a agressée ?

Sara porta une main à sa tête et comprit que ses cheveux tout décoiffés assortis à son visage rouge d'excitation et à sa respiration haletante pouvaient être mal interprétés.

— Je vais bien, dit-elle. Je suis venue vous voir. J'ai quelque chose à vous dire.

Nathan regarda avec colère tout autour de la voiture.

— Où est votre mari ?

— Charles est à l'église.

Cette phrase le heurta de plein fouet, lui coupant le souffle. Il arrivait trop tard. Elle avait épousé ce maudit pasteur. Il avait passé trop de temps à tergiverser et maintenant, il avait raté sa chance.

Son cœur se serra tandis qu'il la contemplait, les joues rouges et le souffle court, avec ses magnifiques boucles cuivrées qui dansaient autour de son visage. Elle serait sa torture, sa pénitence, et ce pour le reste de sa vie, car elle resterait pour toujours hors de sa portée. Il savait qu'elle n'accepterait jamais d'être sa maîtresse alors qu'elle était mariée à un autre, tout comme il savait qu'il ne le lui demanderait jamais. La seule question qu'il brûlait de lui poser était inutile à présent, car elle avait déjà fait cette promesse à un autre.

— Que se passe-t-il ? lâcha-t-il, à la fois curieux et malade à l'idée d'entendre sa réponse.

— Je pars en Écosse.

Il ne s'attendait certainement pas à cela.

— Je vous demande pardon ?

— Je pars en Écosse, répéta-t-elle.

— Il vous y emmène pour votre voyage de noces, c'est cela ?

— Qui donc ?

Faisait-elle donc exprès de le mettre au supplice ?

— Votre mari adoré.

— Oh.

Elle cligna les yeux puis lui lança un sourire espiègle.

— J'ai oublié de vous parler de cela, ajouta-t-elle.

— Vous êtes mariée depuis une heure à peine et vous oubliez déjà votre mari ? grogna Nathan. Je vais en informer tous les libertins de Londres. Taft et son église vont devenir un lieu très prisé.

Sara rougit. Était-elle gênée ou en colère ? Il n'aurait su le dire.

— Votre remarque est très déplacée.

C'était de la colère, donc.

— Peut-être. Mais c'est *vous* qui oubliez votre mari.

Le visage de Sara devint encore plus rouge.

— Mais c'est là que vous vous trompez, car je n'ai pas de mari à oublier.

Nathan se figea. Son cheval réagit de la même manière, comme si l'enjeu de cette déclaration le concernait tout autant.

— Comment ?

Sara lui décocha un sourire si radieux que l'estomac de Nathan se retourna et se serra de désir pour elle.

— Je l'ai quitté au pied de l'autel. Oui, c'est *moi* qui l'ai quitté.

Un petit rire hystérique s'échappa des lèvres de Nathan et Sara se plaqua une main sur la bouche. Oh ! Seigneur, qu'avait-elle fait ? La réalité de la situation la heurta de plein fouet et elle sentit un vent de panique l'emporter. Elle avait laissé un homme bon au beau milieu de l'église, l'avait mis dans l'embarras devant toute l'assemblée. Et pour quoi ? Pour une aventure ?

Non. Elle l'avait fait pour elle-même. Cette vérité eut alors le don de l'apaiser. Tout comme Charles méritait plus que ce qu'elle pouvait lui donner, elle aussi méritait plus. Elle méritait plus que Charles, plus que Nathan s'il la rejetait encore. Mais il fallait qu'elle essaye une dernière fois.

Ce dernier la regardait fixement, sans vraiment comprendre ce qui se passait. Elle n'était pas mariée ? Elle était toujours libre ?

— Vous l'avez quitté ? répéta-t-il bêtement.

Elle hocha la tête.

— Au pied de l'autel. Je ne pouvais pas l'épouser. Je voulais partir en Écosse.

— Et pourtant, vous êtes ici, à Windent Hall. Ou presque.

Elle lui sourit de nouveau, un sourire radieux qu'il n'avait encore jamais vu sur son visage.

— Oui, en effet.

Peu à peu, les choses commençaient à faire leur chemin dans l'esprit de Nathan. Il sentit monter en lui une étrange tension.

— Je vois. Vous n'en avez pas fini avec votre aventure et vous êtes venue me demander de vous en donner plus.

Il était très humiliant de constater à quel point il comptait peu aux yeux de la femme dont il était tombé amoureux. Il s'était trompé un peu plus tôt sur la nature de sa punition : ce n'était pas le fait qu'elle ne puisse jamais être à lui qui le faisait souffrir, mais qu'elle ne veuille pas de lui, ou du moins, pas de la façon dont lui avait envie d'elle.

Elle pencha la tête sur le côté et le regarda d'un regard aussi effronté qu'appréciateur, tandis que le désir descendait le long du dos de Nathan pour s'installer dans ses reins. Ce qui était plutôt inconfortable quand on était à cheval.

— Non, dit-elle enfin. Vous ne comprenez pas. Je pars en Écosse, avec ou sans vous. Je pense que le voyage serait plus plaisant si vous m'accompagniez, mais quoi qu'il en soit, je pars.

Il haussa un sourcil moqueur.

— Vraiment ? Eh bien, je vous souhaite bonne chance.

Il leva son chapeau pour la saluer et talonna son cheval pour retourner à Windent Hall, où une bonne bouteille de whisky l'attendait.

La voix de Sara l'arrêta dans son élan.

— Voyez-vous, j'ai compris quelque chose. J'avais tort. Pendant toutes ces années, j'avais tort. Je voulais de l'aventure mais j'attendais qu'elle vienne à moi. Cela m'est apparu clairement aujourd'hui, quelques minutes avant d'aller à l'église. J'ai compris que les vrais aventuriers n'attendaient pas que les choses leur arrivent, mais qu'ils les provoquaient. C'est ce que j'ai l'intention de faire. Et la deuxième chose que je vais faire, c'est d'aller en Écosse. Voulez-vous m'accompagner ?

Il plissa les yeux en la regardant, d'une manière qui était devenue une seconde nature chez lui ces derniers mois, qui hérissait les gens et leur donnait envie de disparaître sous terre. Sauf elle. Bon sang ! Cette femme lisait trop bien en lui !

Un coin de la bouche de Nathan s'étira en un sourire méprisant.

— Êtes-vous en train de me proposer de voyager *ensemble*, alors que nous ne sommes pas mariés ?

Sara battit des paupières — ce qui souligna ses grands yeux gris.

— C'est bien cela.

Nathan ne put empêcher une petite lueur d'espoir de l'envahir. Il pouvait se servir de cette occasion et l'utiliser à son avantage. Il pouvait tirer parti de cette situation pour l'amener à l'épouser. Elle le détesterait pour cela mais il était capable de vivre avec ça. Une fois qu'il serait son mari, il serait en mesure de venir à bout de n'importe quelle difficulté.

— Je le ferai à une seule condition, déclara-t-il.

— Je vous laisse le loisir de fixer les règles, dit-elle en souriant.

Venait-il de voir de la tendresse dans ce sourire ?

— Voulez-vous l'entendre ?

— S'il vous plaît.

— Nous devons nous marier.

Les traits de Sara se figèrent.

— Pas maintenant, continua-t-il, ni même ici. Mais

nous pouvons aller en Écosse et nous marier. Je ne ferai que ruiner un peu plus votre réputation.

Sara leva les yeux vers le cocher. Ce dernier s'était figé sur place, l'air choqué, et faisait semblant d'être ailleurs. Puis elle baissa les yeux et étudia le sol un long moment. Ce n'était pas vraiment la réponse qu'un homme attendait après avoir demandé à la femme qu'il aimait de l'épouser. Nathan leva le menton et se prépara à affronter son refus.

Elle le regarda de nouveau.

— Je ne m'attendais pas à cela.

Comment l'aurait-elle pu, après avoir été rejetée plusieurs fois par lui ? Mais cela n'empêcha pas le cœur de Nathan de se mettre à battre plus fort.

Il pinça les lèvres.

— Je me dois d'insister.

— Que les choses soient claires entre nous, dit-elle avec un nouveau sourire : vous me demandez bien de m'enfuir avec vous, n'est-ce pas ?

Il serra les dents pour empêcher son cœur de bondir hors de sa poitrine et s'offrir à elle.

— Oui, je pense que c'est bien cela.

— Et pourtant, il y a quelques jours, vous m'avez clairement signifié que vous ne vouliez *pas* m'épouser. Qu'est-ce qui a changé ?

Il avait cessé d'être un imbécile, voilà tout.

— Cela est-il si important ?

— Pour moi, oui. Après tout, l'amour est censé être la principale raison de sceller une union.

— Attendez-vous de moi une grande déclaration ?

— Pas une déclaration, mais une explication.

Nathan poussa un soupir impatient.

— Très bien. Vous paraissez fermement décidée à

ruiner votre réputation sous le prétexte fallacieux de devenir une aventurière.

— Vous cherchez à me protéger de moi-même ? lança-t-elle avec un petit rire moqueur.

— Si c'est ainsi que vous voulez voir les choses, alors oui.

Un autre sourire espiègle fendit le visage de Sara.

— Mais si nous nous marions, comptez-vous encore me protéger de moi-même ?

Nathan la contempla, littéralement submergé par le désir qu'il ressentait pour cette femme nouvelle qui se tenait devant lui. Quatre semaines plus tôt, elle n'aurait même pas envisagé de parler avec lui. *Oui, il aimait cette femme.* Cette évidence se propagea dans ses veines, ancrant encore plus profondément en lui les sentiments qu'il ressentait pour elle, des sentiments qu'il ne se serait même pas cru capable d'éprouver.

Il pria alors de toutes ses forces pour qu'elle lui dise « oui ».

Elle descendit de la voiture et, sans jamais le quitter du regard, elle continua de lui sourire de cet air espiègle. Il la vit s'avancer d'un pas nonchalant vers lui, balançant langoureusement les hanches, ses seins avantageusement mis en valeur par sa robe de mariée. La gorge sèche comme de la paille, il en oublia d'être poli et de mettre pied à terre. Il s'en aperçut lorsqu'elle s'approcha, si près qu'il sentait son souffle chaud sur son genou.

— Voyez-vous…, murmura-t-elle les yeux mi-clos, en parcourant son corps avant de poser les yeux sur son entrejambe.

Le sexe de Nathan bondit d'excitation. Il lui faisait presque mal tant il était tendu contre la selle en cuir.

— Si nous nous marions, vous allez avoir du mal à me contrôler et à… m'apaiser.

Ce dernier mot tenait plus du murmure. Elle se passa la langue sur les lèvres et leva alors les yeux vers lui.

Nathan en resta sans voix.

— Dans ces conditions, continua-t-elle d'une voix sensuelle, êtes-vous bien certain de vouloir m'épouser ?

Elle posa la main sur son mollet et se mit à le caresser doucement. Ce contact se propagea à travers son pantalon.

Il acquiesça d'un signe de tête.

— Pourquoi le feriez-vous ?

— Je vous aime, lâcha-t-il soudain.

Il ne pouvait plus retenir ces paroles, et dès qu'elles furent prononcées, il se sentit comme libéré. Au moins, Sara connaissait ses sentiments à présent, et tant pis si elle le repoussait ensuite.

La main de celle-ci s'immobilisa sur son mollet et elle écarquilla les yeux. Son ancienne personnalité refit brièvement surface tandis qu'une lueur d'incertitude éclairait son regard. Mais celle-ci fut aussitôt balayée par un sourire lumineux.

— Vous devriez vraiment apprendre à être plus romantique, Nathan. Vous auriez dû commencer par cette déclaration, au lieu de me laisser douter de vos sentiments.

Il secoua la tête.

— Je ne serai jamais romantique.

— Je n'en suis pas si sûre. Je pense qu'il y a de l'espoir.

— Vous acceptez donc de m'épouser ?

— Oui. Dès que nous serons en Écosse, nous nous marierons. Ce sera une grande aventure de nous enfuir à Gretna Green.

— Ce n'est rien de le dire, en effet. Excusez-moi, mais je vais devoir descendre de cheval.

Sara s'écarta avec prudence pour lui permettre de mettre pied à terre et un frisson de plaisir la parcourut lorsqu'il s'approcha d'elle d'un air déterminé. Elle savait sans l'ombre d'un doute ce qu'il s'apprêtait à faire et elle ouvrit en grand les bras sans se soucier que quelqu'un puisse les voir s'embrasser sur la voie publique. Mais n'étaient-ils pas dans une propriété privée ? Pourquoi s'embarrasser de tels détails alors que les lèvres de Nathan s'approchaient déjà des siennes ?

Elle ferma les yeux et se hissa sur la pointe des pieds pour aller à sa rencontre. Ils s'étreignirent avec passion, s'embrassant à pleine bouche. Et Sara eut soudain le sentiment qu'elle avait enfin trouvé sa place. C'était là qu'elle se devait d'être, dans les bras de Nathan.

Ce dernier s'écarta brutalement et ignora son grognement de protestation.

— Voulez-vous vraiment m'épouser ou est-ce l'idée de vous enfuir avec moi qui vous séduit ? demanda-t-il d'un air suspicieux.

— Ce que vous pouvez être bête ! Je vous aurais épousé même sans aller en Écosse. Il vous aurait suffi de me le demander. Je vous aime depuis une éternité !

Un sourire fleurit sur les lèvres de Nathan.

— C'est évident. Je suis un homme si facile à aimer.

Sara éclata de rire.

— Non, vous ne l'êtes pas, monsieur. Mais les efforts pour y arriver en valent la peine.

— Oh ! ma nymphe, dit-il en se penchant vers elle pour l'embrasser de nouveau avec fougue.

Ils n'interrompirent leur baiser que lorsque le cocher toussa discrètement pour leur rappeler sa présence.

— Mes bagages sont déjà faits, dit Sara d'une voix haletante, les yeux rivés sur les lèvres de Nathan. Nous pouvons partir sur-le-champ.

— Il faut que je fasse les miens, répliqua-t-il en passant une main dans les boucles cuivrées de Sara. J'avais simplement prévu de me rendre à l'église et d'interrompre votre mariage.

— Vous alliez venir me chercher ?

Sa voix vacilla d'espoir et d'amour.

Nathan acquiesça.

— Je ne pouvais pas rester loin de vous. J'ai essayé de m'y résoudre, mais pour rien au monde je ne vous aurais laissée en épouser un autre.

— Vous seriez arrivé trop tard ! s'écria-t-elle, les mains sur les hanches. Si je n'étais pas partie, je serais Mrs Charles Pomeroy à l'heure qu'il est.

Il lui saisit la main et lui baisa le creux de la paume.

— Mais ce n'est pas le cas. Vous êtes à moi. Et je serais parti en Écosse avec vous, même sans vous épouser.

Les prunelles grises de Sara s'assombrirent de désir et ses lèvres s'écartèrent légèrement.

— Puis-je vous aider à faire vos bagages ? murmura-t-elle.

Nathan lui sourit en secouant la tête.

— Nous n'allons pas faire mes bagages. Pas tout de suite en tout cas.

Sara lui sourit en retour.

— Je m'en doutais.

Il l'emmena vers la voiture en lui tenant fermement la main. Il savait qu'il n'aurait pas à la lâcher cette fois.

Rien que cette idée déclencha plusieurs bouffées de joie. Il se sentait plus léger que jamais.

Sara lui tira sur le bras pour l'arrêter.

— Il y a quelque chose que j'ai toujours voulu faire, déclara-t-elle.

— Qu'est-ce donc ?

— Remonter en courant cette allée !

Elle lui lâcha la main et partit à toute vitesse en troussant ses jupes jusqu'aux genoux pour ne pas trébucher. Ses jambes martelaient furieusement le sol et soulevaient de petits nuages de poussière derrière elle.

Elle regarda par-dessus son épaule en direction de Nathan, un large sourire aux lèvres. Le vent emporta son rire. Il lui sourit en retour sans savoir si elle pouvait le voir à cette distance. Sa jambe lui ferait souffrir le martyre demain, mais cela en valait la peine. Surtout si une superbe rousse se tenait près de lui pour lui appliquer des compresses chaudes et lui faire un massage.

Il attacha son cheval à l'arrière de l'attelage et lui tapota affectueusement la croupe. Puis il salua Rogers d'un bref signe de tête. Le cocher lui répondit par un sourire entendu. Nathan prit alors une profonde inspiration et partit en courant à la poursuite de la femme qu'il aimait.

Sara tenait fermement la main de Nathan en pénétrant dans Ridgestone. Ils étaient venus chercher ses bagages. Ceux de Nathan étaient déjà dans leur voiture. Elle refusait l'idée de s'introduire comme une voleuse par l'entrée de service, sachant que cela blesserait encore plus ses amies que sa disparition si elles le découvraient.

Mais cela n'allait pas être chose facile de les affronter.

Greaves, debout près de la porte, les regarda approcher. Elle lui adressa un petit sourire.

— Bonjour, Greaves.

— Miss Collins, dit-il en s'inclinant vers elle.

S'il pensait quelque chose de son mariage avorté ou de l'homme à côté d'elle, il n'en montra rien.

— Sont-ils tous là ? demanda-t-elle en essayant de contenir son appréhension.

Avoir peur ne servait à rien, pas dans sa nouvelle vie.

— Mr et Mrs Knightly sont dans le salon en compagnie de Sir Stephen et de Lady Montgomery.

— Je vous remercie.

Nathan serra sa main et ne la lâcha pas tandis qu'ils montaient les marches et pénétraient dans l'entrée. Le tapis amortissait le bruit de sa canne. Elle aurait été incapable de l'entendre tant son cœur battait fort. Elle s'arrêta devant la porte du salon et contempla le battant en bois avant de se tourner vers Nathan. Il l'encouragea d'un hochement de tête, puis elle ouvrit la porte et entra.

— … la trouver avant la tombée de la nuit.

Claire était assise à côté de son mari, les mains serrées l'une contre l'autre. Bonnie faisait les cent pas devant l'âtre froid, inclinant en avant son ventre rebondi, l'air visiblement agité. Sir Stephen se tenait à proximité. Il regardait sa femme avec inquiétude.

Bonnie continua de parler :

— Stephen, vous devez interroger les domestiques et voir si l'un d'eux sait quelque chose. Les domestiques sont toujours bien informés.

— Je ne comprends pas ce qui s'est passé, dit Claire en secouant la tête, la voix teintée d'incrédulité. Où a-t-elle bien pu aller ? Cela fait des heures qu'elle est partie.

Jacob lui tapota la main.

— Sara n'est pas du genre à faire des crises de folie. Je suis certain qu'elle va bien.

Sara se racla la gorge.

— Bonjour, dit-elle en s'avançant dans la pièce, un sourire timide aux lèvres.

Elle serrait la main de Nathan si fort qu'elle en avait mal. Sa nouvelle personnalité ne s'étendait pas encore à tous les aspects de sa vie.

Le silence s'installa d'un coup dans le salon et quatre paires d'yeux se tournèrent vers elle. Elle sentit son sourire vaciller, consciente de l'homme qui lui tenait la main alors qu'elle portait toujours sa robe de mariée. Pour être exacte, elle avait dû la *remettre*. Nathan n'avait pas hésité un seul instant, quelques heures plus tôt, à la lui enlever.

Claire fut la première à réagir. Elle se leva et s'avança vers elle, les deux bras tendus. Aussitôt, Sara lâcha la main de Nathan pour prendre celles de son amie. Claire l'attira vers elle pour l'embrasser. Un sentiment de chaleur et de réconfort l'envahit et l'enveloppa. Soulagée, Sara ferma les yeux.

— Nous étions si inquiets, murmura Claire à son oreille. Je suis heureuse de te voir saine et sauve.

— Je ne voulais pas vous causer d'inquiétudes, répondit-elle en s'écartant.

Bonnie se tenait à présent à côté d'elles et attendait son tour pour la prendre dans ses bras. Après une autre embrassade, Sara regarda ses deux amies.

— Vous n'êtes pas en colère contre moi, après ce qui s'est passé à l'église ?

— Cela dépend, intervint Jacob.

Elles se tournèrent toutes trois vers lui. Il se tenait

planté face à elle, les bras croisés sur la poitrine. Stephen était à côté de lui et son air n'était guère plus avenant. Les deux hommes regardaient Nathan.

— Que vient-il faire dans votre disparition ? demanda Jacob.

Sara sentit Nathan se crisper.

— Ce n'est pas à moi de vous le dire, répondit-il d'une voix traînante.

Jacob fronça les sourcils et s'avança vers le groupe. Ses intentions étaient évidentes. Claire s'interposa entre eux et écarta les bras pour les séparer. Sara s'approcha de Nathan et enroula son bras sous le sien. Il avait les muscles tendus et elle redoutait qu'une bagarre éclate.

— Nous nous apprêtons à partir en Écosse, lâcha-t-elle brusquement.

Tous les regards se braquèrent de nouveau sur elle. Trois paires d'yeux incrédules la détaillaient mais une autre brillait carrément de colère. Jacob tenta d'avancer de nouveau mais Claire resta ferme.

— Quand est-ce arrivé ? demanda Bonnie sans cacher sa stupéfaction.

— Bonnie, tenta d'intervenir Stephen.

Sara tourna la tête vers Nathan.

— Sir Stephen est originaire d'Écosse, dit-elle d'une voix qui montait dans les aigus. Il pourra nous dire où aller.

— Nous sommes fiancés, déclara Nathan à la cantonade.

Il saisit la main de Sara et la serra pour la rassurer.

— Il ne s'agit pas d'une fuite illicite mais nous ne pouvons pas rester dans la région pour le moment, pas avec ce qui vient de se passer.

— Comme par hasard, vous aviez l'intention de partir en même temps, accusa Jacob, l'air toujours mauvais. Je suis prêt à parier jusqu'au dernier centime que tout était prévu dès le départ.

— Avez-vous la preuve de ce que vous avancez ? Si tel est le cas, je serais heureux que vous me la présentiez, dit Nathan en soutenant avec calme le regard furibond de Jacob.

— Je ne comprends toujours pas, dit Bonnie. Je ne vous ai jamais vu, monsieur, je n'ai jamais entendu parler de vous et maintenant, Sara dit qu'elle veut s'enfuir avec vous ?

— Oh ! le mariage n'est pas l'objet de ce voyage, expliqua Nathan. Il sera juste pratique de le faire à ce moment-là. Nous avons tous les deux décidé d'être ensemble, même sans la bénédiction de l'Église. Et je m'appelle Nathan Grant, pour vous servir, conclut-il en s'inclinant vers elle.

— Nathan, vous ne m'aidez pas beaucoup, dit doucement Sara, les yeux rivés sur Jacob.

— As-tu bien réfléchi à tout cela, Sara, demanda Bonnie. Tu veux partir en Écosse, avec un étranger ?

— Il n'est pas un étranger, pas pour moi.

Mais Bonnie ne l'écoutait pas.

— Tout cela est bien beau pour l'instant, mais pense à ton avenir. Que feras-tu après le mariage ? Quels sont vos projets ?

— Je possède un domaine en plus de Windent Hall, précisa Nathan. Il s'appelle Cloverfields. Nous nous installerons dans l'un ou l'autre de ces endroits.

— Vous êtes un gentleman-farmer ? demanda Bonnie avec curiosité.

— Tu parles d'un gentleman-farmer…, grogna Jacob.

Puis il esquissa un geste vers Claire, qui le réprimanda du regard.

Nathan ignora son intervention.

— J'en deviendrai un. Pour Sara.

Bonnie tourna son regard interrogateur vers son amie.

— Et toi, Sara ? Tu continueras à enseigner au sein du Club des gouvernantes ?

— Hum, dit-elle en jetant un regard furtif vers Nathan. Si c'est cela que…

Elle s'interrompit en le sentant lui serrer la main. Profitant de son soutien, elle prit son courage à deux mains et révisa son jugement.

— Non. Je ne souhaite plus enseigner. Même sans épouser Nathan, je n'ai plus envie de le faire. En réalité, je déteste ce métier.

Claire et Bonnie la regardèrent sans comprendre.

— Vraiment ? dit Claire. Tu n'en as jamais rien dit.

— Je préfère me consacrer à des tâches où je me sens plus utile : aider les pauvres et les nécessiteux. Je ne serais peut-être pas la femme d'un pasteur, mais cela ne veut pas dire que je n'offrirais pas mon aide partout où je pourrais le faire.

Un frisson de plaisir l'envahit en prononçant ces paroles devant ses amies.

— Si c'est ce que tu veux, dit Claire d'une voix hésitante.

— Vous ne pouvez pas rester ici, dans ce cas, l'interrompit Jacob d'une voix véhémente.

Tous se tournèrent vers lui, surpris par son ton. Il pointa un doigt accusateur vers Nathan.

— Vous y avez réfléchi ? Vous avez ruiné sa réputation. Même si vous l'épousez, cela ne suffira pas à réparer les torts. Si Sara reste à Taft, elle sera mise au ban de notre communauté, incapable de faire ce qu'elle veut et son aide lui sera jetée à la figure. Vous allez l'arracher à ses amies, à sa famille, tout ça parce que vous n'avez pas réussi à contrôler votre maudit…

— Allons nous asseoir, voulez-vous, et discutons de tout cela en adultes responsables, l'interrompit sa femme. Je vais faire préparer du thé.

Le groupe s'assit dans les fauteuils à contrecœur. Sara prit place à côté de Nathan, la main de ce dernier toujours posée de manière protectrice sur son bras. Jacob resta debout, à une distance raisonnable de lui.

— Bien, continua Claire. Expliquez-vous. Quand est-ce arrivé ? Excuse-nous, ma chère, mais nous avons besoin de comprendre. Tout cela est tellement inattendu.

— Nous pourrions peut-être attendre Louisa, dit Sara. Nathan et moi souhaiterions partir au plus tôt et je ne voudrais pas avoir à me répéter.

Claire fronça les sourcils.

— Mais où est Louisa, au fait ?

— Je ne l'ai pas vue depuis un moment, dit Bonnie. Où peut-elle bien être ?

Claire secoua la tête.

— Elle était à l'église. Elle a dit qu'elle voulait voir le pasteur, mais je ne l'ai pas revue depuis.

— Je croyais qu'elle était revenue avec vous, dit Jacob à Bonnie, qui démentit d'un signe de tête.

— Il n'y avait que Stephen et moi dans le cabriolet.

— C'est ridicule, dit Claire. Elle doit être dans sa chambre. Mais j'ignore pourquoi elle n'est pas descendue quand tu es arrivée, Sara.

— Elle paraissait très calme à l'église, déclara Stephen.

C'est vrai, répéta-t-il en haussant les épaules lorsque Bonnie se tourna vers lui.

Sur ces mots, Anna entra dans le salon comme Claire venait de sonner.

— Trouvez Miss Hurst, s'il vous plaît, et demandez-lui de se joindre à nous, dit Claire.

La bonne secoua la tête.

— Je suis désolée, m'dame, mais je ne peux pas.

Claire haussa les sourcils de surprise.

— Je vous demande pardon ?

La jeune fille paraissait nerveuse.

— Elle n'est pas là. Elle a fait descendre ses bagages ce matin pendant qu'il y avait tout ce raffut pour le mariage. Elle est partie.

— Que dites-vous ? s'écria Bonnie. Y aurait-il une épidémie de disparitions inexpliquées ?

Louisa était partie ?

Mais où ?

Remerciements

Mes sincères remerciements à Avon Impulse, sans qui rien n'aurait été possible, et tout particulièrement à mon éditrice Tessa Woodward qui, par sa patience, ses conseils et sa confiance, m'a amenée jusqu'ici. Je tenais à remercier tout autant Codi Gary pour ses nombreux courriels si distrayants ainsi que pour son soutien. Et comme toujours, Toby Anne pour son aide sans faille à chaque étape du parcours et ses choix graphiques méticuleux. Les mots me manquent pour toi, Toby.

Vous avez aimé ce roman ?
Retrouvez le premier volume de la série
d'Ellie Macdonald
« Le club des gouvernantes » :

1/ *Claire et Bonnie.*

disponibles dès à présent sur harlequin.fr

Et ne manquez pas le dernier tome à paraître en septembre dans votre collection Victoria !

Composé et édité par HarperCollins France.

Achevé d'imprimer en juin 2018.

BLACK PRINT

Barcelone

Dépôt légal : juillet 2018.

Pour limiter l'empreinte environnementale de ses livres, HarperCollins France s'engage à n'utiliser que du papier fabriqué à partir de bois provenant de forêts gérées durablement et de manière responsable.

Imprimé en Espagne.